お品書き

異世界ラーメン屋台

エルフの食通は『ラメン』が食べたい

著 森月真冬
［イラスト］転

Ramen stand in another world,
Elf foodies want to eat "Ramen".

プロローグ　――『ラメン』との出会い

その『奇妙な男』がやってくるようになったのは一年前からだという。城下町ファーレンハイトの町はずれに、不思議な車を引いて男が現れては、夜な夜な見たことも聞いたこともないような不思議な料理を民にふるまうのだと……その名は『ラメン』！　金はとらず、ただ一方的に料理を提供するだけなんだとか。しかも、それが今まで食ったこともないような味わいで、すこぶる美味《うま》いのだという。

そんな噂《うわさ》を聞きつけて、この私、エルフのリンスィールもファーレンハイトを訪れた。恥ずかしながら、私は『食通』を気取っている。エルフの多くは、森の恵みを口にして生きているため、味には無頓着と思われている。

しかし、それは誤解というもので、我らエルフは毒物を見分ける術《すべ》に長《た》けているため、味覚はそれなりに鋭い種族であるし、森で狩った動物も口にする機会が多いので、肉の味にも舌が肥えている。そんな中でも、他種族の多いこの国『グラン・ト・リスタ』に百年も滞在し、稼ぎの多くを『食道楽』に費やしてきた私は、舌も料理の知識もエルフの中でも随一を自負していた。

エルフは小食と言われているが、私は美味い物ならいくらでも腹に入る。そこらのヒューマンよりもよっぽど量を食べる自信があるし、大食いと言われるドワーフやオーガとさえ張り合ったことがある。つまりは、私はエルフ界一の『食いしん坊』なのである！

さて、そろそろ時刻は夜の二時過ぎ……辺りは三日月の頼りない光だけで、周囲には闇がわだかまる。しかし、闇の中はギラギラとした欲望に満ちていて、今か今かとその時を待ちわびている……。ふむ？　早くも噂を聞きつけて、同じ食通どもが集まってきたようだな……。しかし……遅いな。噂の男は本当に来るのだろうか？　今日は寒いし、早くしてほしいものだぞ！

と、チャラリ～チャラ♪　チャラリチャララ～♪　闇の中から、奇妙な音色が響いてくる。次いで、ガラガラという音と共に、金属製の笛を口にした男が姿を現す。

頭には捩《ね》じった紐《ひも》のようなものを巻いている。なんと、上着は白一色だった。あそこまで真っ白な服を着るとは、まるで聖職者である！　彼が引っ張る車は驚くほど大きく、木製でみすぼらしくて塗装もされていない。真っ赤な布が片方に下がっていて、そこに何か文字らしき物が描いてあった。意味はわからないが、図形を正確に書き記すと以下である。

『味自慢　ラーメン』

さらには、車の後部に位置する真っ赤な紙製のランプにも図形が描いてある。
意味はわからないが、やはり正確に書き記すと以下である。

『ラーメン　太陽』

車の中に吊《つ》り下げられた強く白い光を発するランプによって、周囲の闇は一掃される。不思議だ。あれは一体、どのような技術によって造られているのだろう……魔力は感じないから、きっと精霊の類ではないだろうか……おおっと、いかんつい、食以外の部分に興味がいってしまった！

白装束の男は辺りを見回して、苦笑いした。それから、不思議な言語で喋《しゃべ》り始めた。

「ヤァ、コンヤワァ、マタオオイナァ！」

そう言うと、男は車からいくつも四角い椅子を取り出して、辺りに並べ始める。

しかし、ようやく噂の男が来たというのに、みな固まったままだった。まあ、無理もなかろう……男のあまりにも不可思議な出立《いでた》ちに、誰もが圧倒されているのだ。

だが、遠巻きにしている者たちの中から、やがて常連らしき者が歩を進める。彼は得意気な顔で周りを見回すと、指を一本立てて宣言した。

「タイショ、ラメンイッチョ！」

おおっ⁉ あ、あれこそは、噂に聞きしラメン召喚の呪文ではないかっ！

白装束の男は、そいつにニカっと笑いかける。常連男は白装束が並べた椅子に腰かけると、車の一角、テーブル状になっている場所にすました顔で手を伸ばし、備え付けてある筒に入った木の棒を手に取った。ううむ……クソ、な、なんだ、あの棒っ切れは？ ……わけがわからんっ！

あんなもの、噂には一切出てこなかったぞ！

他の多くの者と同じように、私も怖気《おじけ》づいて動けなかった。だが、ここで後れを取るなど、食通の名折れっ！　美味い物のためなら、ファイアドラゴンの巣にさえ飛び込むのが食道楽の心意気ではないのかっ!?

　私は意を決し、怖気づく男たちの中から進み出て、同じように指を立てて口にする。

「こほん……タ、タイッショ……ラメン……イ、イッチョ！」

　興奮で頬を染めた私の顔を見て、白装束の男はニカっと笑い、置いてある椅子を指し示す。私はそこに腰かけると、先ほどの男と同じように、備え付けてある棒っ切れを手に取った。しかし……この棒は、一体なんなのだろうか？　全くわけがわからぬ！

　見ると、どうやら木を削りだして作ったものらしい。ニスも塗っていないのに、ささくれさえ見られぬ精巧な作りは、熟練の木工職人の手によるものとわかる。棒は先端に進むにつれて切れ込みが入っていて、もう一方はくっついたままだった。

　戸惑う私の前で、白装束の男は調理を始める。まず、鍋に大量の湯を沸かし、そこに紐のような黄色の物体を投げ入れた。ついで、深皿に濃い茶色の汁を入れて、そこに別の鍋から汲《く》みだした黄金色のスープを注ぐ。鍋の中では黄色の紐が、グラグラと煮えている……男は平たい網を取り出すと、それで紐を掬《すく》い上げて、空中で二度、三度と振った。

　ザッ、ザァ！　地面に大量の湯が落ちる。男はそうやって空中で振った紐を、先ほど作り上げた茶色と黄金色の混合スープに落とし込む。そして、その上にいくつかの具材を並べ、それを常連男と私の前に差し出した。

「ホイ、オアツイウチニドウゾォ！」

男の言葉は聞き覚えのないもので、まったく意味はわからなかったが、とにかく食えと言ってるらしい。私は興味に駆られ、その男の差し出す深皿を受け取った。

とは言え……フォークもスプーンもなしで、どう食べれば良いのだ……？　スープは湯気が立っているし、まさか手摑《てづか》みではあるまいな？

と、その時だ。パチン！　戸惑う私の耳に、奇妙な音が響いたのは。驚いて隣を見ると、得意気な顔で常連男が棒っ切れを二つに割っている。そ、そうか……っ！『コレ』は、そうやって使うものだったのかっ！

どういう宗教かはわからぬが、おそらくは『この棒っ切れ』を割る事を、食前の儀式としているのだろう。きっとこの棒と引き換えに、フォークをもらえるのではないだろうか？　私も常連男に倣って、棒を左右に引っ張った。パチン！

……ああっ！　し、しかし……なんたることだ……っ！　棒は綺麗《きれい》に左右に分かれず、悲劇的にも途中で折れて、片方だけが短い無残な姿に成り果ててしまった！

棒ひとつ綺麗に割れぬとは……もう私には、『ラメン』を食う資格がないのだろう。ガックリしながら立ち上がり、白装束男の顔を見ると、彼はニコニコしながら新しい棒っ切れを手に取って、左右に引っ張った。パチン！　綺麗に左右に分かれたそれを、私の手に握らせる。う、ううむ……？　これは……許されたということだろうか……？

だがしかし、やはりフォークもスプーンも出てくる気配がない。困っていると、隣でズルルーっと何かを啜《すす》る音が聞こえた。そちらを見ると、なんと常連男が二本になった棒でスープの中の黄色い紐を掬い上げ、口へと運んでいるではないか！

彼は私と目が合うと、ニヤリと笑う。そして、また二本の棒を操ってズルズルと紐を食う。くぅうっ……あの得意気な顔っ！『ったく、しょうがねえなぁ……ほら、よく見てろ？　これは、こうやって使うもんなんだよ、わかったかい？』

心の声が聞こえてくるようである。音を立てて啜るなど、下品な真似《まね》をしているくせに、なんなのだ、あいつ!?　私は怒りと羞恥で顔が熱くなった。だが、気を取り直す……私は食通である。今は、目の前の『グルメ』を味わい尽くすことだけを考えるのだ！

二本の棒を手に、私は深皿をのぞき込む。中には、今まで見たことも聞いたこともないような、奇妙な料理が入っていた。まず、目につくのは熱く湯気の立つ褐色のスープである。浮かんでる油が、光に照らされてキラキラと輝く。その中に、先ほど茹《ゆ》でていた黄色くて長い紐のようなものが沈んでいる……上にのっているのは、細かく切り刻まれた植物と、煮込んだ肉を薄切りにしたもの、茶色く煮しめられた何か、そして丸くて白いギザギザにピンク色の渦巻が刻まれた物体である。

白装束の男は、ニコニコ笑いながら、手を持ち上げるジェスチャーで、掬って食えと促してみせた。隣では相変わらず、常連男がズルズルと紐を啜ってる。

……ようし、ズルズル食べるのが『ラメン』の食べ方なら、私もそれに従ってやる！

私は意を決して二本の棒で、中に入ってる紐を手繰り寄せ、口へと含んだ！

ああ……それから起こった素晴らしい味との出会いを、なんと表現すればいいのだろう!!

あの感動は、どれだけ言葉を尽くしても語り切れぬっ！

彼の『ラメン』は、味、独創性、完成度、すべてが驚きの料理である！

たとえるならば……そう、まるで『未知の世界の食べ物』なのだ！

黄色い紐は、小麦で作られた物だった。その紐は啜るとチュルチュルと唇を優しく撫《な》でて、噛《か》み切るとプチンプチンと小気味よく口の中で弾《はじ》けて躍る……モチモチした食感で香ばしい。よい小麦を使っている。その豊かな大地の香りに、じっくりと煮だされた鶏《とり》の旨味《うまみ》と魚介の旨味、脂たっぷりのスープが絡みつく。スープは異国情緒あふれる奇妙な風味の塩っ気に満たされて、それがまた小麦の味に実に合う！　美味い……止まらぬ！　味の快楽の洪水だッ！

私は夢中でラメンを啜り続けた。時折、薄緑の植物を刻んだものが紐に絡んで口に入るのだが、それが爽やかな味わいで、いいアクセントになっている。

また、こうして食べてみて、隣の男がズルズルと音を立て下品に啜ってる意味がようやくわかった。……この料理、そのまま食うには熱すぎるのだ。しかし、こうして多量の空気と共に吸い込むことで、口に入るころには冷まされてちょうどいい温度になっている。それに、こうして啜ると、小麦とスープの香りが鼻へと抜けてたまらない！

なるほど、なんと合理的な食い方なのだろう？　啜る姿が下品だなんだというのは、私たちの作法にすぎない。この食い方はこの料理を、最大限に味わう方法なのだった。

私は深皿を持ち上げて、口をつけてスープを飲む。熱いスープがじんわりと、食道から胸、胃へと降りていく……そして、息を吐く。はぁ－。

出た息が、白く濁る。今夜はとても寒いから、この『熱さ』もまた、御馳走《ごちそう》だった。そうやって半分ほど食べた後で、私はようやく上にのっている『具材』の存在を思い出す。

……おおっと！　危ない、忘れていた……こちらも味わうとしようか。

さて、どれから食べようかと迷った挙句、肉の薄切りを棒で突き刺す。他の二つ……トゲトゲしてて桃色のグルグルの描かれた物体と、茶色く煮しめられた不思議な物体は、いまいち正体が摑《つか》めなかったからだ。

肉を口まで運ぶと、強いニンニクの香りがした。薄く切られた肉は、時間をかけて熱を加えたらしく、口に入れると柔らかくほどけて、厚さもピラピラと気持ちいい。齧《かじ》ってみて、初めてそれが豚肉だと分かった。半透明の脂の部分を噛みしめると、それが熱いスープに浸された事でしっとり溶け出していて、スープの脂とはまた違ったコッテリした味わいが、口一杯に広がっていく。肉の味付けは、ラメンのスープに使っているのと同じ調味料なのだろう……異国情緒あふれる変わった風味だが、豚肉にじっくりとしょっぱさが染み込んでいて、すこぶる美味だ。……単なる豚肉を、ここまで丁寧に調理するとは！

私は感心して、ううむと唸《うな》る。この料理に使われている材料は、豚も鶏も小麦も、どれもありふれた食材ばかりである。私はグルメのためならば、どんな苦労も惜しまずに生きてきた。こと肉に関するならば、ドラゴンの尻尾のつけ根のステーキが一番美味いと思っていた。しかし、この豚肉と鶏のスープと小麦の紐は、私の価値観を完全にひっくり返してしまった！

で、そうなると……私は、スープに浮いている、残る二つの奇妙な食材を見る。茶色く煮しめられた細長い『何か』と、白くて丸いギザギザに桃色の渦巻の『何か』だ。この時すでに、私の白装束の男への信頼感は、確かなものになっていた。これだけ料理で私を感動させてくれたのだから、きっと残りの二つも、私の価値観を『ぶっ壊してくれる』に違いない！　さて、どちらから口にしよう……？

迷った末に、茶色い方を試してみることにした。私は、二本の棒で茶色い束を深皿の縁《ふち》に押し付けて、苦労して拾いだす。そして、それを口へと運ぶ。

柔らかく煮つけられたそれは、どうやら植物であるらしい。食感はコリコリしてて、歯にわずかに繊維が感じられる。ピリリとした唐辛子に、ほのかな甘み、熟成されたような風味のタレが染み込んで……私は、目をカッと見開いた！

「こ、これは……っ！　まさか、タケノコかっ⁉」

その言葉に、隣の常連男が声を上げる。

「タ、タケノコ……なんだい、そりゃあ？」

この男、さっきから私に対して得意気な顔ばかりしていたな。

やられっぱなしも癪《しゃく》なので、私はそちらを見ながら、したり顔で解説してやった。

「遠く東の地に、『竹』という植物が生えている。その竹が成長しきる前の状態を『タケノコ』と言うんだ。しかし、驚いた……ここにきて、まさかこんな珍味に出会えるとはね！」

タケノコは今、食通たちの間で話題の食材なのである。タケノコは輸送すると成長して硬くなってしまうため、食べるには直接東の地へ行き、朝早くに竹の森を散策して幼体を見つけ出し、周りを焚火《たきび》で囲んで焼いて食べるのが通である。私は、タケノコとはそうやって味わう物だと思っていたし、それは他の食通たちも同じだろう。それなのに、この白装束の男ときたら……タケノコを甘辛い味付けで煮てしまうとは……！

なるほど。煮ればそれ以上は成長しないし、油や塩気の強いタレに漬け込めば、腐らせることなく輸送もできる。す、素晴らしい！　なんという発想だろう⁉　まさに最新の調理法っ！　ありふれた材料ばかりでなく、今時のトレンド食材さえも取り入れた『ラメン』に、私は心底感服した。

最後に、白いギザギザを見つめる。さて……この物体。これは一体、なんなのだろう？

この規則性をもったトゲトゲ、そしてピンクの渦巻模様……見た所、マッドローパーの触角に似ている。しかし、いくらなんでもそんなものが食べられるとは思えぬ。第一、マッドローパーには致死性の毒がある。

私はドキドキしながらも、棒でそれを拾い上げて口へと運んだ。

一口齧り……んん……っ？　……正直に言えば。私はその時、『落胆』していた。

どうも、この物体には、今までのような感動がないのだ。ペナペナしてて、味らしい味もなく、匂いも薄く、どれをとっても大したことない。ふう……こんなものか……。

どうやら、この具材は私の「常識」を「ぶっ壊す」には至らなかったようだ。

だがしかし、もう一度ラメンを食べてみて、私は驚いた。な、なんだと⁉　……なぜだっ！

この紐とスープ、最初に味わったのと同じくらいの感動があるっ！　先ほどまで、私はラメンを一気に、半分も平らげていた。そのせいで、少々『味に飽きて』いたはずだった。感動的な味に酔いしれながらも、具材の存在を思い出したのは、その『飽き』が原因なのである。なのに、今食べているラメンは、まるで出会った時そのままの味なのだ！

ふと私は、思いついて、白いギザギザを口に入れる。

このムチムチ感……脂っこいラメンを啜って塩っ辛くなった口に、ホッとする味だ……。

「そ、そうかっ！　こいつの存在は、ラメンで重くなった口の中をリセットする役割だな!?」

興奮した私は、思わず立ち上がる。

「いやはや、おみそれした！　つまらぬ具材が入っていると思ったが、とんでもない！　この深皿に入った具材、すべてに意味があるのだな……順番に食べることで味が広がり、口を直し、また新たな気分で楽しめる。まるで、料理一品でフルコース気分ではないかっ！」

私が大声を上げると、白装束の男は驚いた顔になる。それから、笑いながら傍らのカゴから卵を摑みだした。

「アンガトヨオキャクサン、サービスダ！」

言葉の意味はわからぬが、私の賞賛を喜んでくれたのだろう。私は卵を受け取る。ふむ？　どうやらこれは、ゆで卵か……まあ、こんなものはどこでも食べられるが、くれるというなら喜んで食べよう。彼の好意を無下にするわけにもいくまい。

私は手早く殻をむいて、かぶりつく。……う、うまーーーーいっ！

なんだ、このゆで卵!?　黄身が固まる直前の、ちょうどいい半熟加減を絶妙に見極めている！

白身はプリプリしてて雑味がなく、オレンジ色の卵黄はねっとりコクがあって濃い味だ！　そしてまた、この卵……うっすらと塩味がついているのだが、ラメンの味にめっちゃくちゃよく合うじゃないか！　白身の淡白さがラメンの後味をさっぱりさせて、黄身の濃厚さが小麦の香りを増幅させる！　卵がラメンを、ラメンが卵を引き立てる！

両者の味が複雑に絡み合い、その魅力を最大限に発揮する！

私は無我夢中で、ゆで卵と残ったラメンを口へと運んだ。ふと気づくと、深皿の中はスープ一滴すら残らず、綺麗に空になっていた。

ああ……私は今、満ち足りている。これ以上はもう、なにもいらぬ……。

食通を気取り始めてから、珍しい物、美味い物を血眼になって求め続けてきた。美味いものならいくらでも食えるし、どんなに満腹でも珍味なら口に入れずにはおれなかった。だけど私は、本当の『食の喜び』を、今この時まで見失っていたような気さえする……。

最後にこんな気持ちになったのは、もう二百年は前であろう。

たった一杯の料理を食って、ここまでの満足感に浸れるとは……恐るべし、『ラメン』！

呆然《ぼうぜん》と空の深皿を見つめる私の隣で、常連男も食べ終わったらしく、立ち上がる。それから懐からラディアス銀貨を取り出して、車のカウンターへと置いた。

「ゴッソサン！」

常連男がそう言うと、店主は硬貨を受け取り、「アリアトヤッシター」と叫ぶ。

ふむ……？　噂では、無償で料理を提供してるという話だったが……まあ、ここまで感動的で美味い物を食べさせてもらって、何も払わぬわけにいかぬからな！

ラディアス銀貨一枚なら、レストランでフルコースの食事ができるが、今夜の感動を思えばあまりにも安いものである！　私も懐から銀貨を取り出し、カウンターへと置いた。

「ゴ……ゴソサン！」

私が先ほどの男を真似てそう言うと、白装束の男は、白い歯をニッと見せて「アリアトヤッシター、マタドウゾー！」と叫んだ。

私たちが食べ終わったのを見て、路地にわらわらと人が現れる。食事の作法がわかったので、自分たちもラメンにありつこうというのだろう。店は、あっという間に人だかりに包まれた。

それを立ち尽くして見ていると、背中をポンと叩《たた》かれる。

振り返ると、先ほどの常連男……ドワーフだった。

「いよぉ！　おめえさん、初めて食った『ラメン』はどうだったよ？」

ドワーフはいまいち気に入らないが、食に対して『嘘《うそ》』を言うわけにいかない。

「ああ……うまかったよ。食べ物であんなに満ち足りたのは、二百年ぶりぐらいかな……」

私が素直に答えてやると、ドワーフの常連男は笑顔になって、路地の一角を指し示す。

「ちょっと、あっちで話さねえか？」

常連男は、名をオーリと言った。どうやら話を聞くに、私が聞いた噂の出所の大半はオーリであるらしかった。彼が言うには、白装束の男……タイショが現れたのは、やはり一年ほど前のようだ。どこからともなく現れては、この路地裏で飢えた孤児たちにラメンをふるまっていた。この城下町に住むオーリが噂を聞きつけたのは半年前で、その頃はまだタイショの車（『ヤタイ』というらしい）には子供たちしかいなかった。

オーリは、物珍しさから一口食べて、即座にラメンの味に酔いしれて、それからほぼ毎晩通うようになった。ラメンは、その時も今と変わらぬ素晴らしい味であったらしいが、口にしていたのが孤児では噂の広まりようがなく、タイショはただ黙々と子供にラメンを食わせていただけだったという。そうやって通ううちに、オーリとタイショは単純な言葉だけなら、意思疎通ができるようになった。

例えばラメン召喚の文言、「タイショラメンイッチョ」は三つの単語からできている。

タイショ、ラメン……これは説明する必要ないだろうが、最後のイッチョは「ひとつください」という意味だそうだ。その他にも、二本の棒は「ワリバシ」といい、ラメンの上にのっている白と緑の植物は「ヤクミ」、豚肉は「チャーシュ」、黄色の紐は「メン」、ギザギザ白にピンクの渦巻は「ナルト」、タケノコの煮物は「メンマ」、ラメンを入れる深皿は「ドンブリ」という名だと学んだ。

オーリは、最初のうちこそ出されるがままにタダで食べていたが、そのうち申し訳なくなって、自ら進んで金を払うようになったのだとか。ちなみに銀貨一枚というのはオーリが勝手に設定した金額で、タイショ自身は金を欲しがっていないそうだ。タイショが言うには、これは「ドウラク」……趣味という意味らしい……でやってる事だからと。

オーリはタイショの作るラメンのファンになってから、この素晴らしい味を暗い路地に埋もれさせてはもったいないと、積極的に人に広めるようになって、今に至るのだそうだ。

話を聞いて、私は顔を曇らせた。

「し、しかし……今の話を聞いた限りだと、私たちはラメン食いたさに、孤児の食事を奪ってしまっているのではないか……?」

すると、オーリはニヤリと笑う。

「へっ、心配すんな。この路地のガキ共はな、俺っちが全部引き取って、養子にしてやったよ」

「なに……? この路地にいた子供、全部をか!?」

「ああ。まあ、二十人くれえいたかなぁ……?」

「き、貴様っ! 二十人の子供を、養子として引き取ったのか!」

それを聞いて、私は驚いた。ドワーフは強欲だと思っていたが……二十人もの孤児を引き取るとは、見上げた奉仕精神である!

オーリは、右手を私に差し出して言った。

「へへ。改めて、自己紹介させてもらう……俺っちは、オーリ・ドゥオール。ドワーフだ。宝飾職人をやっている。これでも腕は超一流でな、仕事の依頼はたんまりあるから、金なら稼げるんだ。まあ一応、『ドワーフ一の食通』なんて通り名でも呼ばれてるぜ!」

やがて、ヤタイの材料が切れたらしく、店仕舞となった。私と路地に立って話すオーリのもとへと、タイショがやってくる。オーリは、気安げに手を挙げた。

「おう、オツカレサン!」

タイショはニカっと笑う。

「オツカレサンデス」

そして、銀貨の入った袋をオーリに差し出す。

オーリはそれを受け取って、私に向き直って、恥ずかしそうに笑った。

「とは言え……俺っちの稼ぎだけじゃ、ガキたち全員を満足に暮らさせてやれないからな。日に三度のメシを食わせて、清潔な服を着させて、将来のために仕事を勉強させて、小遣いまでやるには……ちょっと無理がある。だから、タイショの稼ぎも当てにさせてもらってるってわけだ！」

私は苦笑した。……まあ、子供二十人を育てるのは、いくら腕がよくても宝飾職人個人の稼ぎでは無理であろう。それに、あの素晴らしい『ラメン』が無料というのは、いかにもおかしい！

タイショとしても、孤児に食べさせるためにラメンを作っていたわけだから、回りまわって彼らが幸せに暮らせるというならば、文句はないはずである。

私はタイショに歩み寄ると、恭《うやうや》しく頭を下げて言った。

「タイショ殿。私はエルフのリンスィールと申します。貴殿のラメンの味、深い感銘を受けました」

タイショは嬉《うれ》しそうに笑って、「マタタベニキテクダサイヨ、オキャクサン！」と言い、手を振って来た時と同じようにヤタイを引いて、闇の中へと消えていった……。

タイショと私は、それからとても仲良くなった。エルフである私は、ドワーフのオーリよりも、言語センスに長《た》けている。半年もするとオーリより、ずっとタイショと意思疎通できるようになっていた。もう、日常会話なら問題なくできる。

で、色々と話してみて、驚くべき事がわかった！　どうやらタイショは、『異世界の住人』であるらしいのだ……。私は初めてラメンを食べた時に、まるで「未知の世界の食べ物だ」と思ったわけだが、それは図らずも本当の事だったのである。

彼が言うには、ある夜、元いた世界で一日の仕事を終えてヤタイを引いていると、道を間違えて暗い路地に迷い込んでしまったのだそうだ。そして、ふと気づくと、見たこともないような街の中……ここ、ファーレンハイトにいた。焦りながら辺りを見回し、必死で走り回り、暗がりの至る所を覗《のぞ》き込んでみるが、元いた世界への帰り方がわからない！

途方にくれて道端に立ち尽くしていると、ヤタイの光と美味そうなスープの匂いに引き寄せられて、孤児たちが寄ってきたという……。

そのガリガリに痩せた身体《からだ》と、物欲しそうな表情から、みな飢えていると一目でわかった。特に気になったのは、幼い女の子を連れてこちらを見つめる男の子だった。他の子たちが遠巻きにしている中で、彼はただ一人タイショへと歩み寄って、深く頭を下げる。そして真剣な表情で、手をつないだ女の子を指さして、何事かを叫んだ。

言葉は通じなかった。だけど、意味は分かった。自分はいい。だから、この娘に何か食べさせてやってくれと……。

己も、ガリガリに痩せこけているのに。空腹で青ざめて、今にも倒れそうなのに。タイショにも、幼い息子が一人いた……。ふと見ると、ヤタイにはまだ食材が残っている。見たこともない異世界に一人で放り出された不安はあったが、それよりもヨダレを垂らして見つめる子供たちが、あまりにも憐《あわ》れで可哀想《かわいそう》で、タイショは彼らにラメンを作って食べさせた。子供たちは笑顔で、タイショの熱々ラメンを夢中で食った。

タイショもそれを見て、笑顔になった。やがて食材がなくなると、タイショはヤタイを引いて、歩き出した。ここが何処《どこ》なのか、歩いた先に何があるのかもわからない。ただ、ここではない、どこかへ行こうとして……そして、ふと気づくと、『元の世界』の路地裏に立っていたのだそうだ。

次の日である。昨夜のことが夢か現かはわからぬが、タイショの瞳に浮かぶのは、あの飢えた子供たちだ。今夜も、彼らは飢えているのだろうか……？

ガリガリに痩せた身体で。あの暗い路地の一角で。

タイショはなんだか堪《たま》らない気持ちになって、昨夜と同じように売れ残りの材料を載せたヤタイを引いて、暗い路地へと入ってみた。すると何時《いつ》の間《ま》にやら、昨夜と同じファーレンハイトの路地にいた。ふと見ると、子供たちが立っている。

飢えた子供たちが、こちらを見つめている……タイショは、ラメンを作り始めた。子供たちは、笑顔で食べた。タイショは毎晩、毎晩、同じように、別世界の孤児たちのお腹《なか》を満たし続けた。そこには、見栄《みえ》も打算も目的もなにもなかった。ただ彼は、腹をすかした子供たちがそこにいるのが、堪らなかっただけなのだ。

そうしてある夜、オーリと出会い、今に至るのだという。

ある晩、私もぜひタイショの世界に行ってみたいと、タイショと共にヤタイを引いて歩いた事がある。しかし、ふと気づくと、私は一人で真っ暗な路地に取り残されていた。

……信じられぬ。この手は確かに、ヤタイの一部をしっかり掴んで離さなかったというのに！今の今まで、隣のタイショと談笑しながら歩いていたのに！　あの時の気分ときたら……おお！耳鋭く目を見開いても虫の腸《はらわた》を見るには命を取らねばならぬ！（エルフの言い回しで『世界は不思議に満ちている』の意）

途方に暮れながらトボトボと歩いて家路につき、次の日の夜、タイショが消えた場所で待っていると、いつのまにやら目の前に、ヤタイを引いた彼がいた。気まずく笑いあいながら、「やっぱりこれは、人知の及ばぬ神の力が働いてるようだから、下手に調べない方がいい」という結論になった。なにしろ妙な真似をして、タイショがこの世界に来られなくなったら、二度とラメンが食べられなくなってしまうからだ！

私は、タイショの店を特別贔屓《ひいき》にした。食通仲間とグルメについて話す時は、必ずタイショの名を口にした。エルフの女王に「リンスィール。あなたが口にした中で、もっとも美味《おい》しい物はなんでしょう？」と聞かれた時も、「女王様、それはタイショのラメンです！」と即座に答えたほどである。

タイショのラメンは、何度食べても飽きなかった。もちろん、最初に食べた時ほどの感動は、徐々に薄れていったのだけれど……これが不思議なもので、ラメンには「毎日でも食べたい」と思うような、どこかホッとする素朴な『魅力』があったのだ。

きっとラメンは『ハレの日のごちそう』というよりも、日常的に食べるのに適した料理なのだろう。

また、タイショは誰かの頼みを断れないような、そんな優しい性格をしていた。ある男が「珍しい植物だから、畑でヤクミを育ててみたい」と言えば、次の日にはヤクミの種を持ってきたし、別の女性が「ナルトは何からできているの？」と尋ねれば、「それは魚のすり身だよ」と作り方まで丁寧に教える。いつも元気で清々《すがすが》しくて、人情味があって、とっても気持ちのいい男だった。

私もオーリも、そんなタイショが大好きだった。

お忍びでエルフの女王を連れて行った時は、女王様はラメンの味に感動し、タイショに巨大なエメラルドの首飾りを賜《たまわ》った。

タイショは、「こんな立派なもん、受け取れませんや！」と固辞したが、私が真面目な顔で、「タイショ、どうか受け取ってほしい。これは、女王が貴殿に贈る褒章なのだ。断れば、女王に恥をかかせてしまう」と言うと、タイショは難しい顔をした後で、「そんじゃ、ありがたく。こいつぁ、家宝にさせていただきやす！」と受け取った。欲は無くとも他人の面子《メンツ》を重んじる、彼らしいエピソードである。

そうやって仲良くなって、数年がたった、ある日のことだった。

タイショが、私たちの世界に来なくなったのは……。

第一章 — 消えたタイショ

友が……タイショが消えたあの日から、もう二十年が経《た》ってしまった。この二十年は、私の生きてきた四百年の時間よりも、ずっと長かったように感じる……。私とオーリは、今もタイショを待って、毎晩、あの路地に立ち尽くしていた。城下町ファーレンハイトには、『ラメン』を食わせるレストランが至る所に存在している。

タイショが消えた夜からラメンが食えなくなって、食通たちは発狂した。なんとかあの味を再現しようと、己の食べた味を料理人たちに伝えて、必死でラメンを作らせたのだ。

ファーレンハイトの畑には、二十年前にタイショから譲ってもらい増やした「ヤクミ」が青々と茂り、商店街の軒先には、白身魚を磨《す》り潰して蒸した「ナルト」や、タケノコを甘辛く煮つけた「メンマ」も売られている。

どれもこれも、彼のラメンを真似《まね》して作られたものだった。コピー品とはいえ、ラメンの材料は、もうこの町で揃《そろ》うようになったのだ。

だが、肝心のタイショがいない……あの美味《うま》い『ラメン』を作ってくれるタイショが、戻ってこない……。この町のラメンは、タイショのラメンと似ているけども、どこかが違う。何かが違う。何かが足りないのだ……。だから、私は満たされない。

私は、オーリと二人きりの暗い路地を見回し、ポツリと呟《つぶや》く。

「とうとう、この路地でタイショを待っているのは、私たちだけになってしまったな……」

オーリが鼻で笑いながら言う。

「へっ！　四百年も生きてるエルフのお前や、他の種族の倍以上も生きるドワーフと違って、町に住む連中にとって二十年は長すぎらぁ！　……赤ん坊が大人になって、家庭を持つのに十分な時間だぜ？」

「それでも、私は待つさ。タイショに会えるのならば、百年でも二百年でも待ち続ける」

「タイショはヒューマン族だろ。そんなに長生きできねえよ。せいぜい、生きて八十年だ」

軽口を叩《たた》きあいながらも、私たちは心が寒々と冷え切っていくのを感じていた。

ああ、今夜は本当に寒い……霧も出ている。足元が冷えて凍りそうだ。こんな日に、タイショの熱々ラメンがあったなら……あのヤタイのカウンターに、また座りたい。

ずっしり重いドンブリを受け取り、湯気に巻かれながらワリバシをパチンと割って、メンを手繰って口に入れ、脂身たっぷりのチャーシュを噛《か》み切り、甘辛コリコリのメンマを味わい、ゆで卵を一口齧《かじ》り、熱いスープを一口飲み、ムチっとしたナルトで一休みして、白く濁る息を吐きながらまたメンを……。ああ、この路地に来るたびに私の胸は、思い出の切なさに締め付けられる。

あのラメンが、食べたくて堪《たま》らぬ！

飢えた子供を放っておけぬ、タイショの人柄にまた触れたい！　あの白い歯をむき出した、人懐っこい笑顔が見たい！　冷たく凍えそうな暗い路地において、あの店だけは温かかった！

……しばらくしてから私は、自嘲気味に笑った。

「ふっ。今夜もまた、空振りか」

「俺っちもお前も、懲りねえなぁ……」

そんな風に、オーリが口にした、その時だ。チャラリ～チャラ♪　チャラリチャラララ～♪　私たちは顔を見合わせる。ややあってから、オーリが言う。

「おい。今の……聞こえたか？」

「ああ、聞こえた……お、おお！　よもやこれはディスプレッサービーストの作りし幻影か、あるいはビボルダーの眼球が見せた呪いだろうかっ⁉（エルフの言い回しで『俄《にわ》かには信じがたい』の意）」

霧の中から、ガラガラと聞き覚えのある音が響いてくる。そして、影がゆっくりと近づいてきた。現れたのは、木製の車ヤタイ。魔力を伴わぬ、不思議な白い光。後部に吊《つ》り下げられた、紙製の真っ赤なランプ。ああ、ついにやってきたのだ！　夢にまで見て待ち焦がれていた、我が友が……あの魅惑のラメンが……今、ようやく帰還した！

私たちはとびっきりの笑顔で、涙を滲《にじ》ませ叫びながら走り寄る。

「おかえりーっ！　タイショ！」

ヤタイを引いていた男は、私たちを見るなり声を上げて応えた。

「へい、ラッシャイ！　ラーメン太陽へようこそ！」

その男は、頭に厚手の白い布を巻いていた。タイショは捩《ね》じった布だったが、こいつは捩じらず平たく巻いてる。それが目のすぐ上まで隠しているので、ちゃんと前が見えてるのか不安になってしまう……。服装は全身白装束だったタイショとは違い、薄くて半袖の黒いシャツと藍色のズボン、白くて長いエプロンを着けている。半袖から突き出た腕は逞《たくま》しく日に焼けて、まるで戦士のように筋肉ムキムキだった。

そしてなぜか、腕組みをしている……挑戦的に顎を上げ、なんとなく得意気で、どことなく小生意気で、いつも人懐っこいタイショとは真逆の表情である。

私とオーリは驚いて立ち止まり、ポカーンと口を開けた後で、同時に叫ぶ。

「……あんた、誰ーっ!?」

……いやいや。誰なのだ、こいつはっ!?

戸惑う私たちの前で、その男はニカッと笑い、親指を立てて言った。

「おおっ!?　その耳、その髭《ひげ》……まさか、エルフにドワーフかよっ!?　いやぁー、本当にあったんだな、異世界っ！　親父《おやじ》の日記を見た時は半信半疑だったけど……すげえー！　完っ全にロードオブザキングの世界じゃんかっ！」

「あー、ひとりで盛り上がってる所、悪いんだが……あんたは一体、何者なんだ？」

オーリが、私が教えた異世界語で彼に問うと、彼はまた腕組みの姿勢に戻りつつ、顎をクイっと上げて言った。

「俺の名前は、伊東練《いとうれん》っ！　この屋台を引いてた男……伊東太勝《いとうたいしょう》の息子だぜ！」

おい……さっきからなんなのだ、その腕組みポーズは？　まさか、その生意気なポーズをとらないと喋《しゃべ》れないのか!?　というかこの季節に半袖って、寒くないのか？

私は、数々のツッコミたい気持ちを抑えつつ、まずは一番聞きたかったことを聞く。

「それで、タイショは……？　タイショは一体、どこにいるんだ!?」

レンは私の問いかけに、しばしの沈黙を挟んだ後で答える。

「親父は死んだ。もう、二十年も前になる」

「なっ!?　し、死んだだと……っ！　そんな……どうして!?」

「交通事故だよ。トラックにひかれてな」

衝撃の事実。私は絶句する。

死んだ……タイショが死んだ。それも、二十年も前に死んでいた。あの真面目なタイショが、何も言わずに消えるわけないと思っていたが……不覚にも、視界が潤む。

堪《こら》え切れない涙を拭いながら、私は呟く。

「その、『トラック』というのはよくわからぬが……じ、事故だと……？　おお、なんという悲劇！　では私は、すでに死んだ男を二十年間、ずっと待ち続けていたわけか……」

レンは涙ぐむ私を見つめて、静かに言葉を続けた。

「病院に運ばれた親父は、生死の境を三日三晩さまよった。そして最期の瞬間まで、ここの連中にラーメン食わせなきゃって呻《うめ》き続けてたよ。当時は、事故のショックで錯乱してるだけだと思ったが……エルフもドワーフも、こうしてちゃんといたんだな……」

レンは右手を上げ、己の鼻をグシっと擦《こす》った後で言う。

「それよりあんた、エルフのリンシルさんだろ？」

私は頷《うなず》く。

「ああ、発音が少し違うが……いかにも、私はリンスィールである」

「リンシル……リンスィール。おっけ、リンスィールさんと……で、そっちのヒゲが、ドワーフのオオリさん？」

「おう、俺っちはドワーフのオーリ・ドゥオールだ」

「そうか。親父の日記に、あんたらには本当に世話になったって書いてあったぜ」

その言葉に、私は慌てて手を振った。

「なんの、なんの！　むしろ、世話になったのは私たちの方だろう。あれだけうまいラメンをたっぷり食わせてもらって、タイショにはついに、なんの恩返しもできなかった……」

私の言葉に、神妙な顔でオーリもうなずく。だがレンは、勢いよく首を振った。

「いいや、そんなことねえよっ！　親父の日記で読んだんだ。この世界でもらったって首飾り……あれがなければ、俺の母さんは死んでいた」

そう言うとレンは、遠い目で話し始める。

「俺がガキの頃、母さんが急に倒れてな。それで病院で調べたら、治療のためには高額の薬が必要だって言われたんだ。うちは、それほど裕福じゃなかった。母さんはもうすぐ死んじまうんだって泣く俺を見て、親父が思いつめた顔で、どこからか宝石のついた首飾りを持ってきた……」

レンはヤタイを探ると、そこからエメラルドがいくつか外れた首飾りを取り出した。

「そんでもって、この首飾りの宝石のいくつかを外してよ。俺に笑いかけながら、『大丈夫だぞ、レン！　今から父さん、こいつを質に入れて来る。その金で、母さんを治そう！』ってよぉ……結果として、母さんは治療することができて病気はよくなった。まあ、親父はその一年後に、宝石の利息を払いに質屋に行く途中、トラックにひかれて死んじまったんだがなぁ」

彼は私に、首飾りを差し出す。

「『質流れ』って言ってな。質屋ってのは品物を預けることで金が借りられるんだが、期限までに金を返せないと、預けてる品は売られちまうんだよ。首飾りの宝石も売られちまった。誰かに買われて、何処《どこ》にあるのかもうわからない。けどな……親父は、死ぬ直前までがむしゃらに働いて、なんとか首飾りを元の形に戻そうと頑張ってたよ。宝石は欠けちまったけど、こいつはあんたに返したい」

私は首飾りを、そっと押し戻した。

「いいや。その首飾りは、我がエルフ女王がタイショに賜ったものである。その欠けた宝石も、タイショが懸命に生きた証《あかし》ではないか！　それを、私がもらうわけにはいかぬな」

レンは、その言葉に素直にうなずく。

「そうか。それじゃ親父の形見として、俺が預かっておくぜ」

と、オーリがヤタイをジロジロと見つめながら、おずおずと口を開いた。

「で、よぉ。レン……そのヤタイって……タイショのヤタイだろ？　それにタイショのムスコってんなら……あんたもほれ、あれ、作れんじゃねえか……？」

その言葉に、レンは歯を見せてニカっと笑う。

「ああ……『ラーメン』だろ？」

私とオーリは、顔をほころばせ何度もコクコクと頷いた。

「そう！『ラメン』だよ！」

「おおっ！　レン、やはり君も『ラメン』が作れるのか!?」

レンは大きくうなずいた。

「もちろんよッ！　俺は自分の店を持つために、この年までラーメン一筋で色んなラーメン屋で修業してきた……今じゃあ俺のラーメンは、有名店にだって負けない味だぜ！」

な、なんとっ!?　タイショの世界の有名店にも負けない味だと!?

私の喉がゴクリと鳴る。タイショのラメンは凄《すご》かった。あれより美味いラメンを、私は知らぬ。

だが、もしかしたら……レンのラメンは、それを超えてしまうかもしれん！

私たちは、そわそわしながらレンに問うた。

「で、そ、そのラメンって……？」

「わ、私らにも、食べさせてもらえるのか……？」

レンは苦笑し、ヤタイから椅子を取り出して並べ始めた。

「おいおい、あんたら。俺が、何のためにこの世界に来たと思ってるんだい？　本棚の奥から偶然みつけた、親父の遺品の日記帳。深夜二時、ラーメンの材料を積んだ屋台を引いて、盛戸流《もるどる》町三丁目四番地の路地に入るべし……ボロボロだった屋台をレストアし、そんなバカバカしい話を信じて実行したのは、母さんの命の恩人にお礼を言いたかったのと、死の間際の親父の願いを叶《かな》えるためなんだ」

そして腕組みポーズで顎を上げ、私たちに宣言する。

「食わせてやるよ、極上に美味い俺のラーメン！　二人とも、心置きなく味わってくれ！」

「や、やったー！」

「うほほーい！」

その一言に、私たちはいそいそと椅子に座って、笑顔でラメンが出てくるのを待ち続けた。レンは、ヤタイの裏に回って湯を沸かし始める。私の胸がドキドキ高鳴る。ああ、もうすぐだ！もうすぐ、恋焦がれてた『ラメン』が食えるのだ！　しかし……なにかが……おかしい……？

オーリも、それに気づいたようだ。彼は私の耳に口を近づけ、囁《ささや》いた。

「お、おい。リンスィール……なんか、変な臭いしねえか？」

その言葉に、私も顔を曇らせる。

「う、うむ。なんだろうな？　この臭い……タイショの作る香《かぐわ》しいスープとは、似ても似つかぬ臭いがする……てか、はっきり言ってこれ、悪臭の部類だぞ！」

私たちの不安をよそに、レンは真剣な顔で『ラメン』を作っている。彼はメンを茹《ゆ》でると、タイショのものとは少し形が違う、深いカゴのような網で湯を切った。ザッ、ザァ！

ううむ。息子を名乗るだけあって、メンを扱う動きは、確かにタイショと似ているぞ。

しかし……やはり、この臭いが気になる。レンはドンブリにスープを注ぎ、メンを入れ、具材をのせる。そして、出来上がったラメンのドンブリを私たちの前に置いた。

「さあ、食べてくれ！　こいつが俺のラーメンだ！」

差し出されたドンブリの中を見て、私もオーリも驚愕《きょうがく》した。

具材は三種類。薄いチャーシュ、少々ぶ厚いメンマ、細切りにした大量のヤクミである。ナルトがないことや、量や形が少し違うが、ここはタイショのラメンとあまり変わらない。

だが……スープが……肝心の『スープ』が違うのだ！　それはタイショの作った、褐色で油のキラキラと光る、あの美しいスープとは似ても似つかぬ代物だった！　なんとスープが白く、煮詰めたミルクのようにドロドロと濁っているのである。そのドロドロスープからは、ニカワでも煮出したような、独特の臭気が立ち昇る。

私は、思わず立ち上がった。

「な、なんだこれはぁーっ!?　ちっがーうっ！　こんなのは『ラメン』じゃなーい！」

私の叫びに、レンの顔色が変わる。

彼は例の腕組みポーズで怒ったように顎を上げ、私を睨《にら》んで言った。

「ああん？　俺のラーメンに、文句あるってのかよ？」

私は、恩人であるタイショの息子と喧嘩《けんか》することに躊躇《ちゅうちょ》し、グッと言葉に詰まる。

だが……それでも我慢できずに、口を開いた。

「もちろんだとも、大いに文句がある！　なんなのだ、これは……上にのった具材はいい。メンも茹でてる所を見る限り、まともに見えたぞ。だが、肝心のスープが白くてドロドロに濁っていて、見た目も臭いも最悪じゃないか！　どういうつもりかわからぬが、こんなものを『ラメン』と認めるわけにはいかぬっ！」

レンは、キョトンとした後で言った。

「はぁ？　これがラーメンじゃないだと……じゃあ、あんたの言うラーメンってのは、どんなのなんだ？」

私は胸を張り、かつてタイショが作った、素晴らしき『ラメン』を思い浮かべて言う。

「ラメンとは、熱々の澄んだ褐色のスープにキラキラと光る油が浮かび、その中に細くて黄色いメンが沈んだものである！　一口啜《すす》れば小麦の香りが口いっぱいに広がって、そこに魚介と鶏《とり》の混合出汁《だし》のしょっぱさが絡み合い、舌の上でえも言われぬ快楽を生み出す……まさに、『食の芸術品』だ！」

私の言葉に、レンは眉を寄せる。

「澄んだ褐色スープに、魚介と鶏の出汁だと……？」

それから、合点がいったようにポンと手を打つ。

「ああ、なるほどね！　親父は、昔ながらの中華そば一筋だったからなぁ」

だが彼は挑戦的にニヤリと笑って、また腕組みポーズで声を張り上げる。

「だがな、俺のラーメンは『ベジポタ系』の超こってりスープよっ！　砕いたガラと一緒に白菜やジャガイモなんかのデンプン質豊富な野菜を、トロトロになるまでひたすら寸胴《ずんどう》でじっくり煮込んで作り出す。その味の奥深さ、広がりは、まさにあんたの言う『食の芸術品』だぜ……さあ、早いとこ食ってくんなっ！」

な、なんだこいつ……私の言ってること、全然わかってないじゃないかっ！

余裕綽々《よゆうしゃくしゃく》な彼の態度に、私はますますヒートアップする。

「食えるかーっ!?　こんなもん！　その、『ペジポタケイ』や『チューカソバ』というのが何かはわからぬ……だが、とにかく『ラメン』とは、こんなドロドロした灰汁《あく》の塊のようなキテレツな物体ではないのだよ！　こんなもの、断じて『ラメン』と認めるわけにはいかーん！　……おい、オーリっ！　貴様も何か言ってやれっ！」

と、隣でドンブリを見つめて固まっていたオーリが、動いた。そしてワリバシを手に取り……パチン！　彼の行動に、私は戸惑う。

「お、おい……？　オーリっ！　貴様、なにを!?」

私の制止に応えずに、オーリはワリバシをドンブリに突っ込んで、メンを手繰って口に入れた。

そして、二度、三度と咀嚼《そしゃく》する。しばらくしてからオーリは目を見開き「むぅ！」と唸《うな》り、またメンを口へと運ぶ。それから、ジロリと私を見て言った。

「確かに……こいつぁリンスィールの言うとおり、『ラメン』とは認められねえなぁ」

オーリの言葉に、私は勢いづく。

「ほらな!?　私の言った通りだろ？　やっぱりこんなものは……」

オーリが遮るように、大声をあげた。

「こんなもんは、ラメンじゃねえっ！　だが……めちゃくちゃ美味いっ！」

その勢いに気おされて、私は黙る。ややあってから、オーリが苦笑しながら口を開く。

「俺っちは珍しい食いもんは、なんでも試しちまう性分よ。レンの野郎が、こいつを『ラメン』として出してきた時は驚いたぜ……見た目はドロドロで最悪だし、臭いも悪い。タイショの綺麗《きれい》なラメンとは似ても似つかねえ。リンスィールが怒る気持ちも十分にわかる」

彼は食事を再開し、私を横目で見ながら静かな声で言った。

「けどよ？　これはこれで、かなり美味いぜ……リンスィール。一度、こいつを『ラメンとは別の料理』だと認識してから、食ってみろよ？」

「…………よ、ようし」

そこまで言われて食わずに引き下がっては、食通の名折れだろう。

私は、大人しく席に座った。レンは、何も言わずに腕組み顎上げのポーズのままだ。相変わらず布に半分隠れた、しっかり前が見えてるのか見えてないのかわからぬ目で、こちらを見つめている。私はワリバシをパチンと割ってドンブリに突っ込むと、泥のように重たいスープをかき分けて、メンを手繰ると口へと入れた。

……っ！　こ、これは驚いた！　確かに、見た目は悪い。匂いも独特だ。しかし、メンにごってり絡んだ、このドロドロスープの味はどうだろう!?

様々な食材の風味がまろやかに絡み合い、それを粘り気のある脂が統合し、絶妙のしょっぱさが包み込んでいる。メンも、良いものを使っているな。小麦の香りが強い。

スープを舌先で押しつぶすと、すこしザラっとした粒を感じる……。まるでジャガイモのポタージュのようだが、もっとはるかに複雑な味わいだ。魚介系の風味も感じる。

私と口論したことで、少しメンが伸びているようだ。だが、ドロっとしたスープは冷めにくく、未《いま》だ熱々を保ったままである。スープの脂分は多いが、上にのってるヤクミが多いので、爽やかさに相殺されて、後口はそれほど重たくない……。

具材のチャーシュもいい。タイショのチャーシュより薄切りだが、このスープの濃さに合わせて、わざと薄くしたのだろう。対して、メンマは厚切りか……こってりスープとメンマのサッパリ感が良い食べ合わせだ。これなら、ナルトはいらないかもしれないな。食べ進めるうちに、最初は悪臭と感じた匂いも気にならなくなってきた。いや、むしろ、鼻から抜ける独特の香りがクセになりつつある……ううむ、こいつは弱ったぞ。

し、しかし……このスープが……クリーミーで……むむぅ、複雑玄妙な味わいだ。

濃厚なコクと旨味《うまみ》の階層が幾重にも積み重なって、波のように美味さが押し寄せてくる……うむぅ……な、なんだろう、この味わい……？

肉のエキスがトロトロしてて、口当たりがよくてしょっぱくて……奥深い甘みとまろみがあって、飲んだ後で唇同士がくっつくようにしっとりしてて……ええ？　いやいや、本当にこれ、一体なにが入っているのだ!?

……気づくと、ドンブリの中にはスープ一滴、メン一本も残っていなかった。

ああ。美食に抗《あらが》えぬ、我が身が憎い！　私は、ようやく顔を上げる。

オーリとレンが、こちらをジッと見つめてる。悔しいが……私はレンの作った料理に、『夢中』になっていたと認めざるを得ない。私だって、珍しい食べ物は大好きなのだ。ただ、これを『ラメン』と呼ぶのが許せなかっただけである。だから、静かな声で宣言する。

「……美味い。極めて美味いよ、これは！」

レンの顔が、パッと輝く。

「だろっ!? 美味いだろ、俺のラーメン！」

私は首を振る。

「いいや！ それでも私は、これを『ラメン』と認めることはできん！」

オーリも深くうなずいた。

「俺っちも同意見だな。こいつぁ美味《うめ》えが、『ラメン』じゃねーよ」

それから立ち上がり、親指でくいくいと指し示す。

「なあ……時間あるかい？ ちょっくら、俺っちと『ラメン』を食いに付き合ってくれや！」

第二章 ── 本当の『ラメン』

ファーレンハイトには、『ラメン』を出すレストランが至る所に存在している。すでに、この地方の名物料理といってもいいくらいだ……。

タイショが消えてからラメンを食えなくなった食通たちが発狂し、料理人たちにコピー品を作らせたのは、すでに説明した通りである。そんな中でも、このレストラン、『黄金のメンマ亭』は、ファーレンハイト随一のラメンを出す店として知られていた。

すでに灯《あか》りも消えているが、オーリはその扉を遠慮なく、乱暴にガンガンと叩《たた》いて叫ぶ。

「おーい、ブラド！　俺っちと友達に、ちぃと今からラメンを食わせてくれやぁ！」

店の中からバタバタと足音が響き、寝ぼけ眼の三十歳前後の青年が姿を現した。

「ちょっと、義父《とう》さん……こんな深夜に、いくらなんでも勘弁してくださいよ！」

オーリは悪びれもせずに言う。

「おう、ブラド。今から、ラメンを作ってくれ。そんでもって、俺っちと後ろの二人に食わせてやってくれ」

ブラドは、私とレンを交互に見る。

「ええっと。……リンスィールさんはわかるけど、後ろの方は一体……？」

オーリは、レンの背中をバチンと叩いて答えた。

「おう！　こいつぁ、タイショの息子だ！」

その言葉に、ブラドの顔色が変わった。

「えっ!?　タ、タイショさんの……っ！　そうですか。今すぐ、店を開けます。どうぞ、中に入ってお待ちください」

もちろんオーリも、ラメンが食えなくなって発狂した食通の一人であった。そしてブラドは、元はあの路地にいた、二十人の孤児の一人であった。彼は妹と二人で飢えてゴミ漁《あさ》りしているところを、タイショのラメンに救われて、オーリに引き取られて養子になったのである。そしてオーリは、自分の養子の中から料理の才能がありそうな者を選び、料理人の修業をさせていた。

その事情を知れば、ここ『黄金のメンマ亭』のラメンが、ファーレンハイト随一と言われる理由がわかるであろう……？

孤児時代に妹と今にも倒れそうな空腹を抱えて冷たい路地をさまよう中で、タイショの熱々ラメンを食べた男。そして、その義父はドワーフ一の食通として知られ、恐らく通算で言えば誰よりも多くタイショのラメンを食べた男。

この二人が口にした、かつての『タイショのラメン』を再現するべく、金と努力を惜しまずに研究を重ね、ついには作り上げたのが『黄金のメンマ亭のラメン』なのである！

なお、本来であれば、レンの喋《しゃべ》る言葉は私やオーリを通してブラドに伝え、同様にブラドの言葉は訳してレンに伝えるという流れになるのだが……いちいち記すのは面倒なので、そういった作業の部分は省かせていただく。読む方の負担にもなるだろうしな。

しかし、現実にはしっかりと私たち通訳が入っており、我々のいない場ではレンは誰とも話せないことを、どうかお忘れなきように！


厨房《ちゅうぼう》の中、ラメンを作るブラドの手元をのぞき込みながら、レンが言う。

「……驚いたな。こいつはマグロ干しか？」

ブラドが頷《うなず》きながら答えた。

「大海原にいる赤身の大型魚に塩を振り、天日で乾燥させて作りました。『混合ソース』の出汁《だし》に使ってます。これ、舐《な》めてみてください」

ブラドはレンに、小瓶を差し出す。

レンは小瓶の中身を手のひらに出して、チロリと舐めると目を丸くした。

「おおっ!?　醤油《しょうゆ》にそっくり！」

「南の島で作られてるソースです。ココヤシの樹液に塩を加えて発酵させたものだそうですよ。タイショさんのスープ、あの風味を再現したくって、父と一緒に世界中のソースを取り寄せ、味見して見つけました」

ブラドはレンに、竈《かまど》で湯気を上げる大鍋を見せた。

「これが、うちの『黄金スープ』です。肉を取って骨だけにした鶏《とり》を強火で茹《ゆ》で、すぐ取り出します。その後、骨に残った血や内臓を丁寧にこそげて、リンゴ、タマネギ、ヤクミの青い部分、ショウガ、ニンニク、ナガカイソウ、オゴリタケと一緒に、沸騰させないよう八時間ほど煮込み、浮いてきた灰汁《あく》を丁寧に取り除きます。最後に目の細かい布で濾《こ》して、完成です」

「麺はこれ、どうやって作ってるんだい？」

「小麦粉と卵に灰の上澄み液を混ぜて作ります。それを穴の開いた型から押し出した後に手で揉《も》んで縮れさせ、数日ほど熟成させます。こうすると、メンにもっちりと歯ごたえが出て、黄色くなるんですよ。ラメン好きの錬金術師の先生に、協力してもらい完成させました！」

「なるほど。灰の上澄み液は、アルカリ性カリウムだ……かん水の代わりってわけだな」

「このメンが完成した時、オーリ義父さんが『こいつは、タイショのメンそのものだ。絶対に独り占めしちゃならねえ。他のレストランにも製法を教えろ！』って言い出しましてね……。ですからファーレンハイトのラメンは、みんな同じ作り方のメンを使ってます」

　ブラドは、小皿にスープを取ってレンに味見させている。本来ならば、これら料理の秘密は、『ラメンシェフ』の命とも言うべきものである。しかし、タイショの息子ならばということで、ブラドはレンに全てを曝《さら》け出していた。やがて、ブラドはメンを茹で、黄金スープと混合ソースを混ぜて、具材をのせてラメンを完成させる。

「さあ、できましたよ！　どうぞ、召し上がってください！」

　我々の目の前に並べられたのは、この二十年間で私が何度も口にしてきた『黄金のメンマ亭のラメン』だった。テーブルにはフォークとスプーンも用意されてるが、三人ともワリバシを手に取り、パチンと割る。『ラメン通』はワリバシを使うのが常識だからな。ちなみにこのワリバシ、オーリの手作りであった。

私はラメンを一口食べて、そのレベルの高さに思わず唸《うな》る。すっきりとした味わいの澄んだスープに、小麦が香る黄色く縮れたメン。多からず少なからずのヤクミ、チャーシュ、メンマ、ナルトの具材。鶏の脂と魚介の味が絶妙にマッチして、そこにしょっぱさがキリリと浮き上がる。

私はブラドの顔を見て、にっこりと微笑《ほほえ》んだ。

「ブラド君……また、腕を上げたね？」

ブラドも笑って、頭を下げた。

「ありがとうございます、リンスィールさん。だけど、それでもまだ、タイショさんのラメンには届かない……」

レンは、ブラドのラメンを食べると、感心した顔をした。

「驚いたぜ……こいつは、ちゃんと中華そばになってるよ。いやはやブラドさん、あんた、大したラーメン職人だ！　こんな異世界で子供の頃の記憶だけを頼りに、一からラーメンを作り上げちまうとはなぁ！」

ブラドは嬉《うれ》しそうな顔をする。

「そう言ってもらえると、嬉しいです。僕の命はタイショさんに救っていただいて、義父さんとリンスィールさんに育てていただきましたから。美味《おい》しいラメンを作り上げ、お二人に喜んでもらうのが生きがいなんです！」

それを聞いて、私は目頭が熱くなってしまった。

タイショの稼ぎが消えてから、オーリの生活は一気に困窮した……彼が引き取った二十人の孤児のうち、何人かは成人していたが、未《いま》だ半数以上は子供のままであったからだ。それに加えて、オーリはタイショのラメンを再現するため、狂ったように世界中の食材を集めだした。もちろん私も友のため、だいぶ色々と支援させてもらったが……。養子であるブラド・ドゥオールの『黄金のメンマ亭』が軌道に乗るまでは、彼らは本当に大変な暮らしをしていたのである。

　実の親子以上に支えあって、二十年間を歩み続けた。このラメンを食べればわかる。二人の出会いは、まことに価値あるものだった！

　ブラドがレンの顔を見つめて、真剣な表情になる。

「それで、レンさん。僕、お願いがあるんですが」

「お願い？　なんだ、俺にできることだったら、なんでも言ってくれや！」

　ブラドは真《ま》っ直《す》ぐに頭を下げた。

「レンさん……お願いです！　同じラメンシェフとして、僕にあなたの作るラメンを食べさせてください！　タイショさんの息子のあなたが、どんな『ラメン』を作るのか、気になって仕方ないんです！」

　その言葉に、私は言った。

「ほほう……いいじゃあないか！　どうだね、レン。ひとつ、ブラド君にも食べてもらって、君が作ったのが『本物のラメンかどうか』をジャッジしてもらうというのは……？」

　レンは、ドンブリからスープを飲み干すと立ち上がり、腕組みをして顎をあげるいつものポーズを取って、ニヤリと笑ってブラドに言った。

「いいとも、望むところだぜ！　ブラドさん。あんたに、俺の作った極上のラーメンを食わせてやるよ」


場所は、あの路地だ。並べられたヤタイの椅子には、私、オーリ、ブラド、そしてマリアという女性が座っている。彼女はブラドの妹で、今は彼の家に一緒に住み、レストランの仕事を手伝っている。レンの作るラメンを、ぜひ妹と一緒に食べたいという事で、ブラドが寝てる所を起こして連れてきたのだ。マリアが辺りを見回しながら、しみじみと言う。

「ブラド兄ちゃん。この路地……懐かしいね」

ブラドが大きく頷いた。

「ああ。この路地には辛《つら》い思い出も多いけど、今、僕たちが幸せに暮らせているのは、ここでタイショさんと出会えたからだしな」

マリアが涙ぐみながら言う。

「そうだね。きっとあたしたちだけだと寂しすぎて、ここには来られなかったよねえ？　……タイショさん、死んじゃったんだね。どうか、天国でもお元気でね、優しいタイショさん」

そんな空気を打ち破るように、二人の前にドンブリが置かれた。

「ほいよ、ラーメン二つ、おまっしゃーしたー！　さあ、熱いうちに食ってくんな！」

しんみりしてたブラドとマリアは、目の前に置かれたドンブリを覗《のぞ》き込んで、仰《の》け反《ぞ》った。その顔は、明らかに引きつっている……ふっふっふ。やはり、こうなるか！

しかし、勝負はフェアにいかねばなるまい。まずは、二人にも食べてもらわなければジャッジできない。私とオーリは、手で二人に『早く食え！』と促す。それを見て、ブラドとマリアは顔を見合わせ、お互いに青い顔をしつつも、おっかなびっくりといった様子でワリバシを手に取り、ドンブリに突っ込んで食べ始めた。

しばらくしてから、である。食べ終わったブラドが顔を上げて、遠慮がちに言う。

「いや……たいへん美味《うま》かったです！　このこってりしたスープの味には、ものすごく感動しました！　けど……これが『ラメン』って言われるとぉ……？」

レンが目を剝《む》き、口をへの字に曲げた。当然だな。特にブラドは、己が必死で作り続けてきたラメンへのプライドがある。こんな物を『ラメン』と認めるわけがないのだよ！

しかし、その時である。彼の隣に座ったマリアが顔を上げ、ゆっくりと言う。

「あたしは、これ……『ラメン』だと思うわ」

意外な伏兵に、私もオーリもブラドも驚いた。

だがマリアは、堂々とした様子で胸を張って続けた。

「だって、そもそもラメンって何かしら……？　あたしたちは皆、タイショさんの作ったラメンだけが『本当のラメン』だと思っていた。けれども、この料理を食べて、あたしは『これもラメンだ』と思ってしまった。いまさら、『これはラメンじゃない』って言われても、あたしの心は動かない」

マリアは、空のドンブリを覗き込みながら言う。

「このドンブリには、メンがあって、スープがあって、ヤクミもチャーシュもメンマもあった。そして、とっても美味しかった……ねえ、ブラド兄ちゃん。ナルトがのってなかったら、それはラメンじゃないの？　チャーシュが三枚だったり分厚かったりしたら、ラメンじゃなくなる？　スープの色が濃かったり薄かったら、それってラメンとは言えない？」

問われてブラドは、おずおずと答える。

「そ、それは……ナルトがのってなくっても、ラメンはラメンだよ。チャーシュの数が増えたり、厚さが違うくらいは問題にならない。スープの濃さも店によって違うし、それもラメンと言えるはずさ……」

マリアは首を傾《かし》げて、さらに尋ねる。

「ラメンって、メンの一本スープの材料まで、細かくルールが決められてるの？　そうじゃないでしょう？　それなら兄ちゃんのラメンだって、ラメンとは言えないはずだもの」

ブラドが言葉に詰まって、黙り込む。私もオーリも、何も言えなかった。

マリアは悲しげに路地を眺め、静かな声で続ける。

「あたしたちにラメンを食べさせてくれたタイショさんは、死んでしまった。もう、お手本はないんだわ。だとしたら……『本当のラメン』なんて……世界のどこにあるのかしら？」

突然、レンが大声で叫んだ。

「そうだッ！　その通りだぜ！」

レンは筋肉ムキムキの腕をカウンターに載せて、マリアに笑いかける。

「よーくわかってるじゃねえか、あんた。そう……『本当のラーメン』なんてもんは、この世には存在しないんだ！」

私は、口をあんぐり開けた。本当のラメンなど……存在しない……？

レンは愛《いと》しげにヤタイのカウンターを撫《な》で、遠い目をして言う。

「俺だってなぁ、親父《おやじ》のラーメンは美味かったと思うよ。だから、レシピもちゃんと覚えてるし、チャーシューの味付けも変えてねえ。いずれ出す自分の店にも、『ラーメン太陽』の看板を掲げたいと思ってるんだ」

レンは、私たちを見回した。

「……でもな。親父の作ってた中華そばは、ラーメンのひとつの形にすぎねえんだぜ？　俺や親父のいた世界には、もっと多くのラーメンが存在している。ラーメンってのは、もっと『自由なモノ』なんだ！　塩、味噌《みそ》、豚骨、つけ麺、鶏白湯《とりぱいたん》に醤油とんこつ、カレーにチャンポン、油そばにサラダにあんかけ、トマトに冷やしにサンマーメン、久留米《くるめ》、家系、濃厚魚介、がんこ、純すみ、背脂ちゃっちゃに富山ブラックに台湾ラーメンアメリカンなんてのまで……とても全部は言い切れねえ。ラーメンには、無限の可能性がある。ルールなんて何もねえ。ただ、食って美味ければ、それでいいんだ！」

な……っ!?　彼らの世界には、そんなに何種類もラメンがあるのか！　そして……ラ、ラメンはもっと……『自由なモノ』……だと!?　……あ。ああ……わかった……そうだ！

思えば、最初にタイショのラメンを食べた時、その自由な発想に驚かされたものだった。

ワリバシを使ってメンを啜《すす》り食う作法や、タケノコを甘辛く煮つけたメンマ、鶏や豚や小麦といったありふれた食材を芸術の域にまで高めた調理術……おお！　あれこそまさに、転がり出たカルマン猫の目玉である！（エルフの言い回しで『目から鱗《うろこ》が落ちる』の意）

タイショのラメンは、凝り固まった私の『常識』を見事に『ぶっ壊して』くれた。それが気持ちよかったのだ。あの感動、創造性、自由な魂……もしも私が最初に出会っていたのが、タイショでなくレンだったなら……。きっと私はレンのラメンに心底驚いて感動し、彼のラメンこそが『私のラメンのスタンダード』になっていただろう。

そうだ。私はあえて、無視していた。私は卑怯《ひきょう》だった。レンのラメンに夢中になったあの時に、タイショのラメンを初めて食べた時の感動を、確かに感じていたというのに……。

それでもタイショのラメンが、あまりにも眩《まぶ》しすぎて、思い出があまりにも大切すぎて、会いたくてたまらない二十年の間に、太陽のように絶対の存在になっていて……それを否定するのが、私は怖かったのだ。

オーリが、私の背中を叩く。彼はこちらを見て、大きく頷いた。私は意を決して立ち上がり、布で半分隠れてるレンの瞳をジッと見つめ、それから告げた。

「レン……認めよう！　私が間違っていたよ、私の負けだ。君が作ったこれは、間違いなく『ラメン』だ！」

「俺っちも認めるぜ！　こいつぁ、立派な『ラメン』だ！　それも、とびきり美味いラメンだよ！」

レンがニカっと笑い、いつもの腕組みポーズで得意気に顎を上げる。

「おうともさ、当然よッ！　頑固な恩人たちも、やぁーっとわかってくれたかい！　『ベジポタ系』だけじゃねえぜ。さっきも言ったけどよ、俺のいた世界には、数えきれないほど色んな美味いラーメンがある。それこそあんたらの『常識』を根本から『ぶっ壊す』ような……そんな、すげえラーメンがな！」

レンの言葉を聞いて、私はワクワクした喜びで打ち震えた。『常識』を根本から『ぶっ壊す』……それこそが、私がラメンに求めるものである！　だが同時にそれは、絶望の一声でもあった……なぜなら私は、あちらの世界にはいけないからだ。

彼らの世界に行こうとしたのは、タイショと共にヤタイを引いた、あの夜だけではない。この二十年の間に、私はタイショ会いたさに、この路地を数えきれないほどさまよったのだ。オーリに頼んで作ってもらった『ヤタイもどき』を引いてうろついた事さえある。

しかし、いつも白み始めた空を見上げては、一晩中歩いて疲れきった身体《からだ》を引きずり、家路につくだけだった。ああ、彼らの世界には無限の驚きが存在してるというのに！　そこには味わい尽くせぬ感動があるというのに。なのに……私はそれらを口にする事は、永遠に不可能なのである……。

沈み切った私の顔を見て、レンが首を傾げた。

「お？　どしたよ、リンスィールさん？」

悔しさをにじませながら、私は答える。

「ふっ……レン、君が羨ましいよ。私は、君やタイショたちのいる世界に生まれたかった。そうすれば私も、数多《あまた》のラメンを生涯かけて食い続けることができただろうに……」

するとレンは、こともなげに頷いてみせた。

「ああ、なーんだ。もっと別のラーメンが食ってみたいのか？　そんなら、俺が作ってやるよ」

私は驚いて立ち上がる。

「な、なにぃっ⁉　レン……君は……そんなことができるのかい？」

レンはあっさりと頷く。

「できるぜ。ほら……前に言ったろ？　俺は今まで、色んな有名店で修業してたんだよ。もちろん完コピは無理だけど、かなり近い味のラーメンなら、再現できる。もっとも、材料の調達や仕込みに時間がかかるから、すぐにってわけにゃいかねえけどな」

感激しながら私は叫ぶ。

「お、おおー！　それは素晴らしいっ！　レン、ぜひとも頼むよ、この通りだ！　私に、もっともっと色んなラメンを食べさせてくれ！」

レンは、親指を立ててニカっと笑う。

「ああ、任せときな！　極上に美味いラーメンを食わせてやるよ」

私たちのやり取りに、ブラドがフフッと笑った。

「どうやら僕ら、タイショさんのラメンを追いかけるあまりに、固定観念にとらわれていたのかもしれませんね……」

オーリがしみじみと、「まあ、それも仕方ねえさ。タイショのラメンは、本当にすごかったからなぁ」そう言った後で、こう続けた。

「それにさ。やっぱ俺っちは、タイショのラメンが一番好きだな。だってタイショのラメンは、毎日食っても飽きなかったもんよ」

かつての日々を思い出し、私も頷いた。

「確かに。レンのラメンは美味いが、毎晩となると少し重いだろう」

ブラドも遠慮がちに言う。

「僕もひとつ、気になってることが……このラメンは、インパクト抜群で素晴らしいです。だけど……レンさんのラメンには、タイショさんのラメンから感じた不思議な『何か』が、まだ足りない気がします」

私は顎をなでる。

「何かが足りないか……ふむ？」

実を言えば、私も何か足りない気はしたのだ。とても美味かった。感動もあった。驚きもあった。だが、ラメンを食べた時の充足感というか……後味的な、何かが。今思えば、それが彼のラメンを認めるのを、最後まで妨げていた気がする。

レンが眉根を寄せた。

「毎日食べるってことで言やあ、確かにこいつは向いてねえが……でもよ。俺のラーメンだって、親父のラーメンに味で負けてると思えないぜ」

レンの言葉に、私たちは力強く同意する。

「ああ、味では全く劣っていない！　それに君のラメンには、タイショのラメンに負けないほどの驚きと感動が詰まっていた」

「レン、お前さんのラメンはとんでもなく美味《うめ》えや！　だけどもやっぱ、タイショのラメンにゃ妙な懐かしさがあってなぁ」

「はい。僕たちが言いたいのは、ラメンの味が上か下かということではないんです……」

「レンさんのラメン、こってりしてて大好き！　あたしはタイショさんのラメンより、こっちのが好みかも……でも言われてみれば、少し物足りない気もするのよねえ」

お世辞ではない。全員がそう思い、真剣な表情で語っている。味では負けてないと知ったレンは、やや安心した顔をしたが、それでも謎は解けないままだ。

「……四人とも親父のラーメンと比べ、俺のラーメンに物足りなさを感じている……？　これは、好みの問題ってわけでもなさそうだな。一体、何が足りないってんだ？」

ブラドは悲しげな表情をした。

「それがわかれば苦労ないですよ。だってそれは僕のラメンにも足りないものなんですから。それが見つかれば、僕のラメンもタイショさんのラメンに近づけるんですが……」

レンは月を見上げて、考え込む。

「この世界のラーメンや、俺のラーメンに足りなくて、親父のラーメンにあったもの……そして毎日食べても飽きないような、そんな懐かしくて不思議な何か……だと？」

と、しばらくしてからレンが、ポンと手を打った。

「あーっ！　わかったぜーっ！」

ブラドが身を乗り出す。

「……わかった？　僕らのラメンに何が足りないのか、わかったのですか？　ならばレンさん、教えてくださいっ！」

しかし、レンは首を振る。

「いいや、今すぐには教えられねえ。そうだな、百聞は一見にしかずって言うし……三日後だ。三日後に、またこの路地に来てくれよ。そこで、俺の出すラーメンを食ってくれ」

私たちは、顔を見合わせ頷いた。

「ようし、三日後だな。わかった、みんなで集まろう」

と、マリアが手を挙げる。

「はーい！　それって、あたしも行っていいの？」

レンがニカッと笑う。

「もちろんだ！　材料はたっぷり用意しとく。というよりあれは、『たっぷり用意しないとできないラーメン』だからな……ぜひ、あんたも食いに来てくれ」

つられてマリアも、ふふっと笑う。

「レンさんって、タイショさんとはタイプが違うけど、男らしくてとっても素敵ね。その頭の白い布も、腕を組んだポーズも、ミステリアスで魅力的だわ」

レンは赤面して腕組みする。マリアはウインクしながら、明るい調子で言った。

「ねえ、レンさん。あたしの名前はマリアよ。これからは、そう名前で呼んでくれる？」

レンは一瞬だけ言葉につまったが、ぼそぼそとマリアを名前で呼んだ。

「あ、ああ……わ、わかったぜ……マリア」

オーリは立ち上がりながら、自分の子供たちの肩を叩く。

「そんじゃ三日後の夜に、またここでな……お前ら、今日も店を開けるんだろ？　そろそろ撤収しないと、寝不足で倒れちまうぞ！　おい、レン。三日後、とびっきり美味いラメンを期待してるからな！」

そう言うと彼は、ブラドとマリアを連れて帰っていった。

「では、私もそろそろお暇《いとま》しようかな……って……レン？　どうしたのだ？」

ふとレンを見ると、手を振りながら遠ざかるマリアへと、ジッと視線を送っている。

「……おい、レン。おーい！　もしもーし!?」

彼の目の前で手をヒラヒラさせると、ようやくハッと気付いて向き直る。

「あっ!?　ああ……なんだい、リンスィールさん？」

「いや、だからだな。私もそろそろ帰るから、それじゃあなって言っているのだよ」

レンは咳《せき》ばらいをひとつしてから、ヤタイの椅子を片付け始めた。

「ごほん。そうかよ……それじゃ、おやすみ、リンスィールさん。三日後、またな……」

……な、なんだ。よくわからんがレンのやつ、さっきと打って変わって元気がなくなってしまったなぁ。

「どうしたのだ、レンよ。大丈夫か？　悩みがあるなら、相談に乗るぞ」

私がおずおずそう言うと、レンは真剣な表情で口を開く。だが、すぐに黙って首を振り、ヤタイの片付けへと戻ってしまう……。私はレンを心配しながらも、それ以上は声をかけられず、その日は家へと帰ったのだった。

第三章　巨大なる『ラメン』

……そして、三日後の夜である。目の前に出されたドンブリを見て、私は驚愕《きょうがく》で固まった。それは隣にいるオーリや、その向こうにいるブラドとマリアも同じであろう。

前回の『ペジポタケイ』とやらも驚いたが……今回のインパクトは、あの時以上だ！

ドンブリには、零《こぼ》れ落ちそうなほど大量の野菜がのっている。その下から見え隠れするのは、常識外れに分厚く切り取られたチャーシュだ。脂身の部分がずいぶん多い。さらには大量のニンニクみじん切り……メンは見えない。ドンブリは野菜と豚肉とニンニクに、完全に覆いつくされているからだ。文字通りに『山と盛られた』具材を見て、私は内心で声を上げる。は、嵌《は》められたっ!?　なんということだ……恐るべし、『ヤサイマシマシニンニクアブラ』っ！

先ほどレンに、「リンスィールさん、どれくらい食えるよ？」と聞かれた。私は、「美味《うま》いラメンならいくらでも食える」と答えた。次に、「ニンニクは好きか？」と聞かれたので、「ラメンにニンニクはつきものだろう」と言った。そしたらレンが「アブラは好きかい？」と問うたので、「ラメンのアブラは旨味《うまみ》の元だ」と答えた。続けて、「しょっぱい方が好きかな？」と言うので、私が「嫌いではないが、素材を見極めるには濃い味は邪魔になろう」と述べると、「じゃあ、『ヤサイマシマシニンニクアブラ』だな……ほら、コールしてみ？」と言ったので、私はわけもわからずに「ああ……『ヤサイマシマシニンニクアブラ』……これでいいのか？」とそのまま応じた。

その後、オーリが真似《まね》して同じようにコールして、ブラドも同様にコールした。マリアも面白がってコールしようとしたのだが、そしたらレンが真剣な顔で、「いやいや、マリアはコールしない方がいい」と慌てて止めた。

その時に、「あれれ、なんだかおかしいぞ？」と気づくべきであった。

レンがいつもの腕組みポーズで、高らかに声を上げる。

「こいつは、『二郎系』ってジャンルのラーメンだ！　見ればわかるだろうが、この溢《あふ》れんばかりのボリューム感が特徴だな。ちなみに、二郎系でラーメンを残す事は禁じられてる。上の野菜、モヤシとキャベツは店のサービス、無料で追加される心意気だからだ。さあ、冷めないうちに食ってくれっ！」

……いやいや、食ってくれじゃねえよっ！　なんだよ、この量!?　全員がそう思ったに違いないが、やっぱり味も気になるし、とにかく食わねば話にならぬ。

私たちはワリバシを手に取り、パチンと割るとドンブリにズボッと突っ込んだ。

しっかし、私たちはタイショのラメンの秘密が知りたくて集まったんだがなぁ……。なのに、目の前の『ラメン』がタイショのラメンのような魅力を持っている様には、まったく見えないのが困りものだ。ドンブリに顔を近づけると、ニンニクの強い香りが胃袋を刺激する……『ジロウケイ』ラメンの上にのった大量の野菜は、主にキャベツと『モヤシ』という名のスプラウトに似た植物であった。こんもり山になった様子は、よく言えば豪快で、悪く言えば下品である。スープも今にもこぼれそうなほどなみなみと注がれ、乳化した脂によって濁っている。

私はまず、大量の野菜を口へと入れた。が……むむぅ。このモヤシとかいう野菜、ほとんど味がしないな。キャベツも軽く茹《ゆ》でただけのようだ。そして、いくら野菜を食べてもメンに辿《たど》り着かない……。口の中が淡泊で、水っぽくて、ひたすら寂しい。まるで、エルフの里での食事のようだ。幼少時代を思い出す。

私はしばらく困り顔で、シャクシャクと野菜を食べていたが、これではいつまで経《た》ってもメンが食べられないので、意を決してワリバシをドンブリの底へと突っ込んで、『姿は見えないが、恐らくそこにあるであろう』メンを探った。すると、ワリバシに何かがゴツンと当たる。

……え。もしかして……これがメンか……？　えらく重たいなっ。

私は大量の野菜の下から、メンをズルズルと引っ張り出す。するとドンブリの底から現れたのは、茶色く色づいた麻縄の如《ごと》くぶっといメンだった。私はギョッとする。

な、なんだ、このメン……。普通のメンの四倍くらい太いじゃないか！　驚きながらも、メンを口に含むと……しょ、しょっぱぁ!?　スープの味が、めっちゃくちゃ濃いぞっ！

私はむせながら、慌てて野菜を口へと入れた。すると、野菜の淡い甘さにしょっぱさが包み込まれて、強烈な塩気が和らいでいく……ああ、驚いた！

この野菜、要するにナルトのように口の中をリセットし、スープの塩気を紛らわす具材だろうか……こんなに要らない気がするけども。

うーん？　マズくはないが……なんだか色々と過剰でアンバランス、チグハグなラメンというのが、その時の私の感想だった。

しかし、レンは「残すな」と言ってたし、タイショのラメンの秘密も解けてない。ここで席を立つわけにもいかないだろう。私は弱りながらも、またメンを啜《すす》りこむ。すると今度は、ニンニクのみじん切りが大量に入り、まるで口中が爆発したみたいな刺激が走った。

私はまたむせて、モヤシへと逃げる。そしてメンを啜り、濃い味にキャベツを頬張り、その合間に分厚いチャーシュのプルプルした脂身を齧《かじ》り、サッパリしたくなって野菜を食べて……ループである。で、なぜか……そのループが……手が止まらない。

気づくと私は、ひたすらメンを口へと運ぶ作業を繰り返していた。

この常識外れに『どデカいラメン』の虜《とりこ》になって、ひたすらガツガツと猛烈な勢いでラメンを食らっていたのである！

なるほど……こうして味わってみると、このラメン。かなり尖《とが》った味わいだが、十分に『美味い』と表現してもいいだろう。まず、メンの太さがいい！　嚙《か》み応えがあって、モチモチというよりもグミグミといった食感だ。スープの味がしょっぱいので、口に入れた時は塩辛すぎるように感じるが、極太のメンをワシワシ食べると、小麦の味に塩気が和らいで、ちょうどよい塩梅《あんばい》になっていく……。

合間、合間に鼻先にガツンと来る生のニンニクは暴力的だが、脂っこくて濃厚なスープと太いメンに、絶妙にマッチしている。付け合わせとしては大量過ぎる野菜も、下部はスープに浸って味が付いており、そのままでも美味《おい》しく頂ける。

極厚のチャーシュも素晴らしい……。時間をかけてトロトロに煮込まれており、口に入れただけで柔らかく崩れ、まろやかに舌にまとわりつく。

そして、このスープ。おそらく、豚を煮出したスープだろう。半透明の脂のカケラが表面に浮くほどコッテリしていて、とってもしょっぱいのだが、その向こう側には塩気にかき消されていないのが不思議なほど、確かな甘みと強い旨味を感じる。

なんというか、ひとつひとつの素材は『やりすぎ感満載』でチグハグに見えても、全てが組み合わさった『後味』が、やたらあと引く美味さである。口の中の凸が凹に包みこまれ、その凹が直後に凸で埋められる……とでも表現すればいいのだろうか？

この荒々しくもパズル的な味付けに、山と盛られたビジュアルも相まって、『ジロウケイラメン』は食べるのが楽しく、心躍らせるラメンであった。私は、メンを口へと運ぶループを止められない。止められないのではあるが……不思議なことに、さっきから量が全然減らないのである。レンの言葉が、ふとよぎる、『ジロウケイラメンを残すのは厳禁』と。

こ、これは一体、どうしたことだろう⁉　戸惑いながらラメンをよく見ると、メンが一・五倍に膨らんでいる。どうやら、スープを吸って太くなっているらしい。

おおっ⁉　な、なんと……こういうカラクリだったのか。食べても食べても量が減らないとは、なんという『ラメンマジック』っ！　ラメン好きにとっては、まるで夢のようである。だが今は、そんな魔法を求めていない。いくら美味いラメンでも、無限に食い続けられるわけではない。胃袋は大きい方だが、限界値というものがある。そして私の胃袋は、その限界値に徐々に近づきつつあった。このまま時間をかけていては、さらにメンが膨らんでしまい、完食は難しくなるだろう。私は焦り、戦慄しつつ、急いでメンを口へとかきこんだ。しかし……へ、減らない。……全然、減らないのだ！　メンも野菜も、まだ半分近く残ってる！　腹が苦しい。終わりが見えない……。

恐るべし……『ヤサイマシマシニンニクアブラ』ーっ！

……私が『ジロウケイ』ラメンをどうにか完食したのは、それから五分後のことであった。時間をかけては不利になると悟ってからは、短期決戦で一気にメンを啜りこんだ。それが功を奏したのか、食えなくなる一歩手前で、なんとか食べきることができたのだった。

隣を見ると、オーリとブラドも完食したらしい……。オーリはまだ多少、胃袋に余裕を残してるようだが、ブラドはギリギリなのか苦しそうな顔をしている。まあ無理もないだろう。意外なことに、マリアも完食していた……『ヤサイマシマシニンニクアブラ』でないとはいえ、彼女のラメンもそれなりの量があったはずなのだが。

彼女もまた、ラメンを残せぬ『ラメン食い』の一人ということだろうか。

しかし、あのしょっぱい大盛りラメンを平らげた今、喉が渇いてしかたないな……と、レンがグラスに水を注ぎ、私たちの前に置いてくれた。私たちは先を争うようにして、それを飲み干す。

キンキンに冷えた水が、渇いた喉に染み渡る……ああ、なんという甘露っ！

満ち足りた私たちの顔を見て、レンが言った。

「で……今回のラーメン、どうだったよ？」

はち切れそうな腹を抱え、それぞれが論評する。

「最初の一口、二口はしょっぱさに驚いたが、食べてるうちに豚の脂や野菜の甘さ、小麦の香ばしさが合わさって、ちょうどよい感じになる。妙にあとを引く、なんとも不思議な味だった。途中から手が止まらなくなって、自分でも驚いたよ！」

「こいつぁ、ドワーフ好みの味つけだ。ニンニクのインパクトとメンの太さがもの凄《すご》かった……だがなにより、この量にはたまげたぜ！　たった一品でドワーフが腹いっぱいになるなんざ、そうそうねえよ！」

「僕は、全部食べきれるか不安でしたが……いやはや、なんとかなるものですねえ。お腹《なか》は苦しいですが、今は戦い終えたような達成感でいっぱいです。また、あのプルプルした脂身たっぷりでとろけるチャーシュには驚きました！　ぜひ、自分でも作ってみたい！」

「あたし、上にのった野菜が甘くてシャキシャキしてて好きだわ。スープに浸ると、ちょうどいい味加減になって食べやすかった。でも、他の三人が頼んだみたいな、『ヤサイマシマシニンニクアブラ』とかいうのだったら、絶対に食べきれなかったと思う……」

レンは、ウンウンと何度もうなずく。

「その、『でっかいラーメンを食ってやった！』って征服感も、二郎系のウリなんだぜ！　そっかそっか、『手が止まらなかった』か……ま、そっちのカラクリは、次の機会に明かすとして。どうだい、みんな。親父《おやじ》のラーメンへの懐かしさ……今、どんな感じだよ？」

そ、そう言えば……？　『ジロウケイ』ラメンは、タイショのラメンとは似ても似つかぬラメンだったというのに、なぜだかタイショのラメンを食べた後のような気分になっていた。もちろん、タイショのラメンは今でも猛烈に食べたい！　あの味こそが、私のラメンの原点なのだから。食べたいのではあるが……私の中には、ずっと求めてた何かを「もう十分！」というほど詰め込んだような、そんな充足感が確かにあったのだ。

ブラドがレンの顔を見据えて言う。

「確かに。まるでタイプが違うのに、食べた後に妙な懐かしさを感じます。このラメンには、タイショさんのラメンに通じる何かがあるようだ……教えてください！　その秘密を！」

レンは大きく頷《うなず》くと、口を開いた。

「俺や、ブラドのラーメンに足りなかったもの……それは、『化調《かちょう》』だッ！」

言いつつ、レンは真っ白い粉の入った容器をカウンターにドンと乗せた。

ブラドが身を乗りだす。

「カ、カチョー……なんですか、これは!?　なにから、どうやって作られるんです？」

レンは腕組みをして、顎を上げながら言う。

「化調ってのは、化学調味料の略だよ。主にサトウキビを細菌発酵させることで作られている……こいつはどんな料理でも『入れれば必ずウマく』なっちまう、とんでもねぇ魔法の粉だ！」

「ど、どんな料理でも……必ずウマくなる、魔法の粉だってぇーっ!?」

私もオーリも驚いて声を上げる。レンは真面目な顔で頷いた。

「ああ、その通りだ」

私は喉の奥で唸《うな》った。

「ううむ、とても信じられん！　そんな神の如きアイテムが、まさか現実に存在するとは……。ちょっと、舐《な》めてみてもいいかね？」

レンは、親指をグッと立てる。

「いいぜ。ブラドも、オーリさんも、マリアもほれ……舐めてみてくれ！」

私たちはドキドキしながら粉を摘《つ》まみ、舌をとろかす『天上の味』を期待して口へと入れる。

しかし……、

「……？？？」

味らしい味がない。いや、若干のしょっぱさや、その向こう側に風味のようなものは感じられるのだが……私たちは顔を見合わせ、首を捻《ひね》った。

その様子を見て、レンが笑う。

「どうだい？　ほとんど味しねーだろ？」

「あ、ああ。決してマズくはないのだが……とりたててウマくもない。とても君の言うような魔法の粉には思えんよ！」

しかし、ブラドが真剣な顔をする。

「いや……リンスィールさん。一概にそうとも言い切れませんよ」

ブラドは、真っ白い粉をジッと見つめて言う。

「目立った色もなく、大してしょっぱくも甘くもない。匂いもほとんどしない。なのに、舌には旨味が残る。これだけ雑味がなければ、どんな料理に入れても味を壊しません」

レンが膝を打つ。

「そう！　そうなんだよ、さすがはラーメン職人だぜ！」

一斉にレンの顔へと、みなの視線が集中する。レンは怖い顔をしながら言った。

「こいつは、入れれば入れただけ料理をウマくする。おまけに価格も安い。つまり、どんなに適当に作ったラーメンでも、こいつを大量にぶちこむだけで『それなりに食えるラーメン』になっちまうってわけだ！　そりゃあ、魂削って作り上げたラーメンの仕上げに化調を足すのと、最初からなんも考えないでドバドバ入れたの、客を感動させられるのは前者だけだがな」

ブラドの顔が不機嫌なものになる。

「適当に作ったラメンでも、お客さんが満足してしまうんですか……？　そんなの、バカらしくてやってられませんね！」

レンが苦笑する。

「そうだな。特に俺たち料理人は、手間暇かけた分だけ料理が美味くなるって強い信念があるしな……だから一時期、俺の世界でも『化調を食べると身体《からだ》がしびれる』とか、『舌がバカになる』とか『健康的じゃない』なんて噂《うわさ》が流れたことがあった」

マリアが眉をひそめる。

「……それ、本当なの？」

レンは首を振った。

「そりゃ、なんでも食べすぎは身体に毒だよ。化調を入れすぎると、単調でベッタリした味になっちまうしな。だけど、化調ってのはグルタミン酸……生き物の体内に普通にあるもんを、塩の形にしただけの調味料なんだ」

レンは痛しかゆしといった表情で、後頭部をガリガリと掻《か》く。

「もちろん、『無化調』を売りにしてるラーメン屋は沢山あるし、俺も修業したことがある。そういう店は化調なしで『濃ゆい旨味』を出すために、出汁《だし》を工夫したりコストをかけたりして、大変な努力をしてるんだぜ。それを否定するわけじゃねえし、尊敬もするが……やっぱ安くて美味いラーメン作りには『化調と上手《うま》くつきあう』ってのが、俺の持論だな」

彼は、愛《いと》し気《げ》にヤタイを撫《な》でながら言う。

「俺の親父も、上手に化調を使ってたよ。今みたいに店を構えて、こだわりのラーメン一杯で千円もとれる時代じゃなかったからな……親父は凄かったぜ。お客さんに安い値段で美味しいラーメンを食ってもらうため、抜群のセンスで単調になる一歩手前、素材を殺さないギリギリの量を調整してスープを作ってたんだ」

オーリがゴクリと喉を鳴らす。

「つ、つまり……俺たちが求めてたのは……？」

レンは大きく頷く。

「ああ。みんな、親父のラーメンを何年も食い続け、親父が消えた後は親父のラーメンだけを、ずーっと求め続けてきたんだろ？　頭には、親父のラーメンへの思い出と憧れが強くこびりついてる……その親父のスープにゃあ、化調によってスッキリした味わいとは裏腹に、普通に作ったんじゃ出せないような強烈な『旨味成分』が凝縮されていた。つまり皆が足りないと感じてた何かは、『化調の味』ってわけなのさ！」

　な、なんとぉーっ⁉　我々が欲していた『何か』は、『カチョー』だったのか！

　なるほど。我々の世界でいくら『ラメン』を追求しても、答えに辿り着けないわけである。なにせ、味の秘密はレンの世界にしかない粉だったのだから。

　ブラドが、白い粉を見つめて言った。

「お話を聞いて、この粉の凄さが改めてわかりました。純粋な旨味成分か……もし材料を大量に煮込んで、これを入れたのと同じ濃さのスープを作るとしたら、エグみや雑味が出てしまい、とても飲めたものじゃないでしょうね……」

　レンも難しい顔をする。

「そういうことだな。まあ、俺が向こうの世界から化学調味料を持ってきてやるのは簡単だが……ブラド。あんた、それじゃ満足しねえだろ？」

「ええ。こいつを使って、ラメンを作りたい思いはあります。しかし、それではもしも、レンさんがタイショさんみたいにこちらの世界に来れなくなったら、僕のラメンはまた未完成に戻ってしまう……」

　マリアが慌ててブラドの脇腹を突っつきながら、ふくれて文句を言う。

「ちょっと、ブラド兄ちゃん⁉　縁起でもないこと言わないでよ！」

　オーリが息子に助け船を出すように、白い粉を見つめながら言った。

「さっき、カチョーはサトウキビから作るって言ってたよな……サトウキビなら、こっちの世界にもあるぜ。それ使って、俺たちの世界でもできねえのかい？」

レンが腕組みで唸る。

「うーん……俺もラーメン職人として、化調の勉強は一通りしてる。作れねえこたないだろうが……必要な材料が多すぎて、あまり現実的じゃねえな」

それから、ブラドをチラリと横目で見る。

「で、だ。ブラド。あんたがスープの出汁とってる材料に、昆布があったろ？　あれ、どこで仕入れてるんだ？」

ブラドはキョトンとした顔で、首を捻る。

「……コンブ？　それって、どれのことですか？」

「ほら、乾いた板状の黒い奴《やつ》……海で取れるのだよ」

「ああ、ナガカイソウ！　あれはですね、漁港近くのセイレーンにお願いして、海から持ってきてもらってます。海底に生えてる草を、貝殻で作ったナイフを使ってスパっと収穫してるそうです。それを天日で干して乾燥させて作ってます」

レンが指をパチンと鳴らす。

「そう、あれよ！　あれ、もっと多めに手に入らないか⁉」

「それは可能ですけど……でも、あれ以上ナガカイソウを加えたら、黄金スープの味のバランスが崩れてしまいますよ！」

「ままま。いいから、いいから、とにかく手に入ったら教えてくれ！　……というわけで、今日は店じまいだ。次は、もっとおもしれーもん食わせてやるよ！」

その言葉に、私の目がキラリと光る。

「ほほう？　今日のラメンより面白いもの……だと？　それでは、また三日後かね？」

「ああ。三日後の夜、ここでだ」

それからレンはゴホンと咳払《せきばら》いして、マリアの方をチラチラ見ながらボソボソ言う。

「あー……そのぉ。マリアもぜひ、食いに来てくれ」

マリアはニッコリ笑った。

「嬉《うれ》しいわ！　新しいラメンが食べられるなんて、今からワクワクしちゃう！　あたしレンさんのラメン大好き。最初に作ってくれたベジポタケイってラメンも、すっごく美味しかったし」

その一言に、レンは嬉しそうな顔になる。

「そ、そうか？　俺のベジポタラーメン、美味かったか!?」

マリアはレンの手を取り、優しい声で言う。

「ええ、とってもね。こってりしたスープが最高だったわ」

「ふふふ。そ、そうか、そうか……最高か、ふふふ」

「あのラメン、また食べたいなぁ」

マリアがしみじみと言うと、レンは大きく頷いた。

「……よし。なあ、マリア！　新しいラーメン食わせられるのは三日後だけど、明日からは毎晩ここで、ペジポタラーメンを出すことにするよ。食べたくなったら、いつでも来てくれ、待ってるから！」

「わ、それ本当!?　……レンさん、あたしのために無理するんじゃないの？」

心配そうな彼女に、レンは首を振る。

「そんなことねえよ。実は俺、店の開店資金を稼ぐため、親父みたいに向こうの世界で屋台を引いて、商売を始めようと思ってたんだ。修業にもなるし、良い機会だ……俺のラーメンが客に通用するか、明日から挑戦だぜ！　ついでに、何人分かのスープと材料を残してこの世界に来るようにすっから、遠慮はいらない」

マリアは、大はしゃぎで手を叩《たた》く。

「わあーい！　あの美味しいラメンが、また食べられるのねぇ!?　あたし、必ず食べに来るわ！待ってるから、絶対に来てね？　それじゃ、レンさん……またねえ！」

「それではレンさん、失礼します」

ブラドとマリアは席を立ち、共に帰っていった。

「ああ、またなーっ！」

レンはそれを見送ると、鼻歌交じりでヤタイの片付けを始める。

オーリが私の横腹を、肘で突っついて囁《ささや》く。

「おい。どうしたんだ、レンの野郎。なんであんなに楽し気なんだ？」

「ううむ、よくわからぬ。こないだまで、あんなに思い悩んだ顔していたのに……もう、問題は解決したのだろうか？」

　私はレンの肩にポンと手を置く。

「ええっと。それじゃ、レン。私たちも、そろそろ帰るよ」

「ああ、またな！　リンスィールさん、オーリさん！　三日後、あんたらの度肝を抜くような、とんでもねえラーメンを用意しとくからよ！　あ、もちろん、ベジポタラーメンも食いに来てもいいぜ、歓迎するから！」

「う、うむ……楽しみにしている。ベジポタケイも食べに来るよ」

「お、おう。期待して待ってるぜ」

「あのラーメンを作るには、あれとあれを用意して……スープに二日はかけたいな。屋台の開店準備に、ベジポタスープも作らなきゃ。ああ、忙しい、忙しい！　忙しくてまいっちまうぜ、あっはっはぁ！」

　レンは意気揚々と、ヤタイを引いて路地へと消えた。

　私たちは彼を見送ると、首を傾《かし》げながらも、背を向けて歩き出したのだった。

Another Side 1

……レンは自分の世界に帰ろうと、暗い路地を屋台を引いて歩いていた。すると前方に、フードを被《かぶ》った怪しい人影が立ちふさがる。もしや強盗の類かと、レンは思わず身構える。

人影は突然、甲高い声で早口に叫んだ。

「ガストロジ！　ロタレリカ、タイショラメン！」

理解できぬ異世界語で話しかけられ、レンは戸惑う。

「はぁ？　な、なんだい、あんた……？」

フードの人影は、ツカツカと歩み寄って屋台を指さした。

「ウラル、ラメン！　ゼムラメン！　サムラス、バシエルフ、ラメン！　レンラメン！」

早口であるが、何度か出てくる『ラメン』の単語は聞き取れる。レンはポンと手を打つ。

「あぁ、なるほど。あんた、親父《おやじ》の客だった人だな……つまり、ラーメンが食いたいって、そういうことか？　そうだろ⁉」

フードの人影は、何度もコクコクと頷《うなず》く。

「アイッシェ！　ラメン、ラメン！」

レンはニカッと笑って屋台を止めると、その場に椅子を置いた。

「ようし、親父の客なら大歓迎だぜ！　椅子に座って待っててくれよ！」

人影は、いそいそと座るとフードを脱ぐ。中から出てきたのは驚くほど美形で、耳の尖《とが》った女である。それを見て、レンは声を上げる。

「あんた、エルフか!?　……なあ、リンスィールさんって知ってるかい？」

女はキョトンとしていたが、やがて大仰に頷く。

「アイッシェ！　エルフレジ、リンスィール、カレドレク！」

「ははは！　そうかい、そうかい……言ってる意味はわかんねーけど、リンスィールさんの知り合いか……。今な、あの人たちにもラーメン食わせてきたとこだ。あんたにも、同じラーメンを食わせてやるよ！」

「ラメン、グレンシース、シスタッケ」

すまし顔の女エルフに、レンは尋ねる。

「なあ、あんた。腹は減ってるかい？　ヤサイ、どれくらい欲しい？」

「……ファンテ？」

意味が伝わっていないらしく、女エルフは訝《いぶか》し気《げ》に眉を寄せる。

レンは丼を左手に取ると、右手でその上に山の形を作りながら、また尋ねた。

「だからさ、ヤサイの量だよ……これくらいか？　それともこれくらいか？　これくらい欲しいかい？」

小、中、大と山の形を大きくすると、女エルフは一番大きな山で頷いた。

「アイッシェ。アイバルバト、エルフバシ、コウリ」

「おお、マシマシかぁ……あんた線細いから、完食できるか心配だな。ニンニクはいるかい？」

「ニンニク？　エルブレジ、トモヤ……マシマシ？」

「アブラは好きかい？」

女は困ったように首を傾《かし》げる。

「アブラワ？　ミトワ……アブラワ……？」

「だからさ、アブラだよ。つまり、脂身はいるかって聞いてるんだ。それと、味は濃いめがいいか、そうじゃないかも……」

何度目かの質問で、女エルフがカウンターをドンと叩《たた》いて立ち上がった。

「クロイドっ！　ゼロスビア、バシエルフ、ラメンっ！」

と同時に、彼女の腹からグゥーキュルルルルーっと大きな音が鳴り、顔がカーっと赤く染まっていく……レンは苦笑した。

「あはは、すまん、すまん。腹減ってたんだな……もう質問はやめて、すぐにラーメン作ってやっから！」

女はフンと鼻を鳴らし、恥ずかし気に顔をそらすと、不機嫌そうに椅子に座りなおした。

レンは、ラーメンを作りながらひとりごつ。

「……まあ、腹も減ってるみたいだし、本人が欲しいって言ってんだから、ヤサイマシマシでいいか……ああ見えて、リンスィールさんも大食いだったし。エルフってのは細身でも、量食える種族なのかもしれんな。一応、ニンニクとアブラも入れとこう……チャーシューも余ってるから、全部入れちまえ。大サービスだ！」

ほどなくしてラーメンが出来上がると、レンはそれを女の前にゴトリと置いた。

「ほいよっ！　大豚ラーメンのヤサイマシマシニンニクアブラ、お待ちぃ！」

山のようにドカ盛りにされた野菜に、女エルフの目が点になる。

その量は、リンスィールやオーリたちが食べた物の一・五倍である。

「ア、アイッシェ……？　ウロブラド、ブラッケ……アイシェ……？」

沈黙が落ちる。ややあって女エルフは、オロオロと助けを求めるようにレンを見た。

そんな彼女に、レンは腕組み顎上げのいつものポーズで高らかに宣言する。

「おい、どうした？　麺が伸びるぞ！　言っておくが、二郎系ラーメンを残すのは厳禁だぜッ！　上にのった野菜は、店のサービス、心意気だからな……さあ、早く！　熱いうちに食ってくれやぁ！」

言葉は伝わらなくても、どうやら雰囲気で『熱いうちに残さず食え！』と言っているのがわかったらしい。女は一瞬の硬直の後で、割りばしを手にすると慌てて食べ始めた。

「タ、タート……エル。けほっ、プラテク、レンラメン……？」

女は目を白黒させて、ニンニクでむせながらも、必死で麺を啜《すす》り、分厚いチャーシューを嚙《か》み切る。一生懸命に食べ進める。しかし……量が、まるで減らないっ！

食っても食っても、一向に山が小さくならないのだ。それでも頑張って、半分ほど食べたのち、である。女は、ケプっと小さく息を吐いた。彼女が『これはもう、食べきれないな……』と諦めて、おずおず顔を上げると、レンが無言の腕組みポーズでジーっと見つめていた。

レンは、『エルフって、どれくらい食べるのが普通なんだろ？』と興味があって見てただけで、別に怒ってるわけではないのだが……タオルで半分隠れた瞳はどこを見ているかわからず、半袖から伸びる日に焼けた逞《たくま》しい腕を組んだポーズには、妙な迫力があった。

女には、それらがまるで『残したら許さん！』と威嚇するように感じられて……ゴクリと喉を鳴らす。結局、彼女は『食べきれません』と伝えられずに、またラーメンをのろのろと食べ始める。だけど、減らない。減らない。減らない！　量が減らない。減らない……なんかむしろ、麺が増えてきてるように見える。食べているのに減るどころか、増えていく一方のラーメンに、女は混乱して焦りまくった。

「ケ、ケイツ、ブラドネス……？　マジカラメン⁉　メイグ、タイショラメン……ア、ア、ア……アイッシェーーーーっ⁉」

暗い路地に、涙目の女エルフの叫びが響く……。


「……ん？」

私はふと立ち止まって、路地の向こうを見やる。隣を歩いていたオーリが問いかける。

「おう、どした？」

「いや……今、我がエルフの女王の叫びが聞こえた気がしてな」

それを聞いて、オーリが笑った。

「なーんでエルフの女王様が、ファーレンハイトにいるんだよ？」

　私は、顎をなでながら答える。

「三日前、女王様に『報せ鳥《しらどり》』を放ったのだ。『タイショは死んだ。息子のレンがやってきた。美味《うま》いラメンを食わせてくれた』とな。女王様も、タイショの行方を気にしておられた。知らせるならば、一刻も早い方がよいと思ったんだ」

　報せ鳥は、緊急連絡用に使われる鳥である。

　巣から数匹を捕まえて、鳥かごに入れて持ち運ぶ。なにか連絡したい時は、鳥の足にメッセージを記した紙を巻きつけ、外へと放つ。すると報せ鳥は真っ直《ます》ぐに自らの生まれた巣へと帰っていく。現地にいる仲間がそれを見つけ、手紙を読み上げるという寸法だ。

　それを聞いて、オーリは首を傾げる。

「それにしたってよぉ。エルフの里からここまでは、馬を使って二ヶ月、飛竜を使っても六日はかかるだろ？　どう考えたって、こんなとこにいるわけねえぜ」

　私は首を振った。

「いやいや、それがそうでもない。女王様のしもべの『天切鳥《アイバルバト》』を使えば、一日足らずでついてしまう」

「なんだい、その天切鳥ってのは？」

　オーリの疑問に、答えてやる。

「人を背に乗せ天空を切るように飛ぶ、巨大な白い鳥だよ。星近く、空気が薄くなるほどの高さに飛び上がり、風よりも速く移動する。高すぎて息ができないから、結界を張って背に乗るんだ。世界一高いネプトゥ山脈さえ、ひとっ飛びで越えてしまう！」

言いながら私は、右手で山の形をいくつも描き、左手でそれを越えてみせる。

オーリが感心した声を出した。

「へえ！　エルフは、すげえ鳥を飼ってんだなぁ！」

「あれを使えば、あるいは……とはいえ、報せ鳥がエルフの里に着くまで二日はかかる。それから天切鳥を使っても、ギリギリ今日の夜に間に合うかどうかだろう……」

やはり、時間的に無理がある。私は、己の言葉を笑い飛ばした。

「一昼夜、飲まず食わずに休まず眠らずで飛ぶならまだしも、あの聡明《そうめい》な女王様が、そんな無茶をなさるはずがない……。そうだな、オーリ。お前の言うとおり、女王様がファーレンハイトにいらっしゃるわけないんだ。さあ、帰ろう！」

私たちは『ジロウケイ』ラメンで重くなった腹を抱え、ニンニク臭いゲップをしながら、それぞれの家へと帰っていったのだった……。

第四章　――　澄み渡る『ラメン』

　さて、三日後の夜である。この間に私は、レンのベジポタケイラメンを二回食べに行った。しかし彼は、今夜どんなラメンを出してくれるのか、最後まで教えてくれることはなかった。そして、満を持して目の前に出された、そのラメンは……。

「ス、スープの色が……透き通っている!?」

　そう。目の前に出されたラメンのスープは、若干の色づきはあるものの、ほぼ『透明』に近い色だったのだ。上にのった具材は、ヤクミの白い部分、色が薄くて脂身のないチャーシュ、メンマ、柑橘類《かんきつるい》の皮とみられるもの、そしてゆで卵。メンは縮れておらず、普通のラメンより細い物が使われている。

　全体的に淡い色合いで繊細にまとめられたドンブリは、美しくも儚《はかな》げで、まるで妖精の羽のように美麗である。しかし……これは、どうにも味が薄そうというか、今まで『ベジポタケイ』やら『ジロウケイ』やら、濃いラメンに慣れてしまった私の舌には、いささかインパクトが足りないのではないだろうか?

　ドンブリを覗《のぞ》きながら、ブラドが言う。

「まるで、混合ソースと混ぜる前の黄金スープですね！　だけど黄金スープだけでは、メンを受け止めるには味が薄すぎて、いささか力不足だと思いますが……?」

私も即座に同意する。

「ああ。私も同じように感じていたよ。ラメンのスープとは、黄金スープのコクと香りに、混合ソースの強い塩気が混じってこそ、真価を発揮するものだからな」

と、不安そうな私たちの前で、レンが腕組み顎上げで声を上げる。

「ま、『そういう風に見える』よなぁ……こいつは、塩ラーメン！　読んで字のごとく、塩ダレをベースに作ったラーメンだな！　とにかく、熱いうちに食ってくれ！」

レンの声に促され、私たちはいっせいにワリバシを手に取り、パチンと割ると食べ始めた。どうせ薄味で淡泊なのだろう。これのどこが、ペジポタケイやジロウケイより面白いラメンなのだか……？

まったく期待できないなぁ。私はガッカリする。だが一口食べて、私は目を見開く。

こ、これは驚いた……なんとキレのあるラメンだろう!?　色を見て味やコクが薄いのではないかと思ったら、とんでもないっ！　確かにベジポタケイやジロウケイと比べれば、インパクトは薄い。しかし、単純でありながら単調ではなく、濃密なのにスッキリしており、研ぎ澄まされた淡麗たる味わいは、今までのラメンとは一線を画す美味《うま》さであった。

まず、鮮烈な海の香り。次に、鶏《とり》の旨味《うまみ》が舌をまろやかに包み込む。細いメンは滑らかでしなやかでプツプツと気持ちよく、繊細なスープの風味を二倍にも三倍にも膨らませている。メンを細くしているのは、デリケートなスープの味を邪魔しないためだろう。一切の濁りがなく、脂っ気の薄いスープなのに、鶏の旨味は存分に引き出されている。

そして、この豊かな魚介の風味は……ハマグリか！

ああ、しみじみうまい。貝の旨味が、じんわりと喉に染み渡る……。

チャーシュを齧《かじ》ってみて、またも驚く。こ、これは豚ではなく鶏、しかも胸肉っ！　しっとり柔らかく後味はさっぱりしていて、スープとの相性は抜群だ！

時折、柑橘類の爽やかな香りが漂い、ヤクミはシャキシャキしてて辛味があり、鼻と口を飽きさせない。ゆで卵はショーユでほんのりと味付けされて、黄身はねっとりコクがあり、このドンブリで唯一こってりした味わいだ。コリっとしたメンマと共に、いいアクセントになっている。

このラメンは柔らかで奥深く、物静かで広がりがあり、力強くて品が良い。余計なものを削《そ》ぎ落とした清々《すがすが》しい味わいは、なんとも潔い。雲一つなく冴《さ》えわたった青空……あるいは、静かに凪《な》ぐ大海原のようなラメンである……。

私はふと、二十年以上も前に、タケノコを食べに東方の地へ赴いた時の事を思い出す。

ある日、私は竹林で虎に襲われた。急いで魔法を詠唱しはじめたが、発動が間に合うかどうかは五分五分だった。そんな私の前に、一人の男が立ちふさがった。ヒラヒラの多い奇妙な服装で、腰には細くて長い片刃の剣を携えて、不思議な迫力のある男だった。

慌てふためく私を尻目に、男は悠然と歩き出す。

そして、虎が飛び掛かってくる、その刹那！　……光が閃《ひらめ》いた。一瞬の後、信じられぬ光景が目の前に広がっていた。なんとそこには、地面の上でキョトンとしている虎の首と、首なしの身体《からだ》で走り去る虎の姿があったのだ！　虎は、己が斬られたことすら気づかずに、しばらく牙をむいていたが、やがて眠るように息を引き取った。男は虎の首を竹林に埋めてやると、手を合わせてブツブツと呪文か何かを呟《つぶや》いた。

男の名は『テンザン』。東の地よりもさらに東、極東の島国から、主君の仇《かたき》の『片翼の魔女』を追って、私たちの大陸に渡ってきた『サムライ』という剣士だった。

私は助けてもらった礼を言い、しばらく一緒に旅した後、いずれまた会う事があったなら、その時は必ず力を貸そうと約束して別れた。『明鏡止水』……彼に教えてもらった、悟りの境地である。いかなるピンチにあろうとも、鏡のような水面の如《ごと》く静かに心を研ぎ澄まして剣を振るうという意味だ。不思議な事にこのラメンには、明鏡止水の剣の冴えと同じ『魂』が込められてる気さえする……。

私はドンブリを持ち上げて、スープの一滴まで厳かに飲み干す。食べ終わり、ゆっくりとドンブリを置いた……口には、じんわりとハマグリの旨味が残る。シオラメンは、なんとも格調高く、芸術的なラメンであった。隣ではオーリやブラドやマリアも食べ終わり、感心した顔をしている。

しばらくしてからオーリが、唸《うな》るように言った。

「こいつぁ……とんでもなく難しいラメンだなぁ！」

マリアが不思議そうに言う。

「難しい……？　なに言ってるのよ、お義父《とう》ちゃん！　とっても美味《おい》しかったじゃない！」

オーリが、マリアをジロリと見る。

「そういう事じゃねえよ、マリア。おい、ブラドよ……お前なら、俺っちの言う事がわかるんじゃゃねえか？」

ブラドはこくりと頷《うなず》く。

「ええ、義父さん。わかりますとも！　このラメン、もしも僕の店で出したとしても、価値がわかる方はほんの一握りでしょうね」

マリアが首を傾《かし》げる。

「え……。それって、どういう意味なの？」

オーリが、空のドンブリを睨《にら》みつけながら言う。

「そうだな。仮にだ……俺っちが仲間のドワーフ連中を連れてきて、こいつを食わせたとする。そりゃあマズイとは言わんだろうさ。しかし『物足りない』とか『スカスカしてる』なんて吐《ぬ》かす奴《やつ》が、かなりたくさん出ると思う。だが、こないだ食わせてもらったジロウケイラメンなら、きっと百人中百人のドワーフが、ウマいウマいと大喜びするはずだ」

その言葉に、私も頷く。

「うむ。エルフの里の連中も同じだろうな……彼らは、魚介の旨味に慣れていない。これだけ美味いラメンを口にしても、おそらく『いまいち』という感想を抱くだろうね」

ブラドが説明する。

「つまり、マリア。このラメンの美味しさがわかるのは、色んな味を経験してる『舌の経験値が一定以上ある人間』って事なんだ……お前も、僕のラメン作りや義父さんやリンスィールさんの美食に、散々つき合わされてきただろう？　だから、この美味しさがわかるだけなのさ」

マリアが素っ頓狂な声を出す。

「ええーっ!?　こんなに美味しいのにぃー!?　この味がわからない人がいるのぉ!?」

レンが苦笑した。

「マリア。その言葉は嬉《うれ》しいが、誰もがウマいと思う味なんてありゃしねえ。あっさり好きな客もいれば、こってり好きな客もいる。豚骨好きも、デカ盛り好きも、つけめん好きも、みんな同じお客さんだ。上も下もねえ。だからまあ、オーリさんの言う通り……こいつはわかる人にだけわかる、『ちょっと小難しい味のラーメン』ってとこだな」

私はレンに問いかける。

「レン……これは、ハマグリを使ったラメンか?」

レンは頷く。

「その通りだよ。スープはハマグリと鶏のダブルスープ。濁らせないように脂とアクに気を付けて、じっくりと丁寧に旨味を煮出すんだ」

ブラドが身を乗り出した。

「でも、それだけじゃ、あの深い味は出せないですよね?」

「ああ。美味い塩ラーメンを完成させるには、スープの他に塩ダレにこそ、気を配らなきゃならない……特別に、味見させてやる」

レンがトロリとした黄土色の液体を小皿に取って、我々の前に置いた。

さっそくブラドが手を伸ばす。

「僕らの言うところの、混合ソースですか。失礼します！」

一口味わって、顔色が変わった。

「こ、これは……っ！　なんと複雑な味わいだ！」

マリアが味わい、目をつぶる。

「わ、あ、不思議！　塩っ辛いのに、とってもまろやか！」

次に味わったオーリが、しきりに首を傾げる。

「ありゃあ？　この味……俺っち、なんだか覚えがあるんだが……出てこねえなぁ」

私も皿を手に取り、舐《な》めてみる。なるほど、これは……。

「特別なのは『塩』だろう？　この塩気には、微かにだが海の気配と山の気配を感じるよ」

レンがとびきり驚いた顔をする。

「そう！　リンスィールさん、よくわかったな。この塩ダレには、ヒマラヤ岩塩に、フランスブルターニュ産の海塩を混ぜてあるんだ！」

「ふっ……だてに長生きはしてないのでね。世界一高いネプトゥ山脈に上った際、そこの少数民族がドラゴン・ステーキの味付けに岩塩を使っていた」

オーリが膝をパシンと打つ。

「そうか、岩塩だよ！　若い頃に炭鉱掘りをしてる時、よく舐めた味だぜ！」

マリアが首を傾げた。

「ヒマラ……？　それに、フラブルナントカって？」

レンが答える。

「ヒマラヤってのは、俺たちの世界にある高い山のことさ。ブルターニュは海の綺麗《きれい》な地方の名で、そこで作られた塩のことだよ。どちらもミネラル豊富で、そのまま舐めてもトゲトゲしない、丸みのある深い味が特徴だな」

ブラドが名残惜しそうにドンブリを覗き込む。

「……ハマグリを主役にした海のラメンか……こんなにも繊細で芸術的なスープが貝から生まれるなんて、想像もしてませんでした。レモンみたいな果物の皮も、爽やかな香りが潮の風味に完璧に調和してましたよ」

「ありゃ、柚子《ゆず》ってんだ。ユズノンって香り成分が含まれてる。実は酸っぱいんで、皮だけ使う。ほんのわずかな量で、うまい具合に香りづけできてたろ？」

私も声を上げる。

「具材のゆで卵も素晴らしかった！　あれはただ茹《ゆ》でただけではなく、ソースに漬け込むことで味をつけていたね？」

レンが頷く。

「ああ、味玉な。美味かったろ？」

「ふむ？　あれは『アジタマ』というのか……ゆで卵をソースで漬け込むなんて、素晴らしい調理法だよ！　タイショのゆで卵も美味かったが、アジタマは間違いなくその上を行っている。それに、鶏の胸肉にも驚いた。ラメンの肉と言えば豚のチャーシュだと思っていたが……レン！

君は、本当に素晴らしい！　いつも、私を新しい世界に導いてくれる！」

レンが嬉しそうに笑った。

「へへっ……やっぱ、あんたらなら、このラーメンの味をわかってくれると思ったぜ！」

今宵《こよい》もまた、新しいラメンへの扉が開かれた……その名は『シオラメン』！

シオは塩という意味であり、美しく透き通ったスープが特徴の、すっきり淡麗な味わいのラメンである。アジタマ、鶏のチャーシュ、貝のスープ……ラメンの進化は留《とど》まる所を知らない！

私はラメンの可能性に、レンが次々と作り出す未知のラメンに、身も震えるような感動を覚えるのだった。

Another Side 2

屋台の片づけを終えてレンのもとへと、リンスィールが息を切らせて走り寄る。

「待ってくれ、レン！　帰る前に、この男にラメンを食べさせてはもらえないだろうか⁉」

レンは振り返り、そちらを見やる。リンスィールの少し後ろには、やや年老いた男がたたずんでいた。白髪交じりで藍色のマントを羽織り、飄々《ひょうひょう》とした雰囲気である。

レンはそちらをジッと見つめながら、リンスィールに問いかけた。

「その人は誰だい？　親父《おやじ》の客だった人か？」

その言葉に、リンスィールは首を振る。

「いいや、タイショの客ではない。彼は二十年ほど前に、私を助けてくれた命の恩人だよ」

「リンスィールさんの恩人か……いいぜ、連れてきてくれ。塩ラーメンの材料なら残ってるから、作ってやるよ！」

「感謝する。おーい、テンザン！　レンがラメンを作ってくれるそうだ！」

テンザンと呼ばれた男は屋台へと歩み寄り、リンスィールの並べた椅子に腰かけた。

リンスィールがレンに言う。

「テンザンは、極東の島国の出身でな。この大陸を二十年以上も旅しているのだよ」

レンは、スープとお湯を温め直しながら尋ねる。

「へえ？　なんでまた、そんなに長旅を？」

「人を探しているそうだ。『片翼の魔女』という奴《やつ》でね。どうやら、主君の仇《かたき》らしいのだ」

「ふうん。人探しねえ……。俺、こっちの世界の知り合いなんて、リンスィールさんたち以外いねえからなぁ……悪いけど、力になれるとは思えねえぞ？」

気の毒そうに言うレンに、リンスィールは笑って手を振る。

「なんの、なんの！　人探しは最初から、別の伝手《つて》を頼るつもりだ。私はテンザンに美味《うま》いラメンを食べさせたくて、こうしてヤタイまで連れてきたのだよ。彼も長旅の間に、色んな美食を経験している。君のシオラメンの味も、きっとわかってくれるはずだ」

「そうか。なら、腕によりをかけて作るとすっかな！」

レンは言いながら麺を茹《ゆ》で上げ、塩ダレとスープを混ぜ合わせ、流れるような動作でトッピングを載せて塩ラーメンを完成させると、それをテンザンの前へと置いた。

「ほいよ！　とびきり美味い塩ラーメン……お待ちぃ！」

リンスィールはテンザンに言う。

「さあ食べてくれ、テンザンっ！　レンのラメンは、次元の違う美味さだぞ！」

テンザンは割り箸を手に取ると、パチリと割って麺を手繰る。すると一口目で顔色が変わり、二口目で前のめりになり、三口目で丼を抱え込むほど夢中になって、ものの三分ほどで平らげてしまう……その猛烈な食いっぷりに、レンは感心する。

「おおうっ……すっげえなぁ！」

あっという間に食べ終わったテンザンは、割り箸を丁寧にそろえて丼の上に置くと、それをレンへと差し出した。リンスィールが笑いながら、レンに言う。

「テンザンは見ての通り、無口な男でね……滅多に喋《しゃべ》らないが、君のラメンをいたく気に入ったようだよ！」

レンも満面の笑みで、テンザンからドンブリを受け取る。

「そりゃあ、あの食いっぷり見てればわかるぜ！」

テンザンは背筋を伸ばし、レンへ深々と頭を下げる。レンは彼に笑いかけた。

「テンザンさん！　気に入ってくれたなら、ぜひまた屋台に食べに来てくれや！」

テンザンは大きく頷《うなず》くと立ち上がり、リンスィールと共に路地の闇へと消えていった。

二人がいなくなるとレンは椅子を片付けて、今度こそ己の世界に帰ろうとする……と、背後から驚くような声が聞こえた。

「えーっ!?　ま、まさかこれ……ラーメンの屋台じゃないの!?」

振り向くと、そこには小柄で銀髪の若い女が立っていた。新たな訪問者である。

「おう、らっしゃい！　親父の客だった人かな……ラーメン、食ってくかい？」

レンは片付けようとしていた椅子を、また地面に置いた。女は、しばらく胡散臭《うさんくさ》げにレンの姿をジロジロと見ていたが、やがて頷いて椅子へと腰を掛ける。

「どうやら、夢でも幻術の類でもないようね……それじゃ、一杯もらおうかしら」

「あいよ！　今、材料切れてて塩ラーメンしかできないけど、それでいいかい？」

その言葉に、女は笑顔になる。

「塩ラーメンは大好物よ！　よく、夜食に作って食べてたもの。卵を入れてガーっとかき混ぜて、カキタマにするのが好きだった……あ、麺かため、ネギは多めで頼むわね」

レンは湯の中へと麺を放り込みながら、感心した顔で言う。

「……あんた、日本語うめえなぁ！　そんなに流暢《りゅうちょう》に喋れる人、リンスィールさんとオーリさんだけかと思ってたぜ」

女は目を細めて、懐かしそうに言う。

「そう？　ちゃんと日本語で会話したのなんて、数十年ぶりだけどね」

「へえ。数十年……俺よりも若く見えるけど」

「ふふっ。これでも、結構な歳《とし》なのよ？　大学時代はバイオテクノロジーを専攻してたから、その頃の知識を使って、魔力で細胞を固定化する特殊な術式を開発したの。……ねえ。私の日本語、変じゃない？」

レンは麺を茹で上げながら、首を振る。

「いいや、ちっとも変じゃない。まるで、日本人と話してるみたいだ。たいしたもんだぜ！」

やがて出来上がった塩ラーメンを、レンは女の前に置いた。

「そら、麺かたネギ多めの塩ラーメンだ、お待ち！」

女は割り箸へと左手を伸ばして取り、片側を口で咥《くわ》えると、パチンと割る。

……そこでようやく、レンは気付く。

「あっ！　あんた、右腕が……？」

そう。女の右腕は、肩のつけ根から先がなくなっていたのだ。女は苦笑する。

「ええ。昔、色々あって失《な》くしてしまったの」

「そりゃあ、気が利かねえで悪かったな。これ、使ってくれよ」

レンはレンゲを取り出すと、女の前に置く。

「ありがとう。それじゃ、いただきます」

女は左手で器用に箸を使い、ラーメンを口へと運ぶ。一口一口を大切そうに味わって、時々切なげに息を吐き、嬉《うれ》しそうに目を細めて食べ進める……。

やがてレンゲを使ってスープを飲み干すと、女は立ち上がった。

「ごちそうさま！　とっても上品で美味《おい》しい塩ラーメンだったわよ。代金、ここに置いておくわね。それとこれ……多分もう、磁気が飛んでて使えないと思うけど……よかったら、とっておいて」

言いながら女は、カウンターに『何か』を置く。

「おう、また来てくれや！」

レンが空になった丼を持ち上げながら言うと、女は明るい声で応えた。

「ええ。きっとまた、食べに来る！　まさか醤油《しょうゆ》ラーメン以外に、塩ラーメンまで食べられるなんて思わなかった。しばらくは私、この町に滞在するわ……どうやら、もう少し詳しく調べる必要がありそうだものね。運が良ければ、新しい『ゲート』が見つかるかも……本当にありがとう」

レンが丼を片付けて顔を上げた時には、女の姿はもう消えていた。

と、カウンターに置かれた小さな物体を摘《つ》まみ上げ、レンは呟《つぶや》く。

「ああん？　これは五百円玉と……カード？　なんだこりゃ、テレホンカードか!?」

そう。そこに置いてあったのは、くすんだ五百円硬貨とボロボロになったテレホンカードだった。どうやら、どこかの銀行の創業記念の品らしい。一部、文字が擦《かす》れて読めなくなっている。

印刷されていたのは、『夜兎咲《やとさき》銀行　昭和※※年』の文字とアニメ「トラえもん」の絵だった。

レンは、それをひっくり返したり光に透かしたりしながら、不思議そうに首を傾《かし》げる。

「あの客……なんで、こんなもん持ってたんだ？　……親父があげたんかなぁ」

呟きは誰もいない暗い路地へと消えていき、答える者はいなかった。

　そのラメンを一目見て、全身の毛穴が開いて汗が噴き出た。レンの作ってくれるラメンは、どれも私たちの予想のつかない味だった。だが今回ばかりは、そのラメンが『どんな味』なのか、簡単に想像がついてしまった。だってその『ラメン』からは刺すようなトウガラシの匂いが漂っており、スープの色は禍々《まがまが》しくも煮えたぎる地獄の溶岩のように真っ赤なのだから……。

　これは間違いなく、『辛い』ラメンであるっ！

　三日前のことだ。レンは帰ろうとする私たちに、「みんな、次のラーメンを食べにくる時は、万全の体調で来てくれよ。もしも調子が悪かったら、家で大人しく寝てるのが身のためだぜ？」と不敵に笑った。まるで、決闘前の捨《す》て台詞《ぜりふ》である。私たちは「なに冗談を言ってるんだよ、レン！」と笑いあっていたのだが……むむう。

　あれは決して、冗談を言ってるわけではなかったのだな。

　引きつった顔の私たちを見回して、レンが腕組み顎上げのポーズで言う。

「こいつは、『激辛系』ってジャンルのラーメンだ。まあ、見りゃわかるだろうが……とにかく辛いっ！　めちゃくちゃ辛い！　ひたすら辛いっ！　……しかし、ただ辛いだけじゃねえんだぜ？　このラーメンの真の魅力は、言葉じゃ語り切れねえんだよ。とにかく、身体《からだ》で試してもらうしかねえ。さあ、食ってくんな！」

しかし誰一人、ラメンに手を付けようとしない。みんな怖《お》じ気《け》づいて、ワリバシを手に取ったまま固まって、動けない。……正直、私も怖かった。

だってこのラメン、見るからにヤバそうなんだもんっ！

だが、いつまでもこうして固まっているわけにはいかぬ。ラメンとは、出来上がりが一番美味《うま》い料理なのだ。時間が経《た》てば経った分だけ、味がどんどん落ちていく。メンは伸びるし、スープも冷める。せっかく作ってくれたラメンをマズく食べるなど、一生懸命に作ってくれたレンに悪いではないか？　この状況を打破するには、まずは誰かが動かねばならぬ……ならば、私だ。

だって私の心は、レンへの信頼感でいっぱいだから。

私は、レンが好きだ。レンのラメンが大好きだ。レンが出してくれるものが、マズいはずなかろうなのだ！　ベジポタケイのラメンではオーリに先を越されたが、今度は私が率先してラメンを食べて、皆を導こう！

深呼吸をひとつ……私は、ワリバシをパチンと割った。

その音で、他の三人がハッと気づく。彼らを安心させるように、私は明るく笑いかけた。

「みんな、今までレンが作ってくれたラメンが、マズかった事があったかね？　さあ、今宵《こよい》もまた、共に新しきラメンの扉を開こうじゃないか！」

毒々しいほど真っ赤なスープの上には、真っ白なモヤシがのっている。そのコントラストは色も鮮やかで美しく、溶岩の中に浮かぶ雪白の流氷を思わせた。ワリバシをドンブリに突っ込むと、モヤシが崩れてスープへと沈む。それをかきわけ黄色いメンを持ち上げると、トウガラシの粒が無数に絡まっている。それを、数秒だけジッと見つめ……覚悟を決めて、皆に見せつけるように笑顔のままで、真《ま》っ直《す》ぐに口へと運んで、勢いよく啜《すす》りこんだ。ズルルルーッ！　次の瞬間、

「グォッホぉーっ⁉」

トウガラシのキツーい匂いに、思いっきりむせてブハッとメンを吐き出した。ぎゃ、逆流して鼻の方までトウガラシが……鼻の奥が痛いっ！　鼻水を垂らし、ゲホゴホと咳《せき》する私を見て、他の三人がギョッとする。私は手を挙げ、問題ないとアピールする。

「だ、大丈夫っ！　少し、ビックリしただけだ……っ！」

レンが気の毒そうに、グラスに入った水を差し出す。

「悪りぃ。思いっきり啜っちゃダメだと注意しとくべきだったな。ほら、水を飲んでくれ」

「ああ、ありがとう……ふう。では、改めていただこう」

私は水を飲んで落ち着くと、また懲りずにメンを口へと入れる。

今度は覚悟ができていたので、むせずにすんだ。しかし……う、ううむ。やはり、辛いっ！

だが、食べられないほどの辛さではないな……最初の一口はトウガラシの匂いに驚いてしまったが、こうしてメンを噛《か》みしめてるうちに、小麦の味が辛さを和らげてくれる。

これなら、なんとか食べられそうだ。ズルズルとメンを啜り続ける私を見て、他の三人もようやく食べ始める。いやはや、最初はどうなることかと思ったが、まあ、この程度の辛さなら……辛さなら……か、辛さな……か、辛さ……か、か、か……辛ーーーいっ⁉

な、なんだこれぇーっ⁉　最初のうちは全然イケると思ったのに、食べ進めるうちにどんどん

辛さが増していく！　顔から汗がブワっと噴き出て、唇がヒリヒリして口の中が痛くて堪《たま》らぬ！

まるで、喉の奥で炎のエレメンタルが大暴れしているようだった！

……だ、だけど……なぜだ？　そんな痛みさえ感じる状況だというのに、私の手は一向に止まらぬのである。この地獄のような激辛ラメンを、私はひたすら食べ続けている。

スープの表面には薄く油の膜が張っているのだが、この油はどうやら、トウガラシとゴマ油を煮て作ったものらしく、そのまま口に入れると悶絶《もんぜつ》する辛さである。その下のスープも、やはり激辛。だが、辛さの中にも大豆を発酵させたような独特の風味と深いコク、とろみとまろやかさが感じられる。メンは中太ストレートで、やや固めの食感だ。スープの下から持ち上げると、前述のトウガラシ油がごってり絡んで、口に入れるたびに頭の中がバチバチとスパークする。

具は、モヤシの他に豚肉のコマ切れ、キャベツ、ニンニクチップ。この豚肉にも大豆を熟成させた深いコク味がついており、シャキシャキしたモヤシ、クタッとしたキャベツと共に、いいアクセントだ……。油で揚げたニンニクも、スープの辛味に負けない強い香りとパンチがある。

なお、キャベツとモヤシは最初のうちこそほんわかした甘みで辛さを打ち消す『救いの手』であったのだが、食べ進めるうちに激辛油にまみれ、激辛モヤシと激辛キャベツへと変貌している。

そう、このドンブリの上に、もはや救いはないのだ……辛味に全てが支配されている。

こんな短時間でドンブリの具材たちを配下に引き込み、辛味で塗りつぶしてしまうとは、なんという圧倒的存在感！　激辛帝国、恐るべしっ！

舌がビリビリ痺《しび》れて汗がボタボタ滴り落ちる！　あまりの辛さに身体がブルブルと震え目の前

が白く揺らぐ！　滾《たぎ》る炎が口の中で燃え盛り、喉が鋭い痛みを訴える！

なのに、この辛さがクセになる……もっと、もっとと、身体が求め続けるのだ。さらなる刺激が、さらなる辛さが欲しくなる！

辛いっ！　……なのに止まらない！

痛いっ！　……なのに止まらない！

熱いっ！　……なのに止まらない！

辛くて痛くて熱くて痺れるほどに、気持ちいいいいいっ!!　わ、わからぬ……なぜ、私はこんな苦行を喜んでいるのだ……？　こんなにも辛いラメンを、どうして必死に口へと運んでいるのだろうっ!?　ああ、ついにはドンブリに口をつけ、身体に悪そうな真っ赤なスープまでゴクゴクと飲んでしまう……。やめろ、飲むなと理性が叫ぶが、飲み始めたらもはや止まらぬ。ごってりした濃厚な旨《うま》辛さがビリビリと喉を灼《や》き、胃に染みる！

このラメンは、人を狂わす『炎のラメン』だッ！

私は疑問と辛さにクラクラと揺れる頭で、いつしか自分がファイアドラゴンへと変身し、美しい夜空を飛びながら炎の息を吐く夢を見ていた……。それは人間が感じうる辛さの『峠』を超えてしまい、ついには自らが無敵の存在へと化してしまったかのような陶酔感だった。

うおォン！　私はまるで、人間ファイアドラゴンだぁーーっ!!

魔性の『ゲキカラケイ』を平らげた後……体力を使い果たした私は、ぐったりと汗まみれでカウンターに突っ伏していた。オーリとマリアも食べきったようで、空のドンブリを前にして、同じように次々と倒れて喘《あえ》ぎ始める。そんな私たちの前に、レンがグラスを置いた。中身は水ではなくてトロリとした白い液体だった。のろのろと身を起こし、各々がグラスを手に取る。グラスの中身を口に含むと、辛味で痺れた舌の上に、甘さと酸味が冷たく広がっていく……。

「こ、これは……ヨーグルトかね……？」

息も絶え絶えで私が言うと、レンは頷《うなず》く。

「そう、飲むヨーグルト。ラッシーだな。乳脂肪ってのは、辛味の成分を包んで和らげる効果があるんだぜ！」

「うむ……淡い甘みと冷たさが、辛さで疲れた舌に心地よい……ふう、ようやく一息つけたよ！あれ？　ブラド君、どうしたのかね⁉」

と、ブラドが一人だけ、暗い顔をしてるのに気づく。ブラドは、悔しそうな顔で叫んだ。

「リ、リンスィールさん……っ！　実は僕、辛いのが苦手で……このラメンが辛すぎて、食べる事ができないんです！　ラメンシェフとして、こんなに情けないことはない！」

と、レンが事も無げに手を振って言う。

「ああ。食べきれなくっても、別にいいぜ。激辛系は、向き不向きがあるジャンルだからな。ただ、まあ……こいつを入れてやるから、もう一度だけ、挑戦してみな？」

言いつつ、レンはブラドのドンブリに白い塊を落とす。さらにその上から、粉雪のようなものをバサバサと振りかけた。どちらもラメンの上に落ちると、じんわり溶けてスープの上に広がっていく。

「こ、これは一体、なんですか……？」

首を傾《かし》げて問いかけるブラドに、レンは言う。

「バターとチーズだよ。さっき、言ったろ？　乳脂肪は、辛味を和らげる効果がある。これで、ずいぶんとマシになったはずだぜ！」

ブラドは、恐々とメンを啜る。

「あ……確かに！　チーズとバターのまろやかさが、刺激的な辛味を薄めてくれてる……。さっきより食べやすくなってますね。これならスープは無理でも、メンは食べきることができそうです！」

ブラドは再度、メンを口に運び始めた。彼のドンブリの中では、とろっとろのチーズとバターがメンにたっぷり絡んでる。それを見て、私の喉がゴクリと鳴った。

……チーズとバターか。激辛スープとも相性よさそうで、なかなか美味そうだな。もしもまたゲキカラケイを食べさせてもらう時は、私もチーズとバターを入れてもらおう！

ややあって、ブラドがヒィヒィ言いながらなんとかメンを平らげると、レンが腕組み顎上げポーズで、私たちの顔を見回した。

「……で、今回のラーメン、どうだったよ？」

私たちは、困った顔を互いに見合わせる。みんな、ゲキカラケイをどのように評価すればいいのか迷っているのだ。ゲキカラケイラメンを『美味かった』と一言で評するのは簡単だ。だが、我が身に起こった出来事は、それでは終わらぬ体験であった。

辛さと熱さで汗まみれになりながら、どこまでも精神がハイになっていく、あの奇妙な感覚はなんだったのか……？　そもそも、痛みさえ感じるほど辛いラメンを、『また食べたい』と思ってる時点で異常である！　しばらくしてから、私は口を開く。

「……美味い、不味いという単純な話ではない。辛いのに手が止まらない、苦しいほど気持ちい い。ゲキカラケイのラメンには、味を超えた不思議な『魔力』がある気がするよ」

レンがニヤリと笑った。

「ふふふ。不思議と手が止まらない……それってさ、前に食べた『何か』と似てないか？」

その声に、オーリがポンと手を打った。

「あ！　……ジロウケイラメンかっ⁉」

「そう！　実はな、二郎系ラーメンも、今回の激辛系と同じ『手が止まらなくなるカラクリ』があるんだよ！」

カラクリ。つまりは私たちの反応は、レンが意図して引き出したものだったのか……？

料理で人を意のままに操るなど、あまりにも驚愕《きょうがく》である！

「カ、カラクリだと……？　なんだね、それは？　一体、どういう仕組みなのかね⁉」

レンが私の顔を見て言う。

「さっき、リンスィールさんが『手が止まらなかった』って言ったろ？　それも当然、その手は『無意識』によって動かされてたんだからな！」

意外な一言に、私は己の手を見つめる。

「私の手が……『無意識』によって動かされていた……？」

レンは頷くと、己の頭を指先でコツコツと叩《たた》きつつ言う。

「ああ、その通り。辛味ってのは、味じゃねえ、痛みの一種なんだよ。脳ってのはな、痛みを感じると苦しさを緩和するために、『エンドルフィン』って快楽物質を出す仕組みになってるんだ。それを繰り返すと脳が刺激の虜《とりこ》になって、同じ行動を繰り返させちまうってわけだよ」

ブラドがラッシーを飲みながら言う。

「だとしても、前に頂いたジロウケイラメンは、ちっとも辛くありませんでしたが？」

「刺激は『辛味』だけじゃねえ。例えば、口に塩を大量に入れると、『うわ、しょっぱい！』と苦しく感じるだろ？　それも痛みに分類される」

オーリが首を傾げる。

「でもよぉ。ジロウケイラメンの味の濃さは、最初のうちこそ驚いたけど、ゲキカラケイみたいに終始苦痛を感じるほどじゃなかったぜ」

「それは豚の脂や野菜の甘さによって、食べてるうちに刺激が薄められるからだな。だけども口に入れた瞬間は、舌を通して強烈なしょっぱさが、脳に痛いほどの苦しさを与えてるんだ。脳が気持ちよくなるために刺激を求め、手を動かしちまうのさ！」

レンの話は俄《にわ》かには信じがたいが、現実に私の手は、何者かに強制されたようにラメンを食べるのが止まらなかった。つまり、自分の中にもう一人、知らない『誰か』がいるようなものなのだろうか……？　私は、己の手をジッと見つめる。

「な、なんと……！　まさか、私の頭の中でそんな現象が起きていたとは……」

マリアが恐々と、真っ赤なスープの残滓《ざんし》の残るドンブリをのぞき込んだ。

「このラメン、そんな催眠術みたいな仕掛けになっていたのね……だから、あんなに夢中になっちゃったんだ！　怖ーい！」

レンが言う。

「怖がることたねえよ。エンドルフィンは熱い風呂に入ったり、動物を撫《な》でたり、深呼吸したり、お日様に当たっただけでも出てくるもんだ。それって全部、『なんか気持ちいい』って感じるだろ？　それに、普段食べてる料理……ベーコンとかフライドチキン、ポテトフライなんかの脂っこくて味の濃い食べ物も、同じ仕組みで脳が美味いと感じてるんだぜ？」

「へえ！　お日様に当たると『えんどるひん』が出るから、なんか気持ちいいって感じるのね！」

「大体、ラーメン自体がそういう種類の食べ物って言えるんだ。油っこくて口当たりがよくてしょっぱくて、みんな夢中になっちまう……な？　マリアはそれ聞いて、ラーメンが嫌いになったかい？」

マリアは笑顔で首を振った。

「ううん、ぜーん然っ！　あたし、ラメンが大好きだもの！」

レンもつられて、笑って言った。

「だろ？　食べて美味くて気持ちいいと感じる……そういう『楽しい』や『気持ちいい』に、後から誰かが理屈をつけただけ。だから、なーんも怖くないのさ」

ブラドがううむと唸《うな》る。

「脳が刺激を求め、勝手に手を動かすなんて……料理の世界には、僕の知らないことがまだまだ沢山あるんですね！」

「激辛系はジャンキーでコアなファンが多い、人気のジャンルではあるな。その魅力と仕組みは、その身をもってわかってもらえたと思う。もっとも、ただ辛ければ客が喜ぶなんて単純な話じゃねえ。辛くても、美味くなければならない」

と、私はポンと手を打つ。

「そうだ！　味について、ひとつ質問してもいいかね？　スープについてなのだが……」

「なんだい？」

「このスープには、強烈な辛さに負けない、ごってりした強いコクと旨味《うまみ》があった。これはショーユでも塩でもない、なにか別の調味料を使っているのではないかね？」

私の言葉に、オーリが頷く。

「ああ！　豚肉にも、同じ味がついてたな！」

ブラドが自分のドンブリに残った真っ赤なスープを味見しながら言う。

「確かに！　辛さの向こうにどことなく、濃厚で独特の甘味があります……。しいて言うなら、ナッツ類に似てるかな？」

レンが今までになく偉そうに胸を張りながら、腕組みポーズで顎を上げる。

「よくぞ聞いてくれた！　この激辛スープのベースに使ってるのは『味噌《みそ》』って調味料だぜッ！」

言うなり、自信満々に容器をカウンターに置いた。

中に入っていたのは、薄茶色くて適度に粘りと硬さのある、強い発酵臭のするペーストであった……。泥というよりは黄色くて、ピーナッツペーストよりは粒が細かくて、なんというか、とても簡単に表現するならば、見た目はほとんどウン……あ、いや。

それは言うまいっ！　食べ物を、見た目で差別してはならぬ。そもそも、たった今それを食べたばかりなのに、そういうことを考えるのは気分がよろしくない。第一、食べ物は見た目がグロいほどウマいと相場が決まっているではないか!?

と、オーリが真っ先に手を伸ばす。

「ちょ、ちょっと舐《な》めてみてもいいか!?」

むむ、さすがはオーリ……私より先に、これを舐める気になるとはな。

「ああ、いいぜ。ほら、これ使ってくれよ」

レンがスプーンを差し出すと、オーリは『ミソ』を掬《すく》い取って口へと入れる。

そして、目をカッと見開いた。

「おおっ!?　驚くほど深い味だ、こりゃあ美味《うめ》えや！」

私もレンからスプーンを受け取り、負けじと手を伸ばす。

「なるほど……匂いが独特で好き嫌いが分かれるだろうが、熟成された濃厚なしょっぱさは、我々のような珍しもの好きの食通には堪らん味だ」

ブラドとマリアも、ミソを舐める。

「ものすごく複雑な旨味が凝縮されてますね。直接舐めてこれだけ美味《おい》しければ、スープに入れるだけじゃなく、チャーシュやニタマゴにも使えそうです」

「生野菜にも合いそうね。ズッキーニとかキャベツにつけてポリポリ食べても美味しそう！」

レンが高笑いする。

「あーっはっは！　すげえだろ、味噌は！　味噌の旨味成分はグルタミン酸！　化調と同じなんだから、そりゃあラーメンとは相性抜群さ！　味噌をベースにした味噌ラーメンは、俺らの世界じゃ醬油《しょうゆ》、塩、豚骨に並ぶ定番メニューだ。味噌汁やラーメンのスープはもちろんのこと、卵黄や豆腐を漬け込んで味噌漬けにしたり、カレーやデミグラスソースに混ぜて手軽にコクを出したりと、なんにでも使える！」

ブラドが感心した声を出す。

「へえ、応用力の高い調味料なんですねえ」

「味噌は、油とも相性いいからな。ナスの油炒《いた》めの味付けや、ひき肉と混ぜて肉味噌にしたってウマい。シンプルに朴葉《ほおば》に載せて焼いて、酒のつまみにするのもいい……。それに味だけじゃなく、健康効果もすげえんだぞ？　たんぱく質やビタミン、ミネラルが豊富に含まれてて、美容や健康にもいいんだ！　味噌は俺たち日本人が誇るべき、世界最高峰の発酵食品よぉっ！」

ナスの油炒めに、ひき肉を混ぜた肉味噌……それに、酒のつまみにもイケるのか。

聞いてるだけで涎《よだれ》が出そうだな！　ブラドが味噌を見つめて言う。

「本当に……レンさんの世界には、色々な調味料があるんですね。ラメンシェフとして、羨ましい限りです」

私は、ごほんと咳払いする。

「あー。それについてだが……ブラド君。実は私、こちらの世界での『ミソ』に心当たりがあるのだよ」

「ええっ!?」

皆の視線が、一斉に集中する。

「私の友人に、テンザンという剣士がいる。極東の島国出身なのだが、彼の故郷には大豆を発酵させた調味料があるらしい。口数の少ない男だが、思い起こせば彼の話した味や見た目は、ミソにそっくりでな……なんと、名前も似ていて『ミシャウ』というそうだ。詳しい話はしっかり聞いてみないとわからんが、もしかすると、もしかするかもしれんぞ？」

実際、このスープのベースが『大豆を発酵させたものだ』と私が看破したのも、テンザンにミシャウの話を聞いて、いつか食べたいと覚えていたからだ。

レンが、興味深げな顔をした。

「そりゃすげえ！　……けど、偶然の一致にしては、少しできすぎた話だな」

「ああ、私もそう思う。なんでも彼の剣技やその調味料は、数百年前に『異界からの来訪者』によってもたらされたという事だよ。もしかしたら、君やタイショのような『世界を超える者たち』は、他にもいたのかもしれないね……」

「くちゅん！」

突然、なんとも可愛《かわい》らしいくしゃみが聞こえた。マリアが気まずそうな顔をしてる。

「あ……。ごめんなさい、お話の腰を折っちゃって」

ふと空を見上げると、粉雪がチラチラと舞っている。

「寒いはずだよ、雪が降ってる。『ゲキカラケイ』のラメンで汗を沢山かいた後だし、身体が冷えるのも無理はない。風邪でも引いたらいけないし、そろそろお開きにしようか」

私がそう言うと、レンが緊張した面持ちでマリアに呼びかけた。

「あ、あー、そのお、マリア！　帰る前に、ちょっと渡したい物があるんだが……？」

「えっ、あたしに？　何かしら、レンさん」

マリアがニコニコと笑いかけると、レンは照れくさそうな顔をして、ガサガサと音のする白い袋から赤い布を取り出した。

「俺、こういうのはよくわかんねえし、ユニケロだけどさ……カシミヤ100%だし、テレビで特集してたから、きっと女の子には人気があるんだと思う」

受け取ったマリアが広げると、それは真っ赤なストールであった。細かな毛で織られた柔らかそうな素材が、色も鮮やかに染められている。なんとも高価そうな品である。こんなに立派なストールは、おそらく貴族だって何枚も持ってないだろう！

マリアの顔がパッと輝く。

「わ、わあ、素敵ーっ！　レンさん、こんなすごい物、本当にいただいちゃっていいの!?」

「ああ、遠慮なく貰《もら》ってくれよ」

「すっごーい！　レンさん、大好きーっ！」

マリアは大はしゃぎでレンの手を取り、ぶんぶん振った。

レンの顔が、真っ赤なストールに負けないくらい赤くなる。

マリアは早速ストールを首に巻くと、ヤタイの前で嬉《うれ》し気《げ》にクルクルと回りだした。

「ねえ、みんな！　見て見て……似合う？」

鮮やかな赤いストールをなびかせて、雪の舞い散る暗い路地でヤタイの光に照らされて笑うマリアは美しかった。ブラド、オーリ、そして私は口々に言う。

「とっても綺麗《きれい》だよ、マリア！」

「あの垢《あか》まみれだった小娘が、ここまでに育つとはなぁ、ちきしょうめ！」

「よく似合ってるじゃないか！　……それにしてもレン、いきなりプレゼントだなんて、一体どういう風の吹き回しかね？」

私の言葉に、レンは幸せそうな顔で答える。

「へへっ。今夜はクリスマス……俺らの世界では、大切な人や親しい人にプレゼントを贈る日なんだよ」

ふむ？　なるほど、なるほど……『クリスマス』ね。今夜はレンたちの世界では、そんなイベントがある日なのか……。大切な人、親しい人にプレゼントを……ふむふむ。

……。…………。…………。

「ひ、ひどーいッ！　ひどすぎるじゃないか、レーーーン！」

私がそう叫ぶと、レンの目が点になった。

「……は？　ひどいって……何がだよ？」

なんのことだかわからないといった表情である。

我慢できなくなった私は、レンに詰め寄りながら叫ぶ。

「た、大切な人、親しい人にプレゼントを贈る日だって？　それじゃ、どうして君は私に何もくれないんだね？　つ、つまり私は……君にとって、大切でも親しくもないのかい!?」

レンが、しまったという顔をする。

「あっ!?　い、いや……リンスィールさん。そういうわけじゃ……？」

私の目から、涙がポロポロと零《こぼ》れ落ちる。

「君と私は最初のうちこそ、不幸な行き違いもあったりした！　だが、その後はラメンを通じて、真の友情を育めたと思っていたのに……うう、ううっ。わ、私は君のことが、こんなにも大好きなのに……なのに君は、私を無視するんだ！　おお、砂漠を渡る青い鳥を見つめるバジリスクの瞳はかくも慈愛に満ちているっ！（エルフの言い回しで『愛は一方通行』の意）」

レンはオロオロしながら私を慰める。

「ま、まいったなぁ……？　そういうわけじゃねえんだよ、泣き止《や》んでくれよ、リンスィールさん……」

しかし、私は悔し涙を止めることができない。……ずるい！　マリアが羨ましい！

つまりは嫉妬心である。私とて、まさか374歳も年下で、それも我が子のようにすら思っていた娘に、こんな情けない感情を抱くとは思わなかった。

だけど、誰よりもラメンを愛してると自負する私が、誰よりも美味いラメンを作ってくれるレンに蔑《ないがし》ろにされたというショックは、それだけ大きかったのだ！

レンが困り果てた顔で自分のズボンのポケットをゴソゴソと探り、四角くて薄い板を取り出した。その板の端っこから、輪っかを取り外しながら言う。

「なあ……ほら、リンスィールさん！　これ……な？　これをプレゼントするよ、スマホのストラップ！」

レンが差し出したのは、可愛らしい小さなドンブリの模型がついた布製の輪っかである。ドンブリの中には半透明のスープが満ち満ちて、上にチャーシュ、ニタマゴ、ネギ、メンマ、ナルトがのり、中には黄色いメンが沈んでいる。どのような素材かわからぬが、まるで本物をそのまま小さくしたような色と質感で、今にも匂い立ち、口に入れれば味がしそうなほどだった。

「お……おおっ！　ラ、ラメンだ……小さなラメンだ！　しかし、なんと精巧な造りなのだろう……？」

驚愕に目を見開く私に、レンは優しく笑いかけながら言う。

「食品サンプルだよ。これをリンスィールさんにあげっから……な？」

私は涙を拭きながら、レンに問う。

「ぐすっ。こ、こんなに素晴らしい物を……貰ってしまっていいのかね……!?」

レンは大きく頷いた。

「ああ、貰ってくれ。リンスィールさん、ラーメンが大好きだもんな。ピッタリだろ？」

「や、やったー！　感謝するよ、レン！　これは宝箱にしまっておこう！」

「いやいや。ストラップなんだからよ、日常的に使うもんをぶら下げて持ち歩いて……って、オーリさん⁉」

ふと見ると、オーリが歯を食いしばって鼻をグズグズ鳴らしている。

「くっ、くう……！　あんまりだ……あんまりじゃねえかよ、ええ、レン⁉　この世界で一番初めにお前さんのラメンを食ったのは、俺っちだぜ？　俺だって、リンスィールの野郎にゃ負けないくらい、お前さんやラメンが大好きだってのに……その俺っちを差し置いて……まるで見せつけるみたいに、二人で仲良さそうによぉ！」

「は？　見せつけるって……いやいや。待ってくれ、オーリさん！」

レンは呆《あき》れ顔《がお》で言う。しかしオーリは歯を食いしばり、悔し気に顔を歪《ゆが》めている。

「ま、まいったな。ええと、他にあげられるものは……？」

レンが、またズボンのポケットをゴソゴソとやって、小さな白い箱を摑《つか》み出した。

「……あっ！　オーリさん、これやるよ！　だから許してくれ、な？」

レンは笑顔でそれを差し出す。オーリがきょとんと白くて小さな箱を見つめる。

「なんだい、こりゃあ？」

「フレスクだよ……こうやって引っ張ると、ここが開くんだ」

レンが箱をグッとつまんで引っ張ると、下部がスライドして小窓が開いた。それをオーリの手のひらに向けてカシャっと振ると、真っ白くて小さな粒がコロリと出てくる。

「で、その白い粒を、口に入れて噛むんだよ」

オーリは粒を口へと放り込むと、ガリっと噛み砕いた。

「おおっ⁉　な、なんだよこりゃあ、口の中がスースーして、頭の奥がスッキリしやがる！」

「オ、オーリ……頼む！　私にもひとつくれ！」

興奮して私が言うと、オーリは得意気に私の手のひらの上で白い箱を振る。

「しゃあねえなぁ、一個だけだぜ？　ほら、マリアとブラドもウメえから食ってみろ！」

オーリから『フレスク』を貰った私は、早速口に入れてみる。小さな粒はミントを凝縮させたようで、噛むとなんとも言えない刺激的な清涼感が、喉をスーッと駆け抜けていく……。スカッと爽やか！　レンが、オーリに笑いかけた。

「オーリさん、珍しい食べ物が大好きだろ？　なくなったらまたコンビニで買ってくるから、どんどんフレスク食べてくれよ」

「がっはっはぁ！　あんがとよ、レン！　こんないいもん貰っちまって、悪いなぁ！」

オーリがホクホク顔で叫んだ。

「ふう。機嫌直してくれたみたいで、よかったぜ。これで一件落着……」

と、恨めしそうな声がカウンターの隅から聞こえる。

「ズ、ズルい……。みんなばっか、レンさんにプレゼント貰って……！」

レンは頭を抱える。

「う、くそう……今度はブラドか！」

ブラドが、涙を流しながら訴える。

「レンさん！　僕は、あなたにラメンシェフとして、仲間意識と憧れを抱いてたんです！　今でこそ、あなたに教えられてばかりですが、いつかあなたを驚かせるような美味しいラメンを作り、あなたと切磋琢磨《せっさたくま》できるようなライバルになるのが僕の新しい夢なんですよっ！　なのに……僕との関係は、レンさんにとって遊びだったんですかぁ？」

レンはシクシクと泣き始めたブラドの隣に座り、その肩を抱いて慰める。

「いや、ブラド。俺はお前との関係を、遊びだなんて思っちゃいない。いつだってお前とラーメンには、真剣に向き合ってきたつもりだぜ？」

「だ、だって……レンさん、マリアやリンスィールさんや義父《とう》さんにばっか目を向けて、僕には全然かまってくれない……」

「そんなこたねえよ。俺は、お前のことだって大切に思ってる」

「なら、どうしてまだ僕が残っているのに、一件落着なんて言うんですか……？」

「そ、それはだな……あーっと。屋台に残ってて、プレゼントできそうなものは……包丁……はさすがにダメだな。調味料……寸胴《ずんどう》……オタマ……ええっとぉ」

レンは悩んだ末に、メンマの入った半透明の箱を手に取った。

「ほ、ほら、ブラド。これならどうだ？　タッパっ！」

ブラドが顔を上げる。

「タッパ……？」

「ああ。普段、トッピング入れに使ってるんだけどよ。こうやってフチを押さえると、密閉できて保存が利くんだよ……すごくね？」

ブラドは不思議そうに手に取ると、何度かペコペコと鳴らして開け閉めしながら言った。

「す、すごい……！　横にしても、メンマの汁気が一滴も垂れてこない！　しかも、簡単に開け閉めできて、軽くて弾力があるから落としても割れません！」

「そうだろ、そうだろ。それ、薬味とメンマとチャーシューと味玉用、四つともやるから機嫌を直してくれよ、な、ブラド？」

レンがタッパを積み上げると、ブラドは満面の笑みで言う。

「ええ、直しますともっ！　ありがとうございます、レンさん！　このタッパって箱、大事にしますからねっ！」

レンはホッと胸をなでおろす。

「ああ、よかった。これで、本当に最後だよな……」

私たちはニコニコしながら、口々にレンにお礼を言う。

「レンさん、綺麗なストールありがとう！」

「私も『ショクヒンサンプル』を大事にするよ！」

「『フレスク』、気分転換したい時に食わせてもらうぜ！」

「この『タッパ』、ラメンシェフの絆《きずな》と思って使わせていただきます！」

レンは私たちの顔を見回して、首を振りつつ苦笑する。

「それで、次のラーメンだけどよ……」

「また、三日後かね？」

レンは大きく頷いた。

「ああ。三日後だ。だけど、リンスィールさん、オーリさん。その時、ここに『連れてきてほしい人たち』がいるんだ。だってよ、その日は……」


雪の降る路地を、ヤタイが去っていく。タイショに最後に会ったのは、今夜のような寒くて粉雪が舞い散る夜だった。きっと私たちはタイショが消えた夜を思い出し、レンがこのまま消えてしまったらどうしようと、急に不安になったのだ。その不安が私たちの心を苛《さいな》み、子供のようにワガママを言わせ、この手に残る確かな『物』を求めさせたのだろう。

私たちは、レンの世界に行けない。そこで彼がどんなに困ってても力になれないし、どれだけ会いたくても会う術《すべ》がない。向こうの世界でレンが死んでも、私たちにはわからない。ある日突然、幻のように消えてしまった彼の身を案じ、やるせない日々を過ごすだけ……。

切なすぎる思い出に押し潰されながら、またこの路地で待ち続けるだけなのだ。

私は、なんだか堪らない気持ちになってしまった。

自分の世界へ帰ろうとするレンの背中に、大きな声で呼びかける。

「おーい、レン！　来年の『クリスマス』には、私たちからもとびっきりのプレゼントを用意しておくからなーっ！」

角を曲がって真っ暗な路地へと消える前に、レンは笑顔で手を振った。

Another Side 3

レンが屋台を引いて歩いていると、フードの人物が立ちふさがる……例の女エルフであった。

レンは片手を上げて、にこやかに笑う。

「おう、あんたか！　今夜もラーメン、食うかい？」

女はコクリと頷《うなず》くとフードを脱いで、レンが置いた椅子に慣れた様子で座った。

実は彼女、初めて彼と出会った夜以来、ちょくちょく屋台に通い詰めており、すでに常連と言ってもいいほど何度もラーメンを食べていたのである。

「ヤサイマシマシニンニクアブラ」

すまし顔の注文に、レンは呆《あき》れたように言った。

「あんた、いっつもそれ言うなぁ！　……まあ、いいや。今日のラーメンは塩ラーメンやベジポタと違って、野菜もニンニクものせられるしな。どの道、タッパをブラドにあげちまったから、今夜はもうベジポタラーメンが作れない……激辛系でヤサイマシマシニンニクアブラ、作ってやるよ！」

レンは麺を茹《ゆ》で上げると、同じ鍋で大量のモヤシとキャベツを軽く茹で、残ってる味付き豚肉とバターとチーズとニンニクチップをありったけスープに入れた。

「ほいよ。激辛ラーメンのヤサイマシマシニンニクアブラだ、お待ちぃ！」

出来上がった山盛りの激辛ラーメンを、女エルフは目を輝かせてハフハフと食べ始める。と、何口か食べた後で動きがピタリと止まり、辛さに口を押さえて涙目で叫んだ。

「ウ、ウローゲンッ!? カンバルシア、オァッティーーース！」

「ははは……辛えか？」

「ア、アイッシェ！ アイシェー！ プライ、ムトッコ！ ラブィヤーズ！」

しかし女は悶絶《もんぜつ》しつつも、ハアハアと息を荒らげてラーメンを食べ進める……やがて顔は恍惚《こうこつ》にとろけて、目にはハートマークが浮かび、幸せそうに涎《よだれ》まで垂らす始末である。

「マ、マカルブローゲン……っ!? ゼィカルビア、フォクストレンダー！ ア、アヘァ……ブローーーーード!!」

レンが苦笑する。

「ストレス溜《た》まってる奴《やつ》ほど、激辛系にハマるって話だけどよ。もしかしてあんた、普段はずいぶん無理してんじゃねーか？ ……それとも、単なるドMだったり？」

女は汗だくで辛さに喘《あえ》ぎながらラーメンを食べ続ける。それを黙って見ていたレンだが、おもむろに指をさして静かな声で呼びかけた。

「……なあ、あんた。三日後にさ、ここじゃなくて向こうの路地に、もう少し早い時間に来てくれないか……？」

女はラーメンを食べる手を止める。彼の真剣な表情を見て、女は大きく頷いた。

「アイッシェ。エルフバジ、トル、アーリィ」

レンは困ったように首を傾《かし》げる。

「……意味、伝わってるといいけど。あんたもきっと、親父《おやじ》のラーメンが大好きだったんだろうなぁ」

レンは目を細めて、雪の降りしきる夜空を見上げた。やがて女が大盛り激辛ラーメンを平らげると、レンはラッシーを彼女の前に置いて、優しい声で話しかける。

「完食、おめでとう！　ヤサイマシマシニンニクアブラにリベンジ完了だな……美味《うま》かったか？満足したかい？」

女はラッシーを飲みながら、嬉《うれ》しそうにコクリと頷く。

「アイッシェ」

しばらく幸せそうな顔で、丸く大きく膨らんだ腹を抱えていた女だが、おもむろに目の前の丼を持ち上げて言った。

「バシエルフ。ジ、ヨード、サスバリッケ、レンラメン」

その様子に、レンは戸惑う。

「あ、なんだって？　空の丼なんか持って、どうしたんだよ？　……まさか、あんだけ食った後で、お代わり欲しいってんじゃないだろうな？」

女は考える顔をした後で、丼を指差してゆっくりと口を開いた。

「ア、アー……。ホ、ホシイ……バシ、エルフ。……コレ、ホシイ……」

その言葉に、レンの目が丸くなる。

「おお、すげえ。たった数日、それもラーメン食う間の短いやり取りだけで、カタコトでも日本語話せるようになっちまったのかよ!?」

女はニコリと微笑《ほほえ》んだ。

「アイシェ。……ニ、ニホンゴ、マダ、ムズカシイ」

レンは感心した顔になる。

「大したもんだ！　でもよ、悪いけどラーメンの器は売り物じゃ……」

言いかけて、首を振る。

「いや……まあ、いいか。今夜はクリスマスだしな。それ、あんたにプレゼントするよ。洗ってやるから、こっちによこしな」

女が丼を差し出すと、レンはウォータータンクの水でザッと濯《すす》いでから、洗剤を付けたスポンジで汚れを落とした。泡を少量の水で洗い流してウェットティッシュで丁寧に拭い、布巾で乾拭《からぶ》きしてから女エルフに渡す。

「ほら、綺麗《きれい》になったぜ！」

女はピカピカになった丼を笑顔で受け取ると、己の腕から大きな真紅のルビーのついた腕輪を外して、カウンターに置く。レンは訝《いぶか》し気《げ》な顔をした。

「おい……なんだこりゃ。お返しのつもりか？　こんな高そうなもの、貰《もら》えないぞ！」

返そうとするレンの手を、女エルフはそっと押しとどめる。

「エルフバジ、ミヒャクトロ。ニルスエンジェント、ラリクール」

「……よくわからんが。あんたは俺に、こいつを貰って欲しいんだな？」

レンが真面目な顔でそう言うと、女はコクンと頷いた。

「アイッシェ。デスタ、アルミ……プ、プレゼント。アゲル、レン。バシエルフ、アゲル」

「そうか。じゃ、ありがたく。せっかくだから家宝にでもさせてもらうか、あははは！」

レンは笑いながら、エプロンのポケットから『鍵』を取り出して屋台の隠し戸を開けた。

白い布が敷き詰められた小さな引き出しの中には、父親の形見のエメラルドの首飾りが入っている……その隣に、そっとルビーの腕輪を置いた。

レンは悪戯《いたずら》っぽく人差し指を立てて、シーっと言いながら女に片目をつぶってみせる。

「ここの隠し場所は、俺たちだけの秘密だぜ？」

中に入っているエメラルドの首飾りを見て、女エルフの瞳がわずかに潤んだ。

レンが引き出しに腕輪を入れて、鍵をかけるのを見届けると、女エルフはラーメン丼を大切そうに抱えて歩き出す。その背へと、レンは明るく呼びかけた。

「三日後、向こうの路地にもっと早い時間だからな、絶対に来てくれよ！」

女エルフは振り返り、レンの顔を見てコクリと頷くと、雪の降る闇へと消えた。レンは彼女を見送ると、白い息を吐きながら椅子を片付け、屋台を引いて元気よく歩き出す。

「こっちの世界は、ホワイトクリスマスか……へへっ。今年は楽しいクリスマスを過ごせたぜ、親父ィ！」

第六章　思い出の『ラメン』

真夜中の路地に、老若男女様々な人々が三十名ほど集まっている。私はオーリに言う。

「オーリ。そちらは何人ぐらい来られたのだ？」

「子供たちは一人を除いて、全員が来た。呼べなかったのは……」

「アーシャだろう？」

「そうだよ。あいつは野良猫みたいな奴《やつ》で、どこにいるのかわからねえ」

「私の方も、常連だった者たちに声を掛けた。しかし、手当たり次第に呼べばいいってわけじゃないからな。人選には苦労したよ」

オーリが集まる面々を見渡して言う。

「城下に広がるヤクミ畑と小麦畑を管理する、大農場主のチャックルズ。剣の達人にして王家ともつながりの深い元騎士団長のクエンティン卿《きょう》。ナルトやメンマをはじめとする、ラメン食材の流通を仕切る女豪商のナンシー。そして、大錬金術師のタルタル様……そうそうたる顔ぶれじゃねえか！」

その言葉に、私は苦笑する。

「みんな、『今でこそ』だろ？　二十年前はまだ、彼らはただの一市民に過ぎなかったよ」

オーリも静かに同意する。

「そうだな。あの頃はみんな、何の肩書もありゃしなかった。ただラメンが大好きで、タイショのヤタイに集まるだけの気のいい奴らだった……」

と、人々の中に覚えのあるフード姿の背格好を見つけ、私はドキリとした。

「ちょ、ちょっとすまん。オーリ、話はここまでだ！」

「あ？　おい、急にどしたよ、リンスィール？」

私はそれには答えずに、フードの人影に近づいて小声で話しかける。

「女王様の行方を知らないかと、エルフの仲間たちに何度も尋ねられましたぞ……。まさか、ファーレンハイトにいらっしゃったとは！」

そう。そこにいたのは我らがエルフの女王、アグラリエル様その人だったのである！

フードの陰から女王は、落ち着いた声で私に応える。

「久しぶりですね、リンスィール。案ずることはありません。明日にはこの町を出て、里に帰ります」

私は頭を下げながら言う。

「女王様におかれましては、お元気そうで何よりです。しかし、護衛もつけずに黙って里を抜け出すなど、一体どういうおつもりかと思っておりましたが……なるほど。今宵《こよい》の集まりに出席するため、わざわざいらっしゃったのですね？」

女王はモジモジしながら言う。

「えっ？　ええ、まあ、はい……。そ、そのような所です……時に、リンスィール。これは一体、どういった集まりなのでしょう？」

「……はぁ？　まさか女王様、知らずに来られたのですか!?」

女王はフードを少し上げ、すまし顔を覗《のぞ》かせ言った。

「あ、いいえ、知ってはいますよ？　もちろん、知っているのですが……一応、あなたの口からも聞いておきたいと思ったまでです」

「かしこまりました、そういう事でありますれば……！」

私は、今日はどういう日なのか、これがどういう集まりなのかを簡単に説明する。

聞き終えた女王は、深刻な顔をして俯《うつむ》かれた。

「そうでしたか。今夜は、そのような日だったのですね……」

その言葉に、私は首を捻《ひね》る。

「あのう、女王様。知ってて、ここにいらっしゃるのですよね？」

女王は胸を張っておっしゃられる。

「当然です。わたくしはこの集まりに出席するため、はるばる里から来たのですから！」

怪しい。そもそもレンが話してくれたのが三日前で、女王が消えたのは一週間前だ。

「……本当にご存じでした？」

女王は焦ったように言葉を重ねる。

「ホ、ホントに知ってましたよ……。リンスィール、なんですか、その目は!?　あなた、わたくしが知ったかぶりをしてるとでも言うつもりですか！」

「あ、いいえ。そういう訳ではありませんが……」

うーむ。私もエルフの里にいた頃は、女王が「知ってた」とおっしゃれば、「すごい、さすがは我らが女王様！」と素直に大喜びしたものだが……しかし、里を出てからもう三百年。金に汚いドワーフや、ずる賢いホビット連中、海千山千のヒューマン族を相手にしてきて、私にも色々と『見える』ようになってしまった。

我らが女王のアグラリエル様は聡明《そうめい》で魔力も強く、里の者や他種族の王からの信頼も篤《あつ》いというのに、嘘《うそ》だけはどうにも苦手らしい。

……どうしてこのお方は、嘘を吐《つ》く時に唇を尖《とが》らせて斜め上を見るのだろうなぁ？

もっとも古きエルフであり、千六百年の時を生きてきた神にも等しき存在だというのに……あ、額に冷や汗が一滴浮かんでる。ああ、今度はつま先で小石を弄びはじめたぞ！

これは大方、私の手紙を読んでレンのラメン食べたさに里を抜け出し、偶然この場によくわからず居合わせたが、体裁が悪いので言い出せないとか、そんなところだろう。

と、私がため息を吐いた、その時だ。チャラリ～チャラ～♪　チャラリチャラ～♪

独特の笛の音が響く。

「来たぞ！」

誰かが叫んだ。その声と共に、ガラガラと音を立ててヤタイが姿を現す。

引いているのは、白装束の人物だ。

「……タイショ？」

「いいや、違う。タイショよりも背が高いし、がっしりしてる」

「では、あれがリンスィールの言っていた、息子のレンか⁉」

「じゃあ、やっぱりタイショさんは……！」

「……し、死んだのか？」

ざわざわと声が渦巻く路地に、ヤタイは止まる。今夜のレンは、いつもの半袖エプロンに厚手の布を巻いた姿ではない。タイショと同じ白い服に、ねじった布を頭に巻いていた。

彼は無言で鍋に火をかけ、湯を沸かしてスープを温める。鶏《とり》と魚介のいい匂いが、辺りにぷうんと漂い……その香りに魅了され、騒いでいた人々が口をつぐみ、静寂が満ちた。

タイショは二十年前のこの日、病院で息を引き取ったらしい。事故に遭い、ボロボロの身体《からだ》で必死に生きようと頑張ったが、妻と息子に看取《みと》られて天に召されることとなった。

今日は、タイショの命日なのだ。タイショは死の間際に、二つの言葉を残したという。

「向こうの世界の連中に、美味《うま》いラーメンを食わせなきゃ」

そして、もうひとつ、

「レン、強くて優しい人になれよ」

……タイショよ、見ているか？　君の息子は望み通りに、強くて優しい男になったぞ！

そして彼は今、あなたの最後の願いを叶《かな》えるためにラメンを作っている。タイショと同じ白装束を身にまとったレンが、同じ形のザルでメンを茹《ゆ》で、同じ色のスープを注ぎ、同じだけの具材をのせる。それは二十年前にタイショが作ってくれたのと、寸分たがわぬラメンであった。

レンは熱々のラメンを黙々と作り、ヤタイのカウンターに次々と置いていく。オーリが、私が、そしてブラドとマリアが進み出て、ワリバシをパチンと割った。我々は白い湯気を上げるドンブリを片手に持ち、立ったままでラメンを食べ始める。

メンを啜《すす》ると熱いスープがたっぷり絡んで、唇をツルツルと撫《な》でながら口中へと躍り込む。鶏の旨味《うまみ》と魚介の出汁《だし》が絶妙にマッチしたスープには、キリリとしたショーユのしょっぱさが浮き上がる。歯で噛《か》みしめるとプツプツとメンが気持ちよく千切れ、小麦の香ばしさが口いっぱいに広がって……。

ああ、この味だ……っ！　これこそが、私が求め続けてきたラメンなのだ！　この味が、私のラメンの『原点』だ！　完璧な味だ……美味い！　美味くて手が止まらぬっ！

私は、無我夢中でラメンを食べ続けた。

真っ白な湯気に巻かれながらメンを啜り、脂身たっぷりのチャーシュを噛み切り、甘辛コリコリのメンマを味わい、熱いスープを一口飲み、ムチっとしたナルトで一休みして、白く濁る息を吐きながらまたメンを……心がどんどん満たされていくのを感じる。

だが、その時だ。ドンブリに、ポチャポチャと水滴が落ちたのは。それは、私の目から流れ落ちた涙であった……いけない。こんなに美味いラメンを、涙の味で濁らせてはならない！　私は慌てて涙を拭う。だけど、拭っても拭っても涙が落ちるのだ……。

どれだけ手で押さえようと、どれだけ力いっぱい目を瞑《つぶ》ろうと、涙はとめどなく流れ出る。ボタボタと零《こぼ》れる涙を止められず、せめてラメンに入らぬように、私は天を仰ぐ。瞼《まぶた》の裏に、タイショとの思い出が浮かんでは消える。胸が悲しさで満ち溢《あふ》れ、嗚咽《おえつ》となって口から洩《も》れ出た。

「うっ……おお！　タイショ……タイショよ！　もう、二度と会えないのか……っ！」

視界が滲《にじ》む。鼻の奥が痛い。息が詰まって苦しくなる。二十年前のあの日、もしも帰るタイショを引き留めていれば助けられたのだろうかと、そんな詮ない妄想だけが膨らんでいく……。

ああ、早く食べなければ……美味いラメンが冷めてしまうのに！

ふと気づくと、周囲はラメンの入ったドンブリを抱えて、啜り泣く人々で溢れていた。

「タイショさん……タイショさん……っ！　タイショさぁーんっ！」

「ありがとぉーっ！　タイショさーん！　死にそうな僕らを助けてくれて、ありがとうー！」

「タイショさーん！　義父《とう》さんに会わせてくれて、ありがとう！　義父さん、孤児の私たちを引き取ってくれて、ありがとぉー！　リンスィールさーん！　大人になるまで面倒みてくれて、ありがとー！」

「なんにも恩返しできなくて、ごめんねえ、タイショさーん！」

「タイショー！　あなたのラメン、今でも夢にみて、枕が涎《よだれ》まみれだよぉー！」

「会いたいよぉー！　タイショさん、もう一度だけでも、会いたいよぉー！」

「タイショよ……なぜ、死んだのですか⁉　首飾りのエメラルドなど、返す必要なかったのです！　あれはそなたに贈ったもの、全部売り払ってもかまわなかった！」

「くそぉ……うめえ、うめえよ、親父《おやじ》ーっ！　あんたのラーメン、マジでうまい！　安い材料ばっかで化調もたっぷり使ってるのに……なんで、こんなにうめえんだよ⁉　こんなにうまいラーメン作れて、こんな大勢に愛されてたのに、あんなひどい事故にあっちまって……親父のバッカヤロー！」

「会いたい、私はタイショに会いたいぞ！　君は本当に大切な友人だった！　この路地のヤタイであなたのラメンを食べた日々は、私の人生最高の思い出だ！」

「タイショよー！　お前が救ったガキどもは、みんな立派に育ったぞぉー！　お前はとんでもなく偉い奴だよ、ドワーフの誇りにかけてーっ！」

その夜、路地には私たちの慟哭《どうこく》が木霊した……。夜空には、まるで太陽みたいに明るい満月が浮かんでいる。その光に照らされた路地で、各々が心の叫びを存分に吐き出し続けた……。そうして、二十年間も凍り続けていたタイショを失った悲しみと空白を、溶かして涙にできたのだった。


皆が去った後も、私とオーリだけは残り、ヤタイの片づけを手伝った。

レンは、晴れ晴れとした顔で私たちに言う。

「リンスィールさん、オーリさん！　みんなを集めてくれて、ありがとな。こっちの世界の連中に美味いラーメンを食わせなきゃって、親父の願いを叶えられた。いい供養になったぜ！」

私は、彼を真っ直《ます》ぐに見据えて言う。

「礼には及ばないよ。しかし、さすがだなレン。君が作ったあのラメンは、タイショのラメンそのものだった！」

レンは、照れ臭そうに笑う。

「へへっ、レシピが残ってたからだよ。親父は顔に似合わず、日記をつけたり几帳面《きちょうめん》だったからなぁ……他にも、色々と残してたぜ。屋台で出そうとしてた、新メニューとかな」

「し、新メニュー!?　そんなものが存在するのかっ！」

「ああ。そのうち食べさせてやるよ」

　オーリがしみじみと言う。

「やっぱ、タイショのラメンは美味かったなぁ……なあ、レン。次は、どんなラメンを食わせてくれるんだ？　あれを食っちまった後じゃあ、並大抵のラメンじゃ満足できねえぜ？」

　レンが、意味深にニヤリと笑う。

「それじゃ次は、オーリさんにも絶対に納得してもらえるラーメンを出すとするか」

　私は興味をそそられ、レンに尋ねる。

「ほう？　それは一体、どのようなラメンかね？」

「ふふふ。そいつは俺たちの世界に、『革命』を起こしちまったラーメンさ！」

　私とオーリは顔を見合わせ、それから同時に叫んだ。

「む、向こうの世界で……『革命を起こしたラメン』だとーッ!?」

　う、ううむ。なんだ、それは……？　食べ物が革命を起こすなど、まったく想像がつかぬ！

　だがレンは、それ以上は教えてくれず、ヤタイを引いて帰ってしまった。

　オーリと帰り道を歩きながら、クリスマスの夜を思い出す……。レンは言った。

「クリスマスは、ずっと悲しい日だったよ。親父が事故にあった日だからな。だけど、今年からは笑って過ごせる！」

タイショが消えた二十年は、我々にとっても悲しみに満ちた日々だった。

しかし、涙を流すのは今夜で最後。これからは、笑顔のレンと楽しく過ごそう！

……それにしても、『革命を起こしたラメン』か。本当に、どんな代物なんだ？

第七章　――　革命の『ラメン』

三日後の夜である。レンは、私たちの前にドンブリを置いた。

何も入っていない、『空のドンブリ』を。きょとんとする我らの前で、彼はこんがらがった鳥の巣のような物体を中に入れ、その上に生卵を落とすとオタマで湯をかけて、蓋をした。

「準備完了！　できあがるまで、これでも飲んで待っててくれよ！」

言いつつレンは四人分のグラスと、金属製の筒を取り出す。筒の色は白で、大きな黒丸に金色の☆マークがデザインされてる……西方の地で信仰されてる宗教のシンボルに似ているな。

レンが筒の上部、とっかかりに爪をひっかけて引っ張ると、プシュッと音がして穴が開いた。筒をグラスに傾けると、中から出てきたのは黄金色の輝かしい液体だ。注ぐとシュワシュワと音が鳴り、白く滑らかな泡がモコモコと湧き上がる。

グラスを手に取り顔を近づけると、軽いアルコール臭と華々しい植物の香りがした。口に含むと、爽やかな苦みと豊かなコクがじんわり広がり、喉を鳴らしてゴクゴク飲むと、キンキンに冷えた液体が鋭い炭酸の刺激と共に、気持ちよく喉を通り過ぎる。

ふむ、これは……っ！　私が口を開くより先に、オーリが大きな声を出す。

「こりゃあ、麦酒《エール》だな！　しかし、なんて美しく澄んだ金色なんだ……それに、この泡のきめ細かさときたら、まるで真夏の入道雲みてえに立派だぜ！　スッキリしてて炭酸が強くて、こんな素晴らしい麦酒、今まで飲んだことねえよ！」

彼は感動して、あっという間にグラス三杯を飲み干してしまう。いい飲みっぷりだ。麦酒はドワーフの大好物だからなぁ。それにしても『真夏の入道雲』なんて詩的な表現、オーリがするとは驚いた！　ドワーフさえも詩人にしてしまうほど、価値ある麦酒ということか……と、オーリが四杯目を飲み干す前に、レンがドンブリの蓋を取った。中では卵が白く濁り、鳥の巣のようなものがふやけてほどけ、透明だったお湯が茶色く色づいてる。

「いい頃合いだな……あとは具をトッピングして、できあがりだ！」

レンはピンク色の薄い肉とヤクミをのせると、顎上げ腕組みポーズで宣言する。

「よっしゃ、完成っ！　こいつは、『インスタントラーメン』ってジャンルのラーメンだ。俺たちの世界に革命を起こした、とんでもねえ大発明さ！」

こ、これがレンたちの世界に『革命を起こしたラメン』なのか!?　私は緊張でゴクリと喉を鳴らす。いそいそとワリバシを手に取り、胸を高鳴らせながらメンを口へと運ぶ。しかし、二口、三口と食べ進めるうちに、戸惑いを隠せなくなった……。

まず、メンである。細すぎて小麦の香りがほとんどせず、フニャフニャしててコシがない。口当たりは妙に油っぽくて、カリっとした部分がまばらにある。スープは鶏《とり》ガラを煮出したショーユ味なのだが、単純で重なりが薄くてコクとパンチに欠けている。

シンプルと言えば聞こえはいいが、もう少し工夫が欲しい所だ。こちらもやはり、油っぽさが気になってしまう。塩気も少し強すぎるように感じる。

上にのっているのはソーセージ…いや、ハムだろうか？　細かい肉を丸く成形して作ったらしいが、チャーシュのような旨味《うまみ》あふれる脂身も、肉感的な歯ざわりもなく、ペラペラで食べ応えに乏しくて貧弱だ。味も単純な香辛料と塩気だけで、食欲を誘うショーユやニンニクの風味もない。半熟の卵がトロリと絡んだメンだけは、ハッとするような魅力的な味わいがあったが、半熟卵なら他のラメンにだってのせることができる。

よく冷えたシュワシュワの麦酒との相性はいいが、とりたてて感動するほどじゃなく……つまり、このラメンには『際立った美味《うま》さ』が何ひとつないのである！

これでは、私は『夢中』になれない。

拍子抜けした私はおずおずと顔を上げ、レンに問う。

「えっと……あのう。レン……なにかの間違いではないのかね？　これが本当に、君の世界で『革命を起こしたラメン』なのか？」

レンは平然と頷《うなず》いた。

「ああ、そうだよ。リンスィールさん、ラーメンを食べた感想を聞かせてくれよ」

私は困惑しつつも、ラメンの味を総評する。

「う、うむ……決してまずくはないが、たいして美味くもない。メン、スープ、具材、全てにおいてタイショのラメンを下回っている。言わば、タイショのラメンの劣化版でしかない。この程度のラメンなら、ファーレンハイトの有名レストランに行けば簡単に食べられるだろうな」

「へえ、そうかい？」

自分の作ったラメンをいまいちと言われたのに、レンは平気な顔をしている。

彼の態度に、私は首を傾《かし》げた。

「レン……私は、君の作ったラメンをいまいちだと言ったんだぞ？　ラメンにプライドを持ってる君が、そんな風に平然としてるなんておかしいじゃないか！　なあ、オーリ、お前もそう思うだろう？」

するとオーリはラメンを食べる手を止めて、ニヤリと笑って言った。

「こいつぁ、確かに大発明だ！　世界に革命を起こしちまったってのも納得の話だよ」

私は面食らった。

「オ、オーリ、何を言ってるんだ!?　この程度の味で満足するなんて、どうかしてるぞ！」

ブラドも私に同調する。

「義父《とう》さん、リンスィールさんの言う通りですよ。ぶっちゃけた話、これなら僕のラメンのが美《お》味《い》しいです。僕には、このラメンの凄《すご》さがまったくわかりません！」

ブラドの言葉に、オーリは大げさにため息を吐《つ》いてみせる。

「はぁー。おいおい、ブラドよ……リンスィールはともかく、ラメンシェフのお前さんは、すぐにわからなきゃダメだろう？」

「はぁ？」

キョトンとするブラドに、オーリはラメンを食べながら言う。

「味の問題じゃねえ。このラメンのすげえ所は、もっと別にある……思い出してみろ。このラメンを食べる前、レンは何をやった？」

「なにって……あああああっ!!　そ、そういうことかーっ！」

ブラドは急に立ち上がって、大声を出した。私は驚いて問いかける。

「ブ、ブラド君。一体、どうしたというのかね？」

ブラドは慌ててラメンを食べると、感心した顔で唸《うな》った。

「す、すごい……！　メンは柔らかくツルツルしてて、スープも熱くて濃い味がついてる。このドンブリは求められる必要な条件をクリアして、ちゃんとラメンとして成立してるんだ……。と、とんでもないことですよ、これは……！」

彼は、ドンブリと私の顔を交互に見ながら叫ぶ。

「リンスィールさんっ！　僕、わかりました！　作り方ですよ、作り方！」

「……作り方？」

わけがわからず聞き返す私に、ブラドはラメンを指さしながら言う。

「このラメンの作り方です！　レンさんは、このラメンをどうやって作りましたか？」

「どうって、空のドンブリに鳥の巣みたいなものを入れて、生卵を落として、お湯をかけて蓋をして……あ、あーっ!?　そ、そそそ、そういうことかぁーっ！」

ようやく気付いて、私も大声を出す。す、すごいぞ……信じられん！　そんなことが可能なのか!?　あまりにも凄すぎるッ！　これはまさしく『ラメン革命』だー！

「みんな、どうして驚いているのかしら……？」

まだピンときてないらしい、マリアが言う。

ブラドがマリアの肩を摑《つか》んで、真剣な顔で問いかけた。

「マリア。ラメンが食べたい時って、普通はどうする⁉」

マリアは平然と答える。

「そんなの、ラメンが食べられるレストランに行くに決まってるでしょ」

オーリが頷く。

「そうだ。ラメンを作るには、専門的な技術が必要だからな。素人が家で作れるもんじゃねえし、特殊な食材が必要だから、出す店も限られている」

後を私が引き継ぐ。

「それが、今までの常識だった……」

マリアが不思議そうに言う。

「今までの……ですって？」

私は、目の前のドンブリを指さして言う。

「だが、このラメンは違う。専門的な技術も知識も材料も、料理道具さえいらぬのだ。最低限、必要なのは『インスタントラメン』と一杯のお湯、それを入れるドンブリだけ！」

マリアがハッとして、口に手を当て目を丸くする。

「あっ⁉　ああーっ、そ、そういうことなのねーっ！」

そう。これさえあれば、いつでもどこでも簡単にラメンが食べられるのである。

……想像してみたまえっ！　例えば、旅の途中で野宿した朝。

朝日に照らされた空の下で目を覚まし、盗んだとて誰憚《はばか》る事も無い谷川の水を汲《く》んで湯を沸かす。持参したドンブリに『インスタントラメン』を放り込み、フツフツと煮える湯を掛けたら、小鳥たちの囀《さえず》りを聞きながら木の枝をナイフで削ってワリバシを作り、ヤクミを刻んで塩漬け肉をスライスする。ややあって蓋を開けると、なんとそこには美味しそうなラメンが……。切った塩漬け肉とヤクミを上にのせれば、完成だ。

爽やかな朝の空気を吸いながら、大自然の中でラメンを食べられるなど、なんという至福っ！

あるいは、自宅での気だるい昼。外はザアザアと大雨が降っている。腹は減ったが着替えて出かけるのは億劫《おっくう》だ。少しばかりの買い置き食材はあるが、料理するのは面倒だし、乾いたパンとチーズだけの食事なんて侘《わび》しすぎる……そんな時、ふと戸棚の奥に『インスタントラメン』があったのを思い出す。湯を沸かし、ドンブリにラメンを入れて生卵を落とし、お湯を注いで待つことしばし。蓋を取ると、そこにはホカホカと湯気をあげるラメンが……。人目を気にすることもなく、だらしない格好のままでおもむろに半熟の卵を突き崩し、メンに絡めてズルズルと豪快に啜《すす》りこむ。

家にいながら寝巻きのままで、手軽にラメンが食べられるなど、なんという贅沢《ぜいたく》っ！

もしくは、遠い異国の夜遅く。旅先の見知らぬ街で浮かれ、しこたま酒を飲んで酔っ払ってしまう。夜更けすぎに宿へと戻りふと空腹を覚えるが、もはや飲食店などやってる時間ではない。だけど慌てず宿の主人に一杯のお湯を所望し、持参したドンブリに『インスタントラメン』を入れるのだ。湯を持ってきてくれた主人に礼を言い、ドンブリに注いで蓋をして窓の外を見ると、月に照らされた静かな街並みが広がっている。幻想的な風景にしばし見惚《みと》れて、ふと気づくと良い匂いが漂ってくる。蓋を外すと、そこにはアツアツのラメンが……。酔いが回った胃袋と舌に、汁気たっぷりでしょっぱいラメンは堪《たま》らんだろう。

時間も場所も気にせずに、好き放題ラメンが食べられるなど、なんという極楽っ！

私は改めて、目の前のラメンを味わった。メンが柔らかい？　スープにコクとパンチが足りない？　具材が貧弱？　そんなもの、『お湯を掛けて待つだけ』という利便性の前では全てが消し飛ぶ！　メンは長くてツルツルと啜れ、熱いスープはチキンエキスのショーユ味。ドンブリの中に存在するのは、紛れも無くラメンなのだから。

言わば、こいつは『すぐ美味しい、どこでも美味しいラメン』なのであるっ！

誰もが欲しがる。手土産に、日々の食事に、携行食に……何にでも使える。もしもこいつをファーレンハイトで売り出せば、あっという間に億万長者になれるだろう。

オーリが、喉をゴクリと鳴らして言った。

「な、なあ、レン……。この、『インスタントラメン』の製造法だけどよぉ……？」

しかし、レンは即座に手を突き出す。

「おおっと！　悪いが、そいつは教えられねえぜ、オーリさん！」

レンの態度は、いつになく拒絶的だった。オーリがムッとする。ブラドが慌てて尋ねた。

「そ、そんな……どうしてですか!?」

レンは腕組み顎上げポーズで言う。

「だってよ。あんたらに教えたら、面白くねーじゃん？」

面白くないから、教えない。オーリとブラドがポカンとする。

レンは歯をむき出して、ニカッと笑った。

「言葉で説明するのは簡単さ。作り方を教えれば、ブラドの腕ならすぐ完成させちまうだろうな……でもよ、それって楽しいか？」

レンは期待に満ちた目で、二人の顔を交互に見ながら言葉を続ける。

「俺は、見たいぜ。こんな異世界でラーメンを作り上げちまったあんたたちが、今度はどんなインスタントラーメンを作るのかを……な？　考えただけでもワクワクしちまうだろ!?」

しばらくしてから、

「く、くく……く、ぐふふ……。がぁーっはっはっはぁー！」

「あ、ははは……あはははははっ！　あーははははは！」

オーリとブラドが同時に笑いだした。

オーリが、ブラドの肩を抱いて楽しそうに叫ぶ。

「がっはっはぁ！　なあ、ブラドっ！　レンの言う通りじゃねえか！　何の苦労もなしに作り方だけ教えてもらおうなんて、俺たちあまりにも虫がよすぎらぁ！」

ブラドも笑顔で大きく頷く。

「あっははは！　そうですね、義父さん！　世界に革命を起こすほどのラメン、すんなり手に入れたんじゃ面白くありません！」

オーリが立ち上がって、レンに言う。

「おう、レン！　悪《わり》ぃが、これで帰らせてもらうぜ！　早速店に戻って『インスタントラメン』の研究を始めるからよぉ！」

ブラドも不敵に笑った。

「ふっふっふ。レンさん、期待しててください……とびきり美味しい『黄金のメンマ亭製のインスタントラメン』を食べさせてあげますからね！　うおおーっ、やるぞー！」

二人は肩を組み、わいわい言いつつ去って行く。

「おう、タルタルの野郎も仲間に入れてやろうぜ！　こんな面白いこと、誘ってやらなきゃかわいそうだ！　日が昇ったら、すぐに連絡しろ！」

「いいですねえ！　タルタル先生なら頭がいいから、きっと力になってくれるはずです！」

マリアが二人の後ろ姿を見ながら、嬉《うれ》しそうに笑った。

「お義父ちゃんも、ブラド兄ちゃんも楽しそう……あんな二人を見るの、久しぶりだわ！　レンさん、ありがとう！」

レンは苦笑しながら言う。

「まあ、一朝一夕でできるもんじゃないと思うけど。それでもブラドとオーリさんなら、必ず完成させられると信じてるぜ！」

マリアが立ち上がり、二人の後を追いかける。

「それじゃレンさん、あたしも帰るね！　また明日の夜、ペジポタケイラメンを食べにくるから！　三日後も楽しみにしてるーっ！」

「ああ、またなーっ！」

レンも笑顔で手を振った。

楽しそうに遠ざかる三人を見て、私も目を細める。彼らが『タイショのラメン作り』に燃えてた頃を思い出すな……。貧乏でもああやって、楽しそうにラメンを作ってたっけ。

こちらの世界で『インスタントラメン』が食べられるのも、きっとすぐに違いない。

……告白しよう。実は、オーリが『インスタントラメン』の製法を聞こうとした時、我らの友情を壊すような『不幸なやりとり』が起こるのではないかと私は恐れた。

ドワーフは強欲な種族だ。百五十年前、ドワーフの王は黄金の山に目が眩《くら》んで魔王と取引するという愚かな選択をし、王国を潰した。以来、彼らは『流浪の民』となっている。

苦労せず手に入れた金は、人を狂わす……。しかし、ドワーフは気高き『職人魂』を持つ種族でもある。レンは、そんなオーリの職人魂に火種を投じてくれたのだった。オーリは二十人もの孤児を引き取ったり、ラメン作りに私財を投じたりと、価値ある金の使い方を知っている男である。自分の力で手に入れた金なら、身を持ち崩す事はないだろう。

「さて、私も帰るとしよう。レン、今日は良い経験をさせてもらった。礼を言うぞ」

言いつつ立ち上がると、レンが真剣な顔で引き留めてきた。

「……あ、あのよ、リンスィールさん。ちょっと相談があるんだけど……いいかな？」

「相談だって……？　なんだね、聞こうじゃないか！」

　私は真面目な顔で椅子に座り直す。

　レンはいそいそと隣の椅子に腰かけて、私の瞳をジッと見つめて言った。

「リンスィールさん。これは、『あくまで仮の話』なんだけどよ……異世界人との恋愛って……あんた、どう思うよ⁉」

　その質問に、私は面食らう。

「む、むむむっ。な、なんだと⁉　い、異世界人との恋愛かぁ……っ！」

　私は腕を組み、しばらく考えた後でポツリと言った。

「うーむ、大変に難しい問題だな。ただ、よっぽどの覚悟がなければ、悲恋に終わるのは間違いなかろう」

　レンが、ハァーっと深いため息を吐きながら言う。

「……そ、そうだよな？　やっぱリンスィールさんも、そう思う？」

　私は大きく頷いた。

「ああ。言葉、文化、家族、宗教……色々と問題あるが、一番の問題は、私たちが向こうの世界には行けないことだ。それは恋愛において、あまりにも高すぎる壁となる」

「だよなぁ！　やっぱり、どう考えても難しいよなぁ……」

　ガックリと肩を落とすレンに、私は言う。

「結婚しても、悩みの種は尽きないぞ。ある日、世界を越えられなくなったら？　子供ができたとして、その子は行き来できるのか？　唯一の解決策があるならば……思い切って、『こちらの世界に移住』するしかあるまいね」

レンは遠い目をして天を仰ぎ、乾いた笑いを浮かべる。

「こっちの世界に移住か……ははは。リンスィールさん、はっきり言ってくれるぜ！　やっぱ、異世界人との恋愛って、最終的にはそうなるよなぁ……あーあっ！」

私は首を傾げて彼に問いかけた。

「レン……こちらの世界に、思い人でもいるのか？」

レンは、首を振って否定する。

「別に。そんなんじゃねえ、最初に前置きしたろ。これは『あくまで仮の話』だって！」

「む、むう。ならばいいのだが……なあ、レンよ。私たちは、何があっても絶対に君の味方だぞ！　みんな、君のことが大好きなんだ。いつだって力になりたいと思ってる……それだけは、しっかりと心に刻んでおいてくれよ」

私の言葉に、レンは晴れ晴れとした顔で嬉しそうに笑った。

「ふ、ふふふ。ありがとよ、リンスィールさん！」

Another Side 4

レンが屋台を引いて歩いていると、背後から声が掛かった。

「こんばんは、ラーメン食べさせてもらえるかしら？」

振り返ると、小柄で銀髪に右腕がない女が立っている。

「おう、あんたか……いらっしゃい！　もちろん、いいぜ！」

レンが屋台を止めて椅子を置くと、女はすぐさま腰かける。

「ええっと。前回は塩ラーメンだったけど、今日は何があるの？」

レンは腕組み顎上げのポーズで、自信満々の笑顔で答える。

「今夜は、ベジポタラーメンが作れるぞ！　砕いたガラをデンプン質豊富な野菜と一緒にじっくり煮込んで、トロリと濃厚なポタージュ状に仕上げたスープが特徴でな、俺の一番の自信作だよ！　めっちゃくちゃ美味《うま》いぞぉ！」

女は興味をそそられたように身を乗り出す。

「へえ、とっても美味《おい》しそう。じゃあ、それをひとつ……って、な、な、なあああああっ!?」

突然、女は奇声を上げて屋台の一角を指さした。レンは首を傾《かし》げる。

「……なああ？」

「そ、そそそ、それ、それ、それ、それえーっ！　そ、それって、もしかしてえ!?」

女が目を丸くして震える指で示したのは、無造作に置いてあったインスタントラーメンの黄色い袋である。レンは、キョトンとしながら言った。

「ああ、即席麺な。5袋入りを買って四人に食べさせたから、ひとつ余ってる」

女はハッと息を呑み、大声で叫ぶ。

「それえーッ！　私、それ食べたーい！」

その言葉に、レンは戸惑った。

「ええっ？　で、でもよぉ……今夜はスープも麺もあるから、俺の自慢のベジポタラーメンにしないか……？　材料にこだわって何年も研究して、ようやく完成させたラーメンなんだぜ？　マジで、すっげえ美味いんだよ！　……なのに、こっちが食べたいの？」

女は、コクコクと何度も首を縦に振った。

「そうなの、それが食べたいの！　お、お願い……後生だから、それを私に食べさせてぇ！」

ついには涙目で頭を下げて、ペコペコと懇願までし始めた。

レンは、納得いかないような顔である。

「うーん。流石《さすが》にインスタントに負けるのは、ラーメン職人のプライドが許せんぞ。なあ、もう一度だけ聞くけどよ。これより、ベジポタのが絶対美味い！　それでも、こっちが食べたいか!?」

女は即座に答える。

「食べたいっ！　ウマいマズいの問題じゃないのよ。人には傷つき疲れた心を癒やすため、特別な食べ物が必要なのだわ。『魂の味』って奴《やつ》がね」

「それが、あんたにとってのこいつってわけかよ？」

「そうね。最後の晩餐《ばんさん》に選ぶなら、私はこれかな……」

「ちっ、仕方ねえ！　そこまで言われたら、食べさせないわけにはいかねえぜ！」

レンは苦笑しながら空の丼にインスタントラーメンを入れて生卵を落とし、お湯を注いで蓋をする。と、女が手を伸ばした。

「ね、空き袋ちょうだい」

「ん？　ほらよ」

レンが差し出すと、女は袋の中を覗《のぞ》いて呟《つぶや》く。

「あ。やっぱり、ちょっぴりカスが残ってる……」

言いつつ袋に手を突っ込んで、砕けた麺を摘《つ》まみだすとポリポリと食べ始めた。

レンはそんな彼女に苦笑しつつ、缶ビールを取りだしてカウンターに置く。

「一応、こんなのもあるんだが……ラーメンできるまで、飲んでるか？」

「ビールぅ!?　しかも、黒レベ！　飲む飲むぅ！」

レンが蓋を開けてグラスに注ごうとすると、女は勢いよく立ち上がる。

「あー、待って！　グラスいらない、缶から直接飲みたいから」

「なんだか今日は、やたら注文が多いな。まあ、いいけどさ。ほら！」

レンがプルタブを起こした缶ビールを差し出すと、女は深呼吸してから缶に口を付け、ゴクゴクと一気にビールを飲んだ。

「……んくっ、ん……んんー、かっひぃー！　くぅうー。し、染みるなぁー！」

目に薄く涙を浮かべて、気持ちよさそうに息を吐く。女は砕けた麺の欠片《かけら》をつまみにしながら、缶ビールを美味そうに飲み続ける。そして赤らんだ顔で頬杖《ほおづえ》をつき、頭を揺らして鼻歌を歌う。

「すぐ、おいしー♪　フフフフン、フーン……」

三分が経《た》った。レンは丼の蓋を開けて、刻んだネギとハムをトッピングする。

「よっしゃ、完成！　さあ、食ってくれ！」

女は割り箸を咥《くわ》えてパチンと割ると、丼の底をグルリと混ぜてから食べ始めた。

「んっ、んー。これよ、これぇ！　この、駄菓子っぽくてチープな味がいいのよねえ。特に、深夜に食べるこいつには罪悪感の味がトッピングされて、ウマさ三割増しなのだわ！」

左手で箸を操ってハムを齧《かじ》り、麺をズルズルと啜《すす》り、半熟卵はレンゲを使って一口でツルンと食べて、缶ビールを飲み干す。

やがて麺を食べ終わると、茶色いスープが残った丼を見つめ、おずおずと言う。

「……ねえ、あのさ。ご飯とか……ないよね？」

「ご飯？　夜食に買っといた、おにぎりならあるけども」

レンが取り出したのは、コンビニで買ったツナマヨおにぎりである。

それを見て、女は目をキラキラと輝かせる。

「ツ、ツナマヨ……ああもう、なんて素晴らしいの!?　あなた、大好き！　愛してるぅ！」

レンがパッケージを破いて差し出すと、女はパクリ、パクリと二口齧る。

「うっ、ああ〜。こってりしたマヨネーズまみれのツナ、美味しぃぃ……全部食べたいけど……ううー、我慢、我慢っ！」

女は残ったおにぎりを、インスタントラーメンの残り汁にぶちこむとレンゲで突き崩す。

「うっへっへぇ。やっぱり締めは、冷ご飯入れて雑炊でしょ！」

スープ、ご飯、ツナマヨ、ノリ……混然一体となったそれを、女はうまそうに平らげた。

「あー、大満足っ！　私のわがまま聞いてくれて、ありがと。この恩は決して忘れないわ」

心の底から幸福そうな顔してる女に、レンは苦笑する。

「インスタントラーメンひとつで大げさだなぁ！　まあ次は、ちゃんと俺のベジポタラーメンを食ってくれよ」

「もちろんよ。必ず食べにくる。あなた、この路地にはどれくらいの頻度で来ているの？」

レンは、丼を片付けながら答える。

「ほぼ毎晩、来てるよ。もう少し早い時間に向こうを回って、こっちの道から帰るんだ」

「毎晩ですって!?　そんな簡単に行き来できるってことは、やっぱりこの町にあるのは『ホール』じゃなくって『ゲート』か『ドア』よね……だけど、所在がはっきりしない。まるで、この空間全体が次元の狭間《はざま》と化してるような……？　一体どういうことかしら？」

「今夜はもう客が来なそうだし、俺は帰るよ。じゃあ、またな！」

女は懐から、何かを摑《つか》み出しながら言う。

「ええ、またね！　そういえば、ちゃんと名乗っていなかったわね……私はサラ。一ノ瀬沙羅《いちのせさら》よ。敬称はいらない、サラって呼んで」

「俺はレン！　伊東練《いとうれん》だ。レンって、気軽に呼んでくれや」

レンは椅子を仕舞うと、屋台を引いて歩き出そうとして……慌てて振り向く。

「いや、ちょっと待て!?　よく考えたらおかしいだろっ！　なんで缶ビールやツナマヨおにぎりやCMソングまで知ってんだ!?　なぁ、あんた、もしかして……アレっ？」

レンが呼びかけた時には、すでに女は消えていた。カウンターにはボロボロの百円玉が五枚、残されている。三枚はくすみ、一枚は焼け焦げて、もう一枚はひしゃげて血のような跡がこびりつく。それを見つめながら、レンは呟いた。

「……つーか、一ノ瀬沙羅《いちのせさら》って。それ、思いっきり日本人の名前じゃねーか」

第八章　――　千変万化の『ラメン』

さて、三日後の夜である。私たちの前に出されたのは、白濁した茶色いスープのラメンであった。ドンブリからは食欲を刺激する、甘い脂と野性的な匂いが漂う。具はアジタマと少量のヤクミの他、大きなチャーシュと茹《ゆ》でたホウレン草に、正体不明の『黒い紙』が四枚である。レンが、腕組み顎上げポーズで言った。

「こいつは、『家系ラーメン』！　豚骨スープに醬油《しょうゆ》ダレを混ぜた万人受けする味で、一世を風《ふう》靡《び》したラーメンだぜ！　数あるスープの中でも『豚骨醬油』の組み合わせは、ラーメン界の大傑作のひとつだろうな。横浜発祥で『○○家』って名前の店が多かったんで、家系って呼ばれている」

と、オーリが口を開く。

「あー、レン。食べる前に聞きたいんだが……今日はラメンの他に、ずいぶん色々と並んでる。こりゃあ一体、何なんだ!?」

カウンターには、複数の容器が並んでいた。その他にも変わった形の大ぶりのスプーンと、ライスが入った小さなドンブリが人数分ある。ブラドが、容器を手に取った。

「この香りはコショウですね。こっちはニンニク。刻みショウガに……ゴマ、漬物。そして、トウガラシの匂いのする赤いペースト……？」

「漬物はキュウリで、赤いペーストは豆板醤《トウバンジャン》。初めての客に一口も食べないうちからコショウとか掛けて欲しくねえし、カウンターに調味料はあんまり置きたくないんだが……今回ばかりは主義を曲げる！　家系に『味変』は不可欠だからな」

マリアが首を傾《かし》げて尋ねる。

「アジヘンって、なあに？」

「ラーメンを食べながら、自分好みに調味料を足す事さ」

その言葉に、ブラドが驚く。

「な、なんですってぇ!?　お客が料理に手を加えちゃうんですかっ！」

レンが頷《うなず》いた。

「その通りだ。まあ、自由にやってくれと言いたいが……初めてなんで、勝手がわからんだろ？　とりあえず、そのまま何口か食べてコショウを一振り。また食べて、飽きたらニンニクを足す。そこから先はショウガなり、ゴマなりを足してカスタマイズしてくれ。ただし、豆板醤は最後にした方がいい」

私は、ライスを見ながら尋ねる。

「このライスは、どう食べたらよいのだね？」

レンは大振りスプーンや、ラメンの黒い紙を指し示す。

「レンゲで掬《すく》ってラーメンに浸すもよし。海苔《のり》で巻いて食べるもよし。なんなら漬物で食べてもよし……好きなように食ってくれ」

どうやらスプーンは『レンゲ』、黒い紙は『ノリ』というらしい。

私たちは一斉に頷くと、ワリバシをパチンと割って、ラメンを食べ始めた。

なるほど……これが『イエケイラメン』か！　メンは太くてストレート、やや平べったくて少し固めでツルンとした口当たり、モチモチした食感だ。

スープはトロリと濃厚で粘度が高く、メンによく絡む。こってりまろやかでクリーミー、豚の旨味《うまみ》とショーユの塩気が絶妙に混ざり合っている。脂っこくてしょっぱいが、クドさはあまり感じない。『ジロウケイ』も豚とショーユの組み合わせだったが、『イエケイ』はずっと食べやすい。

鮮やかな緑のホウレン草は、葉はクタッと柔らかく、茎の部分はシャキシャキしてて、爽やかな苦みが心地よい。ヤクミは少なめだし、ナルトもメンマも入ってないが、ホウレン草が沢山あるので、口直しには十分だろう。

コショウを入れてみるか。ふむ……コショウの香りで味の輪郭がはっきりして、今まで見えてこなかった要素が見えてきたぞ！

表面に浮いてるキラキラした油の膜からは、鶏《とり》の旨味を感じるな。厚めのチャーシュは、表面を軽く炙《あぶ》ってあって香ばしい……。とろけるような舌触りはないが、大きいので食べ応えがあって満足感がある。アジタマの黄身は半熟で、白身は淡白なショーユ味。ラメンの味を引き立てる、相変わらずの美味《おい》しさだ！

よし、ニンニク追加。おお……まろやかなスープに生のニンニクのガツンとした辛みと匂いが加わって、これは絶品ッ！　味のレベルが一気に上がった。やはり、ラメンにはニンニクだ。

そろそろ、『ノリ』を試してみるか。四枚あるから、一枚はそのまま食べてみよう。乾いた部分はパリパリと香ばしく、湿った所は柔らかくほどけて磯《いそ》の香りを感じる。どうやらノリは、カイソウを紙状にした物らしい。ゴマを足すには……この小さなレバーを回せばいいのか？　ほほう、すり潰されたゴマがパラパラと出てくる！　クルクルカリカリと、ちょっと楽しい……ゴマの香ばしさで、また味が広がったようだ。

次は、ライスに行ってみるか。まずは、そのまま一口食べてみて……これ、米自体がとてつもなく美味《うま》いぞ!?　もっちりほどよい粘りがあって甘味が強い。どうやら、我々が食べてる米とは品種自体が違っている。

ならば今度は、スープでひたひたに湿ったノリで巻いて……む、むう！　濃い塩気と脂のまろやかさが染み込んだ磯の風味がライスにまとわりついて、これまた美味いっ！　レンゲで掬ってスープに浸して食べると……コクのあるスープが米をコーティングして、またもや美味い！

漬物と一緒に食べてみるか……コリコリの歯ごたえとサッパリした後口で、これも美味い！　ラメンを啜《すす》ってチャーシュを齧《かじ》って、ライスを口に入れて、間髪をいれずにスープをズズっと……濃厚スープと肉の味、小麦の香りと米の甘みが合わさって、口の中が幸せだーッ！

ショウガ、トウバンジャンと、調味料を加えるたびに『イエケイラメン』は新しい味へと変化する。その組み合わせは、まさに無限大っ！

濃い味のスープはライスとの相性も抜群で、私は夢中で食べ続ける。

しかし、そんな時……私は唐突に、ひどく乱暴な破壊衝動に襲われた。それは『この素晴らしいラメンに、ニンニクを山盛りドバっと入れたい！』という悪魔的な欲望である。

……くぅ。ダ、ダメだッ！　味のバランスを考えろ、リンスィール！

もしそんなことをすれば最後、スープの味は強烈なニンニク一色に塗りつぶされてしまうぞ！

こんなもの、『手を伸ばせばニンニク入れ放題』という特別すぎる環境に、心が浮かれてるだけだろうがっ!?

私はまだまだ、『アジヘン』の可能性を試してみたい。まだ半分近く残ったラメンを、ニンニクで染めるのは勿体《もったい》ない。だ、だが今……大量のニンニクを入れた『イエケイラメン』を、猛烈に食べたいのも偽らざる事実である……ど、どうしたらいいんだ!?

悩む私の目に、ドンブリの隅っこの『レンゲ』が映る。

……ん？　そういえば……。この幅広の形って、何かに似ているな……？

次の瞬間、私の頭に稲妻のような閃《ひらめ》きが走るッ！　私はワリバシでメンを数本持ち上げると、レンゲの中に入れた。さらにはチャーシュ、アジタマ、ホウレン草、ヤクミと、具をちょっとずつ摘《つ》まんで切り取り、それもレンゲに入れる。

最後に、具とメンの入ったレンゲを、スープに沈めて持ち上げると……なんとレンゲの中に、ミニチュアのように『小さなラメン』が完成した！

ふっふっふ。名付けて、『一口ラメン』！

レンゲをドンブリに見立てた、こんな発想。レンから『ショクヒンサンプル』を貰《もら》った、私にしかできないだろうな。いっつもショクヒンサンプルを見るたびに、「これが食べられたら、どんな味がするのだろう？」と考えずにはいられなかった……その夢が、ついに叶《かな》ったぞ！

私はレンゲに、ニンニクを思う存分山盛りにして……パクっと、一口で食べてみた。

くうー、美味いッ！　荒々しい生のニンニクに、チャーシュの肉々しさ、アジタマのまろやかさ、ホウレン草やヤクミの爽やかさ、メンの香りにスープのジューシーさ……たったの一口で『ラメンの全て』を味わえる！　しかも、あれだけ大量のニンニクを入れたというのに、ラメンのスープはまったく濁っていない……『一口ラメン』はスープの味を変えることなく、完璧に『ニンニク欲』を満たしてくれたのである。

な、なんと画期的な食い方だろう!?　自分の素晴らしいアイデアを、私は誰かに教えたくなった。再びレンゲの中に『一口ラメン』を作ると、小声で隣のオーリに呼びかける。

「おい、オーリ。ちょっと、こっちを見ろ……」

「なんだよ、リンスィール？　俺っちは今、『イエケイラメン』を食べるのに忙しい……って、うおお!?　な、なんだよ、そりゃあ！」

オーリは目を丸くして、私のレンゲを見つめている。

「ふっふっふ。これは私が発明したラメンの食い方でな、『一口ラメン』という。こうやってレンゲの中にミニサイズのラメンを作り……パクぅ！」

「な、なんとぉー!?　ドンブリの要素全てを、たった一口で食っちまいやがった！」

私は、ニンマリと笑って囁《ささや》く。

「……どうだ、すごいだろ？」

「す、すごい……！　さっそく俺っちもやってみるぜ……メンと具を入れたレンゲで、スープを掬って……と。よっしゃ！　おい、ブラド……こっちを見ろ！」

「なんですか、義父《とう》さん。僕は今、『イエケイラメン』を食べるのに忙しい……わ!?　なんですかそれはっ！」

「こりゃあ、リンスィールの野郎が考えた食い方でな。『一口ラメン』っていうそうだ。こうやって、レンゲの中に小さいラメンを作って……ハグぅ！」

「……っ！　し、信じられない……ラメンの全てを一口で味わっている！　早速、僕もやってみます！　メンと具とスープをレンゲに入れて……なあ、マリア。こっちを見てごらん？」

「なによ、兄ちゃん。あたし、今、『イエケイラメン』を食べるのに忙し……って、わあぁ！　なにそれ、ブラド兄ちゃん!?　かっわいー！」

「これは、リンスィールさんが考えた食べ方でね。『一口ラメン』というそうだよ。こうやってレンゲにメンと具とスープを入れて……ハムぅ！」

「すっごーい！　あたしもやってみるぅ！　アジタマの黄身を崩さないように、慎重に切り取ってえ……」

なんと……。私の考えた『一口ラメン』は、あっという間にブームになってしまったぞ！

ううむ。これはもしかしたら、とんでもないテクニックを編み出してしまったかもしれん。私は、自分の素晴らしいアイデアを、レンにも教えてあげたくなった。

今まで彼には教えてもらってばかりだったが、この『一口ラメン』ならば、レンにとっても新しい知識に違いない！　彼に伝授すれば、少しは恩返しになるだろう……レンの驚き喜ぶ顔が、目に浮かぶな。ゆくゆくはレンが自分の世界にも『一口ラメン』を広めていって、向こうの世界でこの食い方が大ブームになったりして……？

夢は、どんどん膨らんで行く！　私はワクワクしながら、レンに呼びかけた。

「な、なあ。レン、ちょっと見てくれ！」

レンはカウンターから身を乗り出して、こちらを見つめる。

「なんだい、リンスィールさん？」

私は彼の前で、得意気に一口ラメンを披露してみせた。

「あのなっ！　こうやってだな!?　レンゲに一口サイズの具とメンを集めて、スープを掬って……パクぅ！」

私の食い方を見たレンは、困ったような顔で苦笑する。

「ん？　ああ、ミニラーメンな。子供とかが嬉《うれ》しそうに、チマチマ作ってるやつだろ？」

「…………」

「全部の具を一度で味わうってのはいい考えだし、小さいラーメン作るのも楽しいだろうさ。でも、ラーメン屋としては麺が伸びる前に食って欲しいから、あんまり時間かけて欲しくない……だから、そうやってミニラーメン作ってるの見かけると、つい笑っちまうんだよなぁ！」

「……バカ」

「えっ？」

「レンのバカ」

「は、え？　ええええっ!?　ちょ、ちょっとリンスィールさん……？　なに、急に不機嫌になってんの!?」

「ふんだ、もういい。ラメンに集中したいから、しばらく話しかけないでくれたまえ！」

私はレンから顔を逸《そ》らし、再びラメンに向き合った。

だが、レンゲの中にラメンを作ろうとして、手を止める。

……まあ、よく考えれば、レンの言葉にも一理ある。いちいち『一口ラメン』を作っていたら、食べ終わるまでに時間が掛かりすぎて、伸びてしまうのも事実だな。それに、メンをズルズルと勢いよく啜る気持ちよさも味わえないし……。

よし、決めた！『一口ラメン』は、ここぞという時の『奥の手』として封印しよう！

私は、残りのラメンは普通に食べることにした。メンを完食すると、後には白濁したコッテリ濃厚スープが残る。このスープ、そのまま飲んでもいいのだが……お、そうだ。

また、いいことを思い付いたぞ！　私はワリバシを置いてレンゲに持ち替えると、半分ほど残ったライスをスープに投入し、上からニンニクとコショウとトウバンジャンを追加した。名付けて、『ラメンリゾット』である。

スープとライスと具がごちゃまぜとなり、トウバンジャンの赤みが混じったドンブリの中は、もはやカオスそのもので……見た目はすこぶる下品だが、これ絶対うまいやつだ！

レンゲで掬って口に入れると……むうう、やっぱりバカうまっ！

ライスはスープが染み込んで膨らみ、もっちりした食感から、サクサクトロリとした口当たりへと変化している。ニンニクやコショウを足したので味が薄まることもなく、スープのおかげで喉越しもよく、レンゲで豪快に食べられる。味の濃いアジタマの黄身がライスに絡んで、時折チャーシュやホウレン草の味わいも顔を出し、これは堪《たま》らん美味しさだ！

私は夢中で、あっという間に『ラメンリゾット』を平らげたのであった。

……カラン。私の手から落ちたレンゲが、ドンブリの中で音を立てる。『イエケイラメン』を食べ終えた私は、満ち足りた顔で天を仰いだ。ああ、美味しかった……！

しかし、すごい充実感だな。満腹という意味ならば『ジロウケイラメン』も腹いっぱいになれたが、アレとは少し違う気持ちだ。きっと『アジヘン』によって最後まで色々な味で食べられたことが、この感覚に繋《つな》がっているのだ。また、ライスが腹の中で水分を吸って膨れたことで、食後の胃が予想以上に重くなり、この満足感を生み出しているのではないだろうか？

レンが、我々の顔を見渡して言う。

「家系ラーメンはどうだったよ？」

「大変、美味だった。『トンコツショーユ』はコッテリしつつもキレがある、とても良くできたスープだね。ライスとの食べ合わせも秀逸だったぞ。私は最後、スープにライスを投入してリゾット風にして食べたのだが、これがもう大正解だった！」

「俺っちはニンニクが大好きだからよぉ。『アジヘン』のニンニク入れ放題に興奮しちまって、ついどんどん入れすぎちまった……それでもスープが濃厚でドッシリしてたから、最後まで美味しく食べられたな」

「イエケイラメンは、具材が素晴らしいです！　茹でたホウレン草はいいアイデアですね。ヤクミ以外にも苦み要素を入れることで、脂っこいラメンが格段に食べやすくなりました」

「刻みショウガとトウバンジャンが面白かったわ。どちらも、味の印象がガラッと変わるのね……途中で味を変えられるなんて、すっごく良いアイデアだと思う。何度も店に通って、色々と試してみたくなっちゃうもの！」

レンは大きく頷くと、口を開いた。

「まず、ライスについて。今日の米はあきたおまち。食感が滑らかで、適度な粘りと主張しすぎない甘みが特徴だ。やや硬めに炊いて、ラーメンのスープに合うようにしてある」

ブラドが驚いた声を出す。

「あ、あれで硬めの炊きあがりなんですかっ⁉　あのライス、そのまま食べても柔らかくって美味しかった……。僕らが食べてる米は、もっと硬くてパサついた感じですよ。形が長くて、トウモロコシみたいな匂いがして……」

「それは、米の種類が違うのさ。あきたおまちはジャポニカ米。インディカ米は、スパイスの効いた料理と合わせると美味いんだけどな。独特の香りがあるから、ラーメンと合わせるには向いてない。あ、そういや、親父《おやじ》の作った『ラーメンライス』は、俺の大好物だったぜ」

「ラ、『ラメンライス』……っ⁉　なんだね、その、とてつもなく美味しそうな響きの料理はっ！　ど、ど、ど、どういう代物なんだ⁉」

興奮する私に、レンは答える。

「どういうって……その名の通り、ラーメンをオカズに白飯を食う事だよ。ツルツルしこしこした麺を啜って、ライスを口に入れる！　もぐもぐと咀嚼《そしゃく》したら、スープでググっと飲み込む！　口いっぱいに頬張った二種類の炭水化物が、熱い醤油スープに流されて喉を通るのが快感でさ。温まったメンマや海苔をオカズにしたり、チャーシュー丼にしたりして……ぐいぐい食うのが気持ちいいんだ！」

我々の喉が、同時にゴクリと鳴る。

「レ、レンっ！　私は、それが食べたいぞ！　次は、それを作ってくれないか!?」

「俺っちも食べたい！『ラメンライス』だッ！　なあ、次のラメンは、『ラメンライス』で決まりだろ!?」

「うう、タイショさんのラメンなら、僕だって近い物が作れるのに……手に入る米が、まったく別物だからなぁ！」

「あああーっ！　タイショさんのラメン……また、食べたくなっちゃったぁ！」

目の色を変えて悶《もだ》える私たちを見て、レンが苦笑する。

「おっと、すまん！　話が逸れたな。まあラーメンライスは、別の機会に……」

ラメンとライスの相性の良さを知った我々に、それはあまりにも酷な言葉であった。

ガックリと肩を落とす私たちを、レンが慰める。

「そんなに残念がるなって。そのうち食べさせるって約束する！　親父のラーメンを作るのは、特別な日だけにしたいからな……で、だ。家系の多くは、ライスを格安でメニューに載せるか、無料でサービスしてる。もちろん、ラーメンと一緒に食うと美味いってのが最大の理由なんだが……。実はライスにはもうひとつ、隠された理由があるんだぜ」

ブラドが身を乗り出した。

「隠された理由……？　それは一体、なんでしょう！」

レンは険しい顔をする。

「俺たちラーメン屋にとって、スープを残す客が一番の悩みの種よ。スープってのは、もっとも手間とコストをかけてる部分なんだが、それを残すお客さんが一定数いる」

「ええっ!?　レンさんの世界では、ラメンのスープを残すお客さんがいるんですか!?」

「いる。それも、かなりの数がな」

「そんな、もったいない……！　僕の店ではスープを残すお客さんなんていませんよ！」

レンは、平然とした顔で言う。

「そりゃそうだ。こっちの世界じゃ、ラーメンは高級料理なんだろ？　それにブラドのラーメンは、後口さっぱりの中華そば。スープも飲みやすいし、残す客はいないだろうさ……けどよ。店で出してるラーメンが家系や二郎系、ベジポタだったら？　濃厚さやしょっぱさに負けて、残す客もいるんじゃないか？」

ブラドはグッと言葉に詰まった後で言う。

「そ、それは……いるかもしれません。現に、僕自身も『ゲキカラケイラメン』は、スープを飲み干せずに残しましたし」

レンは、いつもの腕組み顎上げポーズで言う。

「まあ、スープを残すのも客の勝手だ。無理に飲めとは言わねえよ。塩分の摂《と》りすぎや、体調の問題もあるだろうしな。だけど、油たっぷりのスープをそのまま流し続けると、排水管が詰まっちまう。そこで残ったスープは、専門の処理業者に引き取ってもらうわけだが……これがまた、新たなコストになる」

マリアがハッとした顔で言う。

「そっかぁ。一杯のスープは大したことなくても、百人が残したらものすごい量になっちゃうものね……捨てるのにもお金がかかるんだわ！」

「コストが掛かれば、その分は値上げしたり材料費を削ったりしなきゃならん。客がスープを残すのは、店にとっても客にとっても損失なのさ」

オーリが顔をしかめる。

「そりゃあ、あんまりにもやりきれねえ！　ラメンを美味くするためじゃなく、捨てるために客にしわ寄せがいくなんて、なんとも切ねえ話じゃねえか⁉」

レンがニヤリと笑った。

「そこで、ラーメンにライスを付けたら、どうだ？　スープをライスにかけたり、リンスィールさんみたいにおじやにしたり、スープの使い道が増えるだろ？　結果、残るスープが少なくなる……客は自然にスープを飲み干すし、美味しく食べてもらえて俺たちも嬉しい！　まさに、Ｗｉ n－Winってわけだな！」

ブラドが感心した声で言う。

「なるほど、素晴らしい工夫だ。ライスは店とお客の両方に、お得な存在なんですねえ」

添え物のライスひとつとっても、そこまで深い意図があったとは……と、レンが我々の顔を見渡し、笑って言った。

「まあ、利益だけじゃなく、気持ちが一番大きいけどな。一生懸命作ったラーメンを全部食ってもらえたら嬉しいし、お客さんには腹いっぱいで帰ってもらいたいじゃねえか」

オーリが、カウンター上の調味料を手に取った。

「こいつらも、スープの味を飽きさせないためのアイテムだよな？　酸味のある漬物や、トウバンジャンの辛味のアクセント、ゴマの香ばしさで、色んな風味で食えるもんよ」

「ああ。味変の調味料は、他にはラー油や酢、高菜や壺漬《つぼづ》けニラ、七味やカエシなんかがあるな。何を置くかはラーメンとの相性次第だが……俺はあんまり調味料を置きたくない」

オーリがレンの目を見て言う。

「そりゃあ、自分のラメンの味にプライドがあるからか？」

レンが頷く。

「そうだよ。俺だってお客さんには、好きなように食べて欲しいと思ってる……だけどさっきも言ったが、味も見ないでいきなりコショウやニンニクを入れられたら、さすがにムカっと来ちまうだろ？　俺は気が短いし、言い合いなんかしちまったら店の評判だって下がっちまう。トラブルの種になるくらいなら、最初から置かずに行こうと決めてるんだ」

ブラドが調味料類を見つめて言う。

「レンさんの気持ち、よくわかります。『アジヘン』は楽しいですが、ラメンシェフの視点で言えば、せっかく苦労して作り上げた味を壊されたくないって思いもありますからね」

「うん。スープってのは、俺たちラーメン職人が必死で作り上げたものだ。『これ以上は足す味も引く味もない』ってとこまで追求して客に出してる。ただ、家系に関して言えば、俺は『客が調味料を入れる』ことで完成するラーメンだとも思っている。つまり、あえて『改良の余地』を持たせて提供してるラーメンってことだな」

ブラドが顎に手を当てた。

「口飽きさせずに、お客に美味しく食べてもらう方法か……しかしラメンというのは本来、ドンブリの具材だけで、それができる料理ではないでしょうか？　ヤクミ、チャーシュ、ナルト、メンマ。スープの味こそ変わりませんが、どれも独自の味と歯応えです。だからこそ、『イエケイラメン』のホウレン草には感心しました！」

それには私も、心の中で同意した。最初にラメンを食べた時、具材のひとつひとつの意味や役割に感動し、『まるで料理一品でフルコース気分だ』と思ったものだ！

ラメンとは、ドンブリの中に完成した『世界』である。ならばライスや卓上調味料、漬物なんかは、地球の周りを回る『月』や、それを彩る『星々』ではないだろうか？　月や星がなくても地球は回るが、あったらあったでその美しさもある。ドンブリという名の箱庭にどのような景色を作り上げるか、それはラメンシェフの腕次第ということだな！

　マリアが言う。

「あの『ノリ』っていう黒い紙、あたし好きだな。濡《ぬ》れて柔らかくなったノリを、ライスやメンと一緒に食べると、海の匂いがぷうんとして美味しかったもの」

　その言葉に、私は大きく頷いた。

「うむ、ノリは面白い具材だね。最初は『パリパリ』と香ばしいが、すぐにオイリーなスープを吸って『しっとり』に変化する……あそこまで短時間で表情が変わる具材は初めてだよ！」

　レンも頷いて言う。

「海苔は、魅力的なトッピングだよな？　ただ、磯の風味が強すぎて、スープの味を邪魔することもある。しなしなの歯切れの悪さを嫌う人もいるし、使いどころが難しいんだ」

　オーリが難しい顔で唸《うな》った。

「強烈な個性は短所にもなりうる。一長一短って奴《やつ》だなぁ！」

　ブラドも難しい顔で言った。

「なんでもかんでも、入れればいいってわけじゃないですからね」

　私は、大きくため息を吐《つ》く。

「ふう……しかし、驚いたものだ！　タイショのラメンを食べてる時は、ラメンとはこんなにも可能性に満ちている料理だとは思わなかった。そして、新しいラメンに出会えば出会うほど、タイショのラメンの完成度が際立ってくる……」

レンがしみじみと言う。

「これだけ色んなラーメンがある今でも、『普通のラーメン』といえば、ほとんどの人は鶏ガラスープに中細縮れ麺の醤油ラーメンを思い出す。中華そばってのは言わば、ラーメン界のスタンダード、誰でも知ってる基本の味よ！　その中でも親父のラーメンは、現代でも通用するような洗練された一品だった……ありきたりの味を究極まで磨いて普通じゃなくした、極上の醤油ラーメンだぜ！」

普通のラメンなのに、普通じゃない美味しさか……。それは『誰もが思い浮かべる味』の頂点、至高のスタンダードである。レンの言葉に、私は頷く。

「なるほど。我々にとっての『初めてのラメン』がタイショのラメンであったことは、エントの森で薪を拾いブルーアルラウネの少女に出会うに等しかったわけだなぁ……（エルフの言い回しで『最上の物に最初に出会う』の意）」

と、レンが手をポンと打った。

「……お！　そうだ、そんじゃ次のラーメンはアレにするか！」

マリアは首を傾げて尋ねる。

「え？　レンさん、次はどんなラメンを食べさせてくれるの？」

「そうだな。ここらで一度、ベーシックに戻ってみようぜ！」

「ベーシック？」

レンは親指を立てて、歯を見せてニカっと笑った。

「ああ、ベーシックだ！　普通のラーメン……スタンダードな中華そばと対を成す、現代のラーメンブームを形作った、もうひとつのラーメンの源流だよ！」

Another Side 5

ここは、エルフの城。女王のプライベートルームである。エルフの女王アグラリエルは、里の者に作らせた割り箸を手に、目の前の深皿を見つめて不機嫌そうにため息を吐《つ》いた。

「まったく、もう！　……脂身、とらないでって言ったのに。それに、全体的に薄味すぎます。なぜ言いつけ通りに、塩をドバっと入れないのかしら!?」

深皿に盛り付けられているのは、エルフの里で取れた新鮮な野菜を煮た料理である。下には小麦粉を練って作られた紐《ひも》……麺が沈んでいる。上には猪肉《いのしし》のスライスと、生ニンニクのみじん切りがのっている。そして、わずかばかりの唐辛子の粉がパラパラと振りかけてあるのだが……。

『大量の脂の浮いた辛くてしょっぱいスープに、小麦でできた長い紐をたくさん沈めて、上に茹《ゆ》でた野菜と脂身たっぷりの肉と生のニンニクを山盛りのせて欲しい』

アグラリエルは厨房《ちゅうぼう》に、そう伝えたはずだった。

「……なのに、どうしてこうなっちゃうのよ!?」

まあ、唐辛子に関しては、スパイス類は里では貴重品だし、この量で我慢するしかない。麺についても……こちらも、クオリティ云々《うんぬん》を語っても仕方ないだろう。なにせ、里のエルフはごくわずかな数人を除き、誰も『ラーメン』を食べたことがないのだから。

割り箸で持ち上げるとプツプツと千切れ、茹で過ぎて歯応えはモチャモチャしてるが、努力の跡は見て取れる。むしろ『小麦粉で作られていて、長い紐状、ツルツル、モチモチ……』こんな表現だけで作らせたにしては、よくできてる方だと思う。

しかし、スープが最悪だ！　およそ、脂っ気というものがまったくなく、薄っぺらい野菜の出汁《だし》の味しかない。塩気も足りなくて、どことなくボケてるというか、どこまでもボケてるというか……フワフワしてて焦点の合わない味で、淡泊でひたすら水っぽい。

スライスされた猪の肉は柔らかく調理されているが、徹底的に蒸して脂を抜かれた肉質はパサパサで、舌の上でとろけるようなレンのチャーシューとは似ても似つかない。野菜もクタクタに煮崩れて、フニャフニャの柔らかい麺と相まって、食べ応えがなくてつまらない。一応、こちらの言いつけが頭に残っていたのか、申し訳程度に上からオリーブオイルが掛けてあるが、そもそも植物の油と肉の脂は味わいがまったく違うわけで、こんなものは何の慰めにもなっていない。

唯一、近しいと感じるのは生ニンニクのみじん切りのみ。だが、これで満足できるのならば、最初からニンニクをガリガリ齧《かじ》っているのである。

「この料理には、なんの感動もありません。ただ、お腹《なか》を満たすだけの食事です。量も中途半端だし、ちっとも食べた気にならないわ！」

とはいえ、大切な森の恵みを残すわけにはいかない。

エルフの女王は、つまらなそうに料理を口へと運ぶ。

「あ。ああああー……レンのラメンが恋しいよぉーっ！　山盛りになった野菜とお肉！　こってり濃厚で、口から火が出るほど辛いスープ！　それが絡んだ、ツルツルモチモチしたぶっといメン……！　深夜の誰もいない路地裏で、彼と二人っきりのヤタイで、レンのラメンをズズズーっと啜《すす》りたぁい……！」

アグラリエルは泣き言を言いながらも、料理を綺麗《きれい》に平らげる。

深皿をテーブルに置くと、頬を膨らませて天井を仰いだ。

「ふう。この里には、刺激が少なすぎるのよ……だから、みんな長生きできないのだわ！」

ここ二百年ほど、アグラリエルはある事で真剣に悩んでいた。それは、エルフの里の『低年齢化問題』である。彼女が子供の頃は、千歳を超えるエルフなどざらにいた。

両親も千二百歳まで生きたし、曾祖父など千八百歳まで生きた。しかし近頃のエルフは、みんな八百歳前後で死んでしまう。エルフの寿命は、精神と魔力のバランスに左右される。ただ漫然と生きるだけでは、バランスはどんどん崩れていくだけだ。

日々の暮らしに張り合いを与える、そんな刺激が必要なのである。

「……刺激。この里のみんなに、エルフという種族に、大きな刺激が必要なのです」

ふとアグラリエルは、三百年ほど前のことを思い出す。その頃は、魔族やオークとの戦争が激化していた時代だった。女王である彼女も、自ら戦場に立って指揮していた。

ある時、オークの軍団にとんでもなく手ごわい相手がいた。何度も負けそうになりながらギリギリで勝利をおさめ、敵の指揮官を捕らえて処刑しようとしたら、彼はこんなことを言いだした。

「俺の本職は芸術家だ！　他にエルフと張り合えそうな奴《やつ》がいないという事で、無理やりに駆り出されただけなのだ！　処刑されるのは仕方ないが、最後に絵を描かせて欲しい！」

戦いでは、たくさんの同胞が殺された。恨みもあった。しかし、奇想天外な策を何度も実行してみせた、そのオークの指揮官には、エルフである彼女自身も一目置いていた。

だから戯れに、彼の処刑を延期して、欲しがる画材を用意してやることにした。

期限は一週間。七日後の昼に処刑すると伝えると、彼は深く頭を垂れて、「寛大なるエルフの女王よ、まことに感謝する！」と叫んだ。

オークはそれからの七日間、寝る間も惜しんで食事も摂《と》らずに絵を描き続けた。一度、彼女が出向き、「食事くらいしたらどうですか？」と問いかけると、オークは笑って「すでに死ぬと決まった俺の命だ。今は、この絵を完成させるためだけに存在している」と答えた。そしてまた、創作へと没頭する……。

七日目の朝に見に行くと、オークはガリガリに痩せて目の下に隈《くま》を作った情けない姿で、誇らしげに一枚の絵を掲げて見せた。

「どうだ、エルフの女王よ！　見てくれ……ついに満足のいく絵が描けたぞ！　これが、俺の人生の集大成だ！」

その絵と来たら……キャンバスは獣の皮を鞣《なめ》して平たい岩に張り付けて、絵の具は土や鉱石を砕いて松脂《まつやに》と混ぜただけのもの。技術は稚拙で陰影のつけ方もなってないような、そんな乱暴な代物だった。

だが、その荒々しい筆致で描かれた人を食い殺す恐ろしいドラゴンの姿に、その傍らで平和に寛《くつろ》ぐ動物たちの姿に、彼女は一目で心を奪われた。一見すると不格好、全体的に無骨であり、使われてる画材も粗末な物ばかり。

しかし、それでも確かに『凄《すご》かった』のだ！　その絵はとんでもなく鮮烈で迫力があり、どこまでも野趣にあふれ、それでいて自然を素直に描いていた……。芸術の方向性はひとつだけではないのだと、世界にはこんな綺麗さもあるのだと、彼女は痛烈に感じたのである。

その時の気持ちを思い出し、アグラリエルは楽しそうにクフフと笑う。

「あの時の気分ときたら！　まさにそう、転がり出たカルマン猫の目玉でしたわ！」

同胞の半分以上は、オークの絵を「幼稚だ」「下手だ」「子供の絵だ」とバカにしたが、それでも何割かは絵の芸術性に気づき、心を奪われていた。

「そう言えば。あの場には、リンスィールもいましたね。あの頃は、まだ百歳くらいでしたでしょうか……？　彼もまた、オークの絵に目を奪われていました。ふふっ、幼い頃から感受性豊かで、センスに長《た》けたエルフでした！」

その後、オークの指揮官は処刑せずに解放することに決めた。まさか、オークの絵にエルフの女王が感動したからとも言えず、表向きは脱走という形にした。「次に敵対したら、絶対に容赦しない！」と厳しい声でオークに告げると、オークは深く頭を下げて、人間たちの町へと向かった。処刑直前にオークを逃がした失態に、皆の反発は大きかったが、幾人かはアグラリエルの味方になって、民の不満を抑えてくれた。

彼は、それから十年ほど絵を描いて生きたらしいが……ある日、他のオークに襲われて、裏切り者として殺されたと、風の噂《うわさ》で聞いた。彼の描いた絵は高い価値を持ち、今では種族を超えて欲しがるコレクターが数多く存在している。皮肉にも、里にいる千歳を超えるエルフは、オークが絵を公開した時に居合わせて、目を奪われた者たちである。同胞を殺したオークの絵が感動を呼び、彼らの寿命を延ばしたらしい。

エルフの女王は自室の一角に歩み寄ると、壁にかかっている絵から白い布を取り去る。出てきたのは、荒々しい筆致のドラゴンと動物の絵。セピアに色褪《いろあ》せ、あちこちがひび割れて、もはやかつての面影しか見て取れない。彼女はしばらくそれを眺めて、満足そうに目を細めた。

オークの描いた絵の傍らには立派な台座に飾られた、『ラーメン丼』が二つ。アグラリエルはその前に立つと、手帳を取り出してパラパラとめくる。とあるページで手を止めて、ジッと見つめる。そこには流れるような美しい字で、こう書いてあった。

『エルフの里　聖誕祭　ラメンシェフ招聘《しょうへい》計画』

「十六年ごとに開催される、エルフの里の聖誕祭。前回はタイショが消えて、断念せざるを得なかった……。ファーレンハイトのラメンも発展途上で、今ほど美味《おい》しくありませんでしたからね」

アグラリエルは顔を上げ、強い思いを声にする。

「……だけど今は、レンがいる！　レンならきっと、大いなる刺激を……里の皆を感動させられるラメンが作れるはずです！　レン、お願いします……あなたの力で、エルフという種族を衰退の道から救ってください！」

第九章　よみがえる『ラメン』

さて、恒例となった深夜の『ラメン会食』の時間だ……。

私はヤタイの椅子に座りながら、思わず鼻を手で押さえた。

「こ、これは……臭いなっ！」

隣でオーリも鼻を押さえてる。

「ああ、くせえ。こりゃあなんだか、汗かいた後で放置したシャツみたいな臭いだぜ！」

「うむ。レンの『ベジポタケイ』も最初は臭いと感じたが、この臭いはあの時以上の悪臭だよ」

「もっともレンの事だから、出てくるラメンはとんでもなく美味《うめ》えに決まってるがな」

「その通りだな。全く何も心配いらぬ。我々は信じて待つだけさ」

カウンターの反対側では、ブラドとマリアが似たような事を話している。

と、ブラドがレンに話しかけた。

「あ、ところで、レンさん。頼まれていた例の『コンブ』、入荷の目処《めど》が立ちましたよ！」

「お、やっと手に入ったか！」

「はい。うちは一級品だけをお願いしてるので時間がかかりましたが、ようやくまとまった量が確保できそうです！」

彼らが話してるのは、『黄金のメンマ亭』のラメンを、タイショのラメンに近づける材料の話だ。

タイショのラメンには、『カチョー』という旨味《うまみ》の塊が使われていた。こちらの世界にカチョーはないが、レンは何かいい方法を知ってるらしい……。それには、海底に生えるナガカイソウこと、上質のコンブがたくさん必要なのだそうだ。

オーリが、カウンターの上を指さした。

「おい、見ろよリンスィール。今日も『アジヘン』の調味料があるぜ？」

「本当だ……意外だな。レンは確か、卓上調味料は置きたくないと言ってなかったか？」

卓上アイテムは、千切りにされたピンク色の物体と、細かく刻まれた植物の茎と葉。それとボトルに入った、謎の液体である。我々がそれらを手に取って見ていると、とんでもない臭気が漂うカウンターの向こうから、レンが腕組み顎上げポーズで言う。

「それは紅生姜《べにしょうが》と辛子高菜に、カエシだぜ。それ、ラーメンには入れないでくれよ」

その言葉に、私は首を傾《かし》げる。

「むむっ、なんだと。カウンターに置いてあるのに、使ってはいけないのか!?」

レンは大きく頷《うなず》いた。

「ああ、そうだ。理由は、後で説明する」

レンは、我々の顔を見渡しながら言う。

「今夜のラーメンは『とんこつラーメン』！　その名の通りに豚の骨を煮出して作った、白濁スープのラーメンだ。豚骨には、元祖でありスープを濃厚にする呼び戻しの技法を使った『久留米《くるめ》』、フレッシュな取りきりスープの『博多《はかた》』、ニンニクやマー油を入れた『熊本』とあるが、今回は極細麺を使った『長浜』ラーメンをチョイスした……さて、リンスィールさん。麺の硬さはどうするよ？」

「メンの硬さだと？」

「ああ。長浜ラーメンは、麺の茹《ゆ》で方《かた》を細かく指定できるのが特徴でな。普通から始まって、硬い方はカタ、バリカタ、ハリガネ、コナオトシ。柔らかい方はヤワ、バリヤワとなる。おすすめは、普通かカタだな。すぐ食べちまうなら、バリカタもありだ！」

「ならば私は、普通で頼むよ」

「俺っちはバリカタで」

「僕はヤワにしようかな」

「あたしはカタがいい！」

「よっしゃ、普通、バリカタ、ヤワ、カタだな！」

茹で時間を逆算して調整したのか、別々の注文にもかかわらず、提供はほとんど同時である。カウンターにドンブリを置くと同時に、レンは言う。

「さあ、できたぞ！　長浜ラーメンは特に麺が伸びやすい、早めに食ってくれ！」

私たちは慌ててワリバシを手に取ると、パチンと割って食べ始めた。目の前にあるのは、ミルク色に輝く美しいラメンである。レンの『ベジポタケイ』より、さらに白い。

この悪臭の元とは思えぬほどに綺麗《きれい》だな……。具はチャーシュに、大量の青いヤクミと細切りのキクラゲとゴマだった。鼻が曲がりそうな臭さだが、待ってる間に慣れたのと、ヤクミの鼻から抜ける辛味のおかげで、口に入ればそれほど気にならない……。

メンはツルっとした極細ストレート。はんなりした硬さで、歯触りはサクサクしている。同じ極細メンでも、しなやかでプツプツの『シオラメン』と違って、こちらは少し粉っぽくて小麦が前面に押し出された味わいだ。

スープの油分は多いが粘度は低く、『イエケイ』ほど華やかではないが質実剛健で一本筋が通った味で、コッテリながらもしつこくなくて食べやすい。コクと旨味はたっぷりだが、意外なほどスルスルと食べられるのは、スープが完全に乳化しているので油分をダイレクトに感じない事と、メンが細くてスープの絡みが弱いので、口当たりがライトなためだろう。最初は『臭い』としか感じなかった臭いも、食べ進めるうちに気にならなくなってきた……いや、むしろ匂いがクセになりつつある。レンのベジポタケイもそうだったが、強烈な匂いの食べ物は、人を病みつきにさせる魔力があるな！

時々、香ばしいゴマがメンに絡んで口に入り、プチプチと歯に当たる。具のキクラゲはコリコリで、サックリしたメンとの対比が素晴らしい！　極薄に切られたチャーシュは、グズグズに煮崩れる一歩手前の柔らかさ。味付けはいつもと変わらないが、この独特の匂いの中では、ショーユの香りが逆に新鮮に感じられてメリハリが……って、あれえーっ!?

……な、なんだ。せっかく気分が乗ってきたのに、もうメンがなくなってしまったぞ！

私は慌ててドンブリの底をワリバシでさらうが、出てくるのは数本のメンばかり。

こ、これはけしからん！　なんという物足りなさ！　具材だってまだ半分近く残っているのに、もうスープだけなんて酷《ひど》すぎるッ！　すこぶる美味《うま》いラメンだというのに、メンの量が少なすぎるぞ……あまりにもったいないっ！　こんな寂しい気持ちになるラメンは初めてだ！　と、私が不機嫌になっていると、レンが身を乗り出して笑顔で言った。

「リンスィールさん。『替え玉』するだろ？」

「カ、『カエダマ』……？　なんだね、それは!?」

見るとレンは、ザルの中に茹でたメンを持っている。それを隣のオーリのドンブリに、サッと入れた。オーリが、ニヤリと笑って言う。

「へへっ……。リンスィール、『カエダマ』お先っ！」

言うなり、メンをズルズルと啜《すす》る。な、なるほど。『カエダマ』とはメンを食べ終わったスープに、新たなメンを投入することを言うのだな!?

レンが、卓上の容器を指差した。

「と言うわけで、替え玉からは紅生姜と辛子高菜が解禁だ！　替え玉は、麺に残った湯のせいで、どうしてもスープが薄まっちまうからな」

その声に、オーリがそれらをドンブリに入れる。

「お。レンの言う通りだ。薄まったスープが濃い味になったぜ！」

「まだ味が薄いと感じるなら、そっちのカエシも入れてくれよ」

早速、私もカエダマしよう！　メンがもう一度食べられるなら、別の硬さを試してみたいな。さっきは普通だったから……よし！　私は、レンに告げる。

「では、レン。私のカエダマは『バリカタ』で頼むよ！」

「よっしゃ。替え玉バリカタいっちょ！」

レンは鍋にメンを入れて、二十秒ほどですぐに引き上げてしまう。

それを、私のドンブリへと入れた。うおおっ、なんとーっ!?

食べ終わってしまったはずのラメンが、カエダマによって見事に生き返ったぞぉー!!

……などと、大げさに感動している場合ではないな。『ナガハマラメン』は特にメンが伸びやすいそうだし、早く食べるとしようか。

ほほう、バリカタは小麦の香りが強く、芯が残ってグニグニしてるぞ！　歯でホギホギと潰す骨太な食感は、不思議な気持ち良さがあるな。だけどレンの言う通り、スープが少し薄まってい る……。私はまず、『ベニショーガ』を入れてみた。すると真白のスープに、ベニショーガのピンク色が溶け出して、淡いグラデーションを作り出す。

ドンブリを持ち上げてスープを飲むと、生姜の香りと酸味がスープに混じり、さっぱりした後口に変化していた。どうやらベニショーガとは、生姜の酢漬けらしい。

うまいな。味の相性がばっちりだ。わずかに熱の通ったベニショーガもサクポリしてて、具材として口直しにぴったりじゃあないかっ！

メンを持ち上げ二口目を啜ってみて……お、驚いた。たった一口、二口の間なのに、もうメンがスープを吸って柔らかくなり始めている！　バリカタはメンの硬さが、非常に速やかに変化していくようだ。よし、次は『カラシタカナ』を入れてみよう！　まずはメンに載せて、一口……

と。むお!?　こ、これは辛い……激辛だっ！

カラシタカナはメンと一緒に食べると、シャキシャキした歯応えと草っぽい風味が、動物性の脂をすっきり洗い流してくれる。だが、マイルドなスープに唐辛子の刺激的な辛味が溶けだして、スープの味がガラッと変わってしまった……。まあ、これはこれで、かなり美味い。食欲が刺激されて、二杯目だというのにまったくペースが落ちぬぞ！　うーむ、メンを啜る手が止まらん……あ、また、メンがなくなった。よし、次いってみようっ！

私は顔を上げて、レンに告げる。

「レン！　次は、『ヤワ』で頼むよ！」

「よっしゃ、ヤワだな！」

レンはメンを湯に入れると、今度は一分半ほどで引き上げる。ザっと勢いよく湯を切ると、メンを私のドンブリへと滑り込ませた。二度目の復活を遂げた、このラメン。

スープが薄まり具材も尽きて、満身創痍《まんしんそうい》といったありさまだ。ワリバシで持ち上げると、ヤワはメンがくたっとしているのがわかる。口に入れるとコシがなく、食感はモッチャリといった感じ。でもメンが伸びてるわけじゃなく、スープの絡みもバリカタより良い。

歯応えはないが、口の中でホロっとほどけて食べやすく、胃にしっとり納まるようで悪くない。さて、この薄まったスープをどうするか……？　ベニショーガとカラシタカナを追加してもいいが……よし、『カエシ』というのを入れてみよう！

私はカエシをラメンに入れる前に、手の甲に数滴ほど落として舐《な》めてみた。

ふむ……これは恐らく、チャーシュの煮汁か？　旨味が凝縮されてるが、しょっぱいので入れすぎ注意だな。ドンブリにわずかな量を注ぎ入れると、カエシの効果は目覚ましく、ダラけてハリのなくなったスープにキレが戻って生き返った！

す、すごい。メンだけでなくスープまで復活を果たすとは……。しかも、あんなボロボロの状態から。なんというしぶとさだろう？　まるで、ラメン界の『アンデッド』である。レイス、ゾンビ、スケルトン！　ヴァンパイアに、リッチーだ！　ナガハマラメン、恐るべしっ！　私は二回目のカエダマも、美味《おい》しくいただいたのだった。

だが、さすがに三度もメンを食べると、スープが冷めてヌルくなり、量も減って心許《こころもと》ない。そろそろ、飲み干して終わりにしてもよいのだが……しかし、もう一回くらいカエダマがいけるんじゃないか!?

せっかくだから、今度は『ハリガネ』で……と、隣でオーリとレンが話す声が耳に入る。

「なあ、オーリさん。もう、その辺で止めとけよ。それ八玉目だろ？」

「いいや、俺っちはまだまだイケるぜっ！」

「んーなこと言ったってよぉ。スープがほとんど残ってねーじゃん……追加スープ、入れてやろうか？」

「いや、いい。俺っちは一杯分のトンコツ・スープで、どれだけカエダマが食べられるか試してえんだ！　これしか残ってなくたって、ベニショーガとカラシタカナを入れて、こうやってメンでドンブリを拭うようにして食べれば……っ！」

言いながらオーリは、カエダマを必死にかき混ぜる。ドンブリの中では極細メンにベニショーガとカラシタカナが交ざって、ぐっちゃぐちゃになっている。

オーリはそれにカエシを振りかけると、ズルズル啜ってゴホゴホむせた。

…………いや。私は、この辺でやめておこう。何事も『節度』が大切だからな。

ドンブリを持ち上げて、三分の一ほど残ったスープを飲む……なるほど。

熱々の時は気づかなかったが、かなりのしょっぱさを感じるな。この白いスープにキレを出すためには、大量の塩気が必要なのだろう。時折、ベニショーガやカラシタカナの欠片《かけら》が口の中に流れ込み、ぬるまったスープにも変化が出て飲みやすい……。最初はメンが少なすぎてけしからんラメンと思ったが……とんでもない！

グググーっとスープを飲み干して、終わってみれば大満足のラメンである！

こうして私は、『ナガハマラメン』を完食したのであった。

全員が食べ終わると、レンは言う。

「さて……豚骨スープの長浜ラーメン、食った感想を教えてくれよ！」

レンの言葉に、我々は口々に感想を述べる。

「ナガハマラメンは、極細メンが特徴的だね。歯切れが良くて粉っぽい味わいで、他のメンにはない魅力があるよ。普通、ヤワ、バリカタなど、茹で時間を好みで決められるのも面白い！」

「俺っち、いっつもラメンを、もうちょっと食いてえと思ってたんだ……だが単純に量を増やしたら、食べきる前に伸びちまうだろ？　その点カエダマなら、いつでも茹でたてだからコシのあるメンが楽しめるぜ！」

「トンコツ・スープはコクと旨味に溢《あふ》れた、素晴らしいスープだと思います！　最初は臭いと感じましたが、すぐ気にならなくなりました。クリーミーな口当たりで、ベニショーガやカラシタカナとも相性ばっちりです」

「あたし、このスープ、かなり好きかも！　しっとり滑らかなのに力強い不思議な味で、食べててすっごく楽しかったわ！　ただ、メンは太くてモチモチしてる方が好みかなぁ。……あ、そう言えば、レンさん。前回のイエケイの時、『次のラメンはベーシック』とか『今のラメンの源流だ』って言ってたわよね。あれって、どういう意味なの？」

レンは、腕組み顎上げポーズで言った。

「その話をするために、まずは豚骨スープの歴史について知る必要がある。この白濁した豚骨スープは今から七十年以上も昔、とある『失敗』から生まれたスープなんだぜ！」

マリアの目が点になる。

「え。これってつまり、失敗作のスープだったの!?」

「ああ、そうだ。なあ、ブラド。黄金のメンマ亭では、スープはどう作ってる？」

ブラドが即座に答える。

「鶏《とり》ガラとヤクミにキノコやナガカイソウを、煮たたせないように気を付けながら八時間ほど弱火にかけて、丁寧にアクを取って作ります」

レンは大きく頷く。

「うん。中華そばのスープは、クリアな色と味わいが命だからな。もともとは豚骨スープも、そうやって作った透き通ったスープだったんだよ」

私はレンの顔を見つめて言う。

「それは興味深い！　ではトンコツ・スープが、今のような姿になったきっかけは何かね？」

「ある日、一人のラーメン屋が鍋に火をかけたまま出かけてしまった。帰ってみると、鍋のスープはグラグラと沸騰し、真っ白に濁っている。明らかに失敗していたが、試しに味見してみたら、驚くほど深いコクと旨味に満ちていた……豚骨スープの誕生だ！」

ブラドが驚いた顔で言う。

「ええーっ!?　鍋を火にかけたまま、アクも取らずに長時間放置するなんて……！　そ、そんなの料理のセオリーから外れた、とんでもなく乱暴なスープの作り方ですよっ！」

その言葉に、レンは苦笑する。

「まったくその通り！　要するにこいつは、『偶然の失敗』がなければ生まれなかったラーメンってわけだな」

ブラドはしばらく絶句した後で、おずおずと口を開く。

「じ、実は僕。イエケイラメンのトンコツショーユを頂いた後、自分でも再現できないかと豚の骨を煮てスープを作ってみたんです。だけど、どうしても白濁せず、味も濃厚にならなくて……まさか、そんな滅茶苦茶《めちゃくちゃ》な作り方だったとは思いもよりませんでした！」

オーリが口をはさむ。

「だけどよぉ、レン。トンコツショーユのスープは今回のスープよりも匂いが薄くて、味わいも少し違ってたぜ？」

「同じ豚骨でも、作り方が違うからな。前回のスープは、ライト豚骨……豚骨を粉々に砕いてガーゼで包み、強火で五時間ほど煮出して作ったスープだ。骨髄からの旨味が素早くスープに溶け込むから、匂いも少なくて万人受けする味になる」

「じゃあ今回は、どうやって作ったんだ？」

「今回は、本格豚骨。材料はゲンコツ……豚の大腿骨《だいたいこつ》を丸一日、ひたすら強火で炊いて作った。あえて血抜きをせず、豚骨のクセもわざと残してな。匂いは強いが、旨味も強い！　ちなみに俺は、豚骨の『臭い』は誉《ほ》め言葉だと思ってる」

　マリアが言う。

「確かに臭いけど、あたしはどっちかっていうと、今回のスープのが好きだなぁ。なんて表現すればいいんだろ……豚の栄養がたっぷり溶け込んでる味がするっていうかぁ……？」

　彼女の言葉に、私は補足する。

「つまりは『滋味がある』……かな？」

　私の一言に、マリアがコクコクと何度も頷く。

「そう、それ！　リンスィールさん、それよ！　滋味がある、いい言葉だわ！」

　レンが、ニヤリと笑って言う。

「さらに上には、濃厚豚骨があるぜ。豚の頭や豚足まで入れてグラグラと何日も煮込み、脳髄から何から残らず溶かしちまった、とんでもねえコクの超絶スープだ！　……ただ、ここまで来ると、濃厚さや匂いに負けて、ダメな奴《やつ》も大勢出てくるがな」

それから目を細め、白いスープの入った鍋を見ながら言う。

「でも、こんなにすげえ豚骨スープ。生まれてから何十年も、一部の地域でだけ食べられてて、全国に広がることはなかったんだ。ラーメンと言えば、醤油《しょうゆ》、味噌《みそ》、塩が定番だったのさ！」

私はレンに尋ねる。

「ミソやシオに比べて、トンコツが広まらなかった理由はなんだね？」

「手間の問題だろうな。味噌や塩は、醤油と同じスープで作れんだよ。スープに味噌を溶かすか、塩ダレを入れればいい……だけど豚骨ラーメンは、専用のスープを作る必要がある。昔はラーメン屋と言えば、町の中華屋も兼ねていた。豚骨を長時間炊くのは大変だし、なによりこの強烈な匂いだろ？　商店街で作ろうもんなら、クレームだって入っちまう！」

レンが腕組みを解いて、前へと身を乗り出す。

「だが今から三十年ほど前、豚骨ラーメンは全国的に広がった！　それまでラーメンと言えば醤油か味噌か塩だと思ってたやつらは、この荒々しい豚の旨味が凝縮された白いラーメンを食って、大きなショックを受けた！」

私は大きく頷いた。

「うむっ。その気持ち、私たちにもよくわかるぞ！　なにせ、少し前まで私たちも『ラメン』と言えば、タイショのラメンだと思っていた。しかし、君のベジポタケイを食べて、ラメンとは自由に満ちた可能性の世界だと知ったのだ！」

他のみんなも、真剣な顔で一斉に頷く。それを見て、レンが大笑いした。

「あっはっはぁ、そりゃそうか！　親父《おやじ》のラーメンしか知らねえあんたらにとっちゃ、俺のベジポタ系は豚骨スープ並の衝撃だったよなぁ？」

レンは、ひとしきり嬉《うれ》しそうに笑った後で言う。

「で……そんな豚骨ラーメンの衝撃は、客だけに留《とど》まらなかった。豚骨ラーメンで喜ぶ客たちを見て、全国のラーメン職人たちも気づいたんだ。ああ、そうか、ラーメンってのは、ここまで自由にやっていいんだ……ってよ」

オーリがしみじみと言う。

「なるほどなぁ。美味ければいい！　料理のセオリーなんて、無視したってかまわねえ！　それを体現したのが、『失敗から生まれた』トンコツ・スープってわけか。レンが、ラメンの源流と呼ぶのも納得の話だぜ！」

レンは頷く。

「ああ。それまでも家系やつけ麺みたいに新しいラーメンは生まれてたし、地方に行けば変わったラーメンだって食べられていたが……昨今の『なんでもありが当たり前』のスープ文化が生まれた背景には、豚骨ラーメンの影響が大きかったと、俺は思うぜ？」

な、なんだと……っ!?　話を聞いて、私はラメンの歴史の『浅さ』に愕然《がくぜん》とした。私はてっきり、ラメンとは彼らの世界で何百年もかけて、多種多様な姿へと進化したのだと思っていたのだ……しかし今の話を聞く限り、ラメンの発展は、ここ数十年ほどに集約されているらしい。

つまり、大ボリュームの『ジロウケイ』も。あの魔性の『ゲキカラケイ』も。そして、レンの魅惑の『ペシポタケイ』でさえも。全て、私が生きてきた四百年の数分の一にも満たぬ、短い期間で生まれた物なのである！　なんという凄《すさ》まじさか、まさに疾風怒濤《しっぷうどとう》っ！　失敗さえも大きな糧として、爆走を続けるラメンの歴史に、私はただ畏れいるばかりであった。

「さて、それじゃ今回はここまでとしようか。で、次回のラーメンだけどよ……」と、レンが言う。

私は、ハッと気づいて慌てて手を上げる。

「あっ!?　そうだ、レン。実は私、しばらくこの町を離れることになってね。その間、君のラメンは食べられないのだよ」

「えっ。そりゃまた、どうして？」

「エルフの里の『聖誕祭』に行くんだ。十六年に一度、里で盛大に行われる祭りだよ」

その言葉に、オーリが首を傾げつつ言う。

「あれ？　でも確か、リンスィール。お前さん、こないだの祭りの時は町に残ってたよな？」

「ああ。タイショが帰ってくるかもしれないから、ここを離れたくなかったのだ。今回も、直前まで行くつもりはなかったのだが……一昨日《おととい》、報《しら》せ鳥《どり》が届いてね。なんと女王様が聖誕祭に前後して、ファーレンハイトに立ち寄るらしく、ついでに私を『天切鳥《アイバルバト》』で送迎してくれることになったのだ！」

レンが尋ねる。

「アイバルバトってなんだ？」

「人を背に乗せ天空を切るように飛ぶ、巨大な白い鳥だよ。エルフの里までは馬で二ヶ月、飛竜を使っても六日はかかるが、アイバルバトならば途中で休憩をはさんでも、わずか二日で里に帰れる。君のラメンを食べられんのは残念だが、久しぶりに里帰りしたくもあるしな。せっかくの女王様の好意を断るわけにもいかぬし、出席することにしたのだよ」

オーリがレンに言う。

「なあ。そういう事情なら、リンスィールが帰るまで、新しいラメンはお預けにしねえか？」

ブラドもマリアも頷いた。

「ですね。せっかくの新しいラメン、一人だけ食べられないのは可哀想《かわいそう》です！」

「あたしも大賛成！　ねえ、リンスィールさん。みんなで一緒に食べようよ！」

「そうだな。俺も次のラーメンは、ここにいる全員に食べさせたいぜ！」

レンも笑顔で言う。私は皆の優しさに感激し、深々と頭を下げる。

「みんな、ありがとう！　その友情、心遣いに大いに感謝するぞ！」

と、マリアが不思議そうに首を傾げた。

「それにしても……エルフの女王様が、ファーレンハイトに何の用事があるのかしら？」

「さあな……。人間の王族が招待されてるという話も聞かぬし、皆目見当がつかん。まあ、いずれにしても、なにか深いお考えがあるのは間違いなかろう」

ブラドが、冗談めかして言う。

「まさか、ここまでラメンを食べに来るだけだったりして？」

「聖誕祭の準備で忙しい、この時期にか⁉　あはは、そいつは傑作だなぁ！」

その言葉には、みんなで大笑いしたのであった。

Another Side 6

「ラーメン、食べさせてもらえる？」

レンが屋台を引いて歩いていると、後ろから声が掛かった。振り返ると、そこには隻腕銀髪の小柄な女性……サラが立っている。レンは屋台を止めて、椅子を置きながら言う。

「おう、いいぜ！　ただ、今夜はベジポタが出せないんだ。できるのは……」

サラは、にっこり笑って言う。

「とんこつラーメンでしょ？　匂いでわかるわよ！」

レンは苦笑しながら頷《うなず》いた。

「ああ、そうだ。この強烈な匂いが、ベジポタの風味を邪魔しちまうからな」

サラは、椅子に腰かけながら元気よく注文する。

「麺の硬さは、バリカタでお願い！」

「はいよ、バリカタいっちょう！　お湯とスープが温まるまで、少し待っててくれ。……なあ、あんた。こっちの世界の人じゃなくって、日本人だろ？」

サラはしばらく黙った後で、「ええ、そうよ」と素直に頷く。

「ずいぶん馴染《なじ》んで見えるから、最初のうちはわからなかったぜ。詮索するわけじゃねえが、ずっとこっちにいるのかよ？」

「うん。もう、三十年になるかな……こちらの世界に迷い込んでね。最初は行き来できたんだけど、色々あって帰れなくなってしまったの」

「そっか……。大変だったんだな。今でも、日本に帰りたいかい？」

サラは寂し気に答える。

「帰りたくないって言えば、嘘《うそ》になる。だけど、こっちの世界にも慣れたしね。それに今さら帰っても、向こうには私の居場所なんてないわよ」

「……俺にできる事、何かあるか？」

サラは、少し考えた後で言う。

「こうやって美味《おい》しいラーメン食べさせてもらえたら、十分かな。……それとたまにでいいから、日本のお菓子や食べ物を差し入れてもらいたいわね」

レンがニヤリと笑って言った。

「こないだの、お湯かけラーメンみたいにか？」

「あっははは、そうそう！　ねえ……あなたはどうして、この世界に来ているの？」

「ん、俺か？　俺は、本棚の奥から親父《おやじ》の日記帳を見つけてな……」

レンはサラに、父親である伊東太勝《いとうたいしょう》の事、この世界に来てから起こった事、友人のエルフとドワーフ、そしてレストランを営む二人の兄妹の事を話した。

「……で、俺はみんなに色々なラーメンを食べさせたくて、屋台引いて毎晩ここに来てんだよ」

「それでこの町では、ラーメンが名物料理になってるわけかぁ……ようやく謎が解けたわ！」

サラは身を乗り出す。

「でも、お父さんの願いはもう叶《かな》えたんでしょ？　こちらの世界でラーメンを振る舞うのもお金が掛かるのに、なんで異世界通いをやめないの？」

レンはとびきりの笑顔で答える。

「そりゃあ、決まってる！　こっちの世界のみんなが大好きだからだよ！」

レンは寸胴鍋《ずんどうなべ》のスープを、オタマでかき混ぜながら言う。

「みんな、いい奴《やつ》らでよ。美味《うま》いラーメン食うと、嬉《うれ》しそうな顔するんだ！　リンスィールさんとか、マジでいい顔するよなぁ……あの幸せそうな顔、こっちまで元気になっちまうぜ！」

それから彼は、どこか遠くを見るような目をして言った。

「ベジポタ以外のラーメンを作るのも修業になるし、味の感想を聞くのも勉強になる。金なんか問題じゃねえ。みんなとの出会いや体験は、俺を大きく成長させてくれてんだ。それに……ブラドがな」

「……ブラド？　さっき話してた、黄金のメンマ亭のご主人？」

レンは照れ臭そうに言う。

「ああ。なんていうかさ……俺、あいつのラーメンを食って、嬉しかったんだ。黄金のメンマ亭のラーメンは、親父のラーメンによく似てた。この異世界で、『親父の魂が受け継がれてる』って感じたんだ」

レンは丼を用意しながら、真剣な声で続ける。

「ブラドは、すごい才能を持ったラーメン職人だよ。でも、あいつはずっと親父の影を追っている。親父のラーメンを求め、作り続けてる……。俺は、ブラドが満足いく醤油《しょうゆ》ラーメンを完成させた暁には、あいつ自身のラーメンを見つけられるんじゃないかと思ってるんだ。俺は、そいつが食ってみたい！」

レンは深く頷いた。

「彼自身のラーメン……それってつまり、あなたのベジポタラーメンみたいな？」

「そう！　俺が見つけた俺のラーメンは、極上のベジポタだった！」

レンは小皿でスープを味見し、お湯に手をかざして温度を見ながら言う。

「……直接教えを受けてなくたって、ブラドはきっと、親父の弟子みたいなもんだろ。ならば、俺とも兄弟弟子だ。なのに俺が知ってるラーメンを、ブラドが知らないのは、なんだか不公平じゃねえか？　俺は、俺が知ってる全部を、ブラドに教えるつもりだぜ」

それから、太ももをパンと打つ。

「よし……と、スープもお湯も温まったみたいだ。麺の硬さはバリカタだったな。すぐに作るから、待っててくれや！」

言いつつレンはスープを注ぎ麺を茹《ゆ》で、トッピングをのせてラーメンを完成させる。

「ほいよ、バリカタおまち！　紅生姜《べにしょうが》と辛子高菜は、替え玉するまで入れないでくれよ」

湯気を上げるラーメンを前に、懐かしそうにサラは言う。

「わあ、この匂い、真っ白いスープ！　私、北海道生まれだからさ。最初にとんこつラーメン食べた時は、ホント驚いたなぁ！」

サラは割り箸を咥《くわ》えて割ると、ラーメンを食べ始める。替え玉はハリガネで、辛子高菜はちょっぴり、紅生姜はたっぷり入れて……スープを飲み干し、満足そうに息を吐く。

「あーっ、美味しかったぁ！　久しぶりのとんこつラーメン、大満足だわ！」

彼女はボロボロの百円玉をカウンターに置いた。レンは、それをサラに突き返す。

「お代はいらねえ。こっちの世界じゃ、みんなにタダでラーメン食べさせてるんだ。あんたも遠慮しないで、食ってくれよ」

サラは首を振る。

「ダメ、受け取って。もうあっちには帰れないけど、私の魂は日本人のままだもの」

レンは彼女の表情を見て大きく頷き、百円玉を握った手を引っ込める。

「……わかった。それが、あんたの矜持《きょうじ》なんだな？　じゃ、ありがたく……毎度あり！」

サラは優しく笑った。

「それに、話を聞く限り……こっちの世界の人たちだって、タダで食べてる気はないと思うわよ？いつかあなたに恩返ししたくて、うずうずしてると思うけど？」

その言葉に、レンは苦笑する。

「まったく。俺は貸し借りしてるなんて、これっぽっちも思っちゃいねえんだけどなぁ」

サラは嬉しそうな声で言う。

「レン。私、また食べに来る。今度こそ、あなたのベジポタラーメンをね！」

「ああ、待ってるぜ！」

レンは笑って、空になった丼を片付けて……ふと顔を上げると、サラの姿は消えていた。

「……うーん。相変わらず、神出鬼没だな」

煙のように消え失《う》せてしまったサラに、レンは首を捻《ひね》りつつ椅子を片付けようとする。

と、今度は暗がりから、フードを被《かぶ》った女エルフが歩み出てきた。

「おう、あんた！　しばらく姿が見えないから、心配してたよ。ラーメン、食うだろ？」

なにやら真剣な顔をした彼女に、レンは笑顔で手招きする。

すると、そのエルフ……アグラリエルは、嬉しそうにコクコクと頷きながら寄ってくる。

「アイシェ……？　アイッシェーっ！」

「まだスープもお湯も熱いから、すぐに作れるぜ！」

いそいそと椅子に座りながらフードを脱ぎ、エルフの女王は注文する。

「ヤサイマシマシニンニクアブラ！」

レンは、呆《あき》れたように苦笑する。

「またかよっ!?　……でも細麺はすぐ伸びちまうから、大盛はできないんだ。まあ替え玉で腹いっぱいにしてやっから。なあ、麺の硬さはどれがいい？　普通から始まって、硬い方がカタ、バリカタ、ハリガネ。柔らかい方がヤワ、バリヤワになるぜ。おすすめは、普通かカタだ！」

アグラリエルはキョトンとし、少し考えた後で言う。

「……フ、フツー？」

「よっしゃ、普通だな！」

レンはスープを注いで麺を茹で、豚骨ラーメンを完成させる。一方のアグラリエルは、豚骨臭さにやや戸惑っていたが……丼が置かれると、躊躇《ちゅうちょ》なく割り箸を手に食べ始めた。

「ン、ンーっ!?　ゼィカルビア、フォクスレンダー。サレス、ザリーム、レンラメン！」

初めて食べる、とんこつラーメン。アグラリエルは目を丸くして、夢中で丼に顔を寄せる。だが、すぐに麺を食べ尽くしてしまい、寂しげにスープをかき回す。

「オバ、ラル……？　レゥイ、シュムレス。メルディィ、ヤサイマシマシニンニクアブラ？」

だから、大盛にしてって言ったのに！　……そんな風に、恨めしそうな顔で上目遣いをしてくるアグラリエルに、レンは苦笑する。

「そんな顔すんなって！　すぐに替え玉してやるから。ほら、硬さはどれがいい？」

レンは麺を片手に、鍋を指し示してジェスチャーする。即座に意図が伝わったようで、エルフの女王の顔がパッと輝き、少しだけ考えた後で言う。

「アー。……バァ、バァリカータ？」

「あいよ、替え玉バリカタいっちょう！」

レンは手早く麺を茹で上げ、アグラリエルの丼に滑り込ませる。

すると彼女は、ニコニコ顔で食べ始める。レンは、次の麺を片手に言った。

「まだまだ替え玉は残ってるから、どんどん食ってくれよ！」

「アイッシェ！　レ、レン……ラメン、オイシイ！　タクサン！　バシエルフ、シアワセ！」

アグラリエルはズルズルとラーメンを食べ続け、レンは替え玉を作り続け、ついでにスープやトッピングまで追加してやる。結局……アグラリエルはその後、八玉も替え玉して、レンの屋台に残っていた材料をほとんど食べ尽くしてしまった！

腹を真ん丸にして夢見心地で目を細めるアグラリエルに、レンが感心した顔で言う。

「いやぁー……好きに食えとは言ったけども。よくもまあ、そんだけ食ったなぁ！」

「けぷ。アイシェ……ドゥ、ラガ」

「あ。そういや、妙に思いつめた顔してたけど……なんか、心配事でもあんのかよ？」

突然、アグラリエルはガバリと立ち上がる。

「アーッ!?　ク、クラシェル、レンラメン……ハヌルホス、エル。ブラッシェ、ラーク！」

アグラリエルは、懐から懐中時計を取り出すとあわあわと指し示す。

「………ワ、ワ、ワスレテタ。ジカン！　ヤクソク、ジカン！」

「時間。なんだよ、待ち合わせでもしてたのか？　なら急いだ方がいいんじゃないか？」

レンは言いながら、丼を片付ける。

しかし、アグラリエルは突っ立ったまま、どこにも行く気配がない。

「レン……！　ロイプラテ、ステラ、エルフ！　ヴァジェット、オリヘンド！　ミスト、モスドラゴ、エルフバジ、レンラメン！　……ヴァロベティ、サモーラ、ルゥニング」

必死で訴える彼女に、レンは訝《いぶか》し気《げ》な顔で言う。

「おい。そっちの言葉で話しかけられても、俺にはわかんねえぞ？」

「ア、アウ……!? クゥ……クラッテ。エルタ、デスタッケ……っ！」

アグラリエルは涙目になって、ガックリとうなだれる。何か伝えたいことがあるのだが、自分の言語能力が追い付かなくてもどかしい……といった風だった。だが彼女は諦めずに顔を上げると、ツカツカと屋台を回ってレンの前に立ち、その手を取った。

「レ、レン……！」

「えっ。はぁ？ なんだよ、急に!?」

「レン、オネガイ」

アグラリエルは、通りの向こうを指し示しながら言う。

「レン、ヒツヨウ。レン、キテ」

「ああ……俺が必要だってえ？」

「アイッシェ。レン、ヒツヨウ」

アグラリエルは薄く涙を浮かべた目で、レンの瞳をジッと見つめながら訴えた。

「ラメン。ラメン……モット、ホシイ。ムコウ、ラメン」

一途《いちず》な彼女に、ようやくレンも真面目な顔になる。

「えっと……よくわからんが。俺にできるのは、ラーメンを作る事だけだ。だがつまり俺のラーメンが、あんたの助けになるってことかよ!?」

「アイッシェ。キテ、イッショ……オネガイ！」

レンは、力強くコクリと頷く。

「よっしゃ、わかった！　俺のラーメンが役に立つなら、どこにだって行ってやるぜ！　あんたの望む場所に、連れてってくれ！」

アグラリエルの顔が、パッと輝く。

「コ、コッチ……！　エルフバシ、アイバルバト、クレヴァア。……ルー、リンスィール」

レンは手を引かれて、屋台を引いて歩き出した。タオルで半分隠れた瞳は、真っ直《ます》ぐに見つめている。暗い闇、路地の向こうを……その先に、何があるのかもわからぬままに。

第十章　食の墓場の『ラメン』とは？

私とオーリは深夜の広場に立ち尽くし、途方に暮れて辺りを見回す。月明かりで照らされた周囲には、私たち『三人』以外に誰もいない……。

ベンチに座ってるピスタチオの袋を抱えた白髪の幼女へと、私は問いかけた。

「おい、『天切鳥《アイバルバト》』よ。女王様は一体、どこにいらっしゃるのだ⁉」

……この質問、何度目になるだろう？　しかし彼女は答えを返さず、ピスタチオを殻ごとバリバリ齧《かじ》るだけである。オーリが、目の前の白髪の幼女を指さして言う。

「よう、リンスィール。本当に、この娘っ子がアイバルバトって奴《やつ》なのか？」

私は大きく頷《うなず》いてみせる。

「ああ、間違いない。こいつはアイバルバトだよ。里ではいつも、女王様と一緒にいる」

オーリが無遠慮に、幼女をジロジロと眺めながら言う。

「でも、どう見ても鳥には見えねえぜ？」

「アイバルバトは幻獣の一種でな。この姿は、地上で動きやすいように女王によって与えられた、仮の姿でしかない。アグラリエル様が魔法を解けば、元の姿に戻るんだ」

オーリは首を傾《かし》げつつ言う。

「しっかし、その肝心の女王様がいねえんじゃなぁ……待ち合わせ場所が間違いないとなりゃ、やっぱ、リンスィール。おめえが遅刻したのがいけないんじゃねえか？」

私は懐中時計を取り出して、指し示しながら言い訳する。

「だ、だけどな、オーリ……遅れたのは、ほんの数分だけだぞ？」

オーリがアイバルバトの頭を、ぐしゃぐしゃと撫《な》でながら言った。

「つーか、こいつ、喋《しゃべ》れるのか？　ずっとだんまりだし、正体は鳥なわけだろ？」

「簡単な会話くらいならできるはずだ。だがおそらく、虫の居所がよくないのだろう。気分が乗らない時は、何を話しかけても聞き流すだけだからな」

「そういう所は、まんま動物かよ……気分屋なんだな、お前さん！　ま、とにかくもう少しだけ、待ってみようぜ！」

「む、むう……。それしかあるまい」

しかし、四十分の時間が過ぎても、広場には誰一人として姿を現さない……。

「一体、どういうことだ⁉　女王様は、一向に戻ってくる気配がないではないか！」

突然、アイバルバトが立ち上がる。

「あぐらりえる。もどった！」

同時に、ガラガラと聞き覚えのある音が響いてきた。路地から姿を現したのは……。

「女王様！　ご無事でしたか⁉　それに……ヤ、ヤタイだと⁉　なぜ、レンがここに？」

女王は私の顔を見て、一瞬だけムッとした表情を浮かべる。

「あっ、リンスィール！　……まったく、もう。あなたが時間通りに来さえすれば、行き違いにならずに済んだのに。まあ、いいです。美味《おい》しいラメンが、お腹《なか》いっぱい食べられましたし。リンスィール、わたくしの言葉を訳して、レンに伝えなさい！」

「は、かしこまりました！」

アグラリエル様は、レンに向き合って言う。

「レン。これからあなたには、エルフの里まで行ってもらいます。そこであなたに、ラメンを作っていただきたいのです！」

その一言に、私は驚く。

「えっ⁉　レ、レンをエルフの里にですか……⁉」

慌ててレンにも伝えると、彼も驚いた顔をした。

「な、なに。エルフの里だとぉ……っ！」

女王様は、神妙な顔で頷かれる。

「はい。思ったように言葉が通じず、詳しい話もできないままに連れてきてしまった事をお詫《わ》びします。ですが……これは強制ではありません。お願いになります。あなたが行きたくないというのであれば、今からでもお帰りいただいてもかまいません」

そして女王様は自らのお考えの全てをお話しになられた。レンは、感心した顔で頷く。

「なるほど、そういう事情かよ！　それで俺のラーメンをエルフのみんなに食べさせたいのか」

私も腕を組んで、ううむと唸《うな》った。

「なんと……っ！　エルフの里の低年齢化問題ですか。私もエルフの寿命と言えば、八百年が普通と考えておりましたが……改めてお話を伺ってみれば、確かに深刻ですね」

オーリが呆《あき》れたように言う。

「八百年の寿命で短くなったとはねえ！　俺たち定命《じょうみょう》の者には、なんとも壮大な話だぜ」

私たちの言葉に、女王は悲しげにうつむかれる。

「我々エルフは他種族に比べて数も少なく、繁殖力も弱い。このまま寿命が短くなり続ければ、いつかエルフという種は消えてしまうかもしれない……。それに里にいるエルフたちは、皆わたくしの家族も同じ。一年でも長く生きて欲しいのは、当然の想《おも》いです」

と、レンが女王様に、深く頭を下げる。

「にしても……あんた、エルフの女王様か！　知らずとは言え、色々失礼しちまったな」

女王は、首を振って仰《おっしゃ》られた。

「いいえ、レン。わたくしとあなたの間に、そんな他人行儀は無用です。どうぞ、気軽にアグラリエルとお呼びください」

レンが顔を上げて言う。

「いや、でもよ。やっぱ女王様相手に呼び捨てはまずいぜ」

「いいえ。大丈夫です。アグラリエルとお呼びを」

「だって、リンスィールさんだってさん付けなのに、その女王様を呼び捨てには……」

「アグラリエルです」

「…………」

しばしの沈黙の後、レンは口を開く。

「えーっと……アグラリエル様」

「アグラリエルっ！」

「……アグラリエルさん」

「んもう！　アグラリエルですってばぁっ！」

レンが、ギギィっとこちらに顔を向けて囁《ささや》く。

「あの……？　どうするよ、リンスィールさん？　あんたのとこの女王様、呼び捨てにするのはマズいよな？」

私は首を捻《ひね》りつつ、頰をぷくーっと膨らませてるアグラリエル様を見やった。

「うーむ。私もなんだか釈然とせぬが……とにかく女王様が呼び捨てにしろと仰るならば、呼び捨てでいいのではなかろうか？」

レンは複雑な表情をしていたが、やがて軽く咳払《せきばら》いして言う。

「こほん。あー、それじゃ……ア、アグラリエル」

女王様の顔が、パアッと輝く。

「はい！　わたくしはアグラリエルです。では今後は、その呼び方でお願いしますねっ！」

……えー？　なんなのだ、この不思議なやり取りは。隣に立つオーリが、私に囁く。

「よう、リンスィール。なんだかエルフの女王様ってのは、ずいぶんフレンドリーなんだな？俺っちのとこの王サマも、場末の酒場で知らねえ奴と酔い潰れてたり、けっこう下品な感じだけどよぉ。さすがに下々の者に身分を明かして呼び捨てにしろとは言わねえぜ？」

「う、うむ。私も正直、戸惑っている。あんなアグラリエル様は初めて見るぞ！」

と、アグラリエル様が姿勢を正して真剣な顔で言う。

「レン……。これで、事情は全てお話ししました。改めて、あなたに問いましょう。あなたは我々エルフのために、ラメンを作ってくださいますか？」

レンは親指を立てて、ニカッと笑う。

「なあ、アグラリエル。俺はさっき、『俺のラーメンが必要ならば、どこにでも連れてけ』と言ったはずだぜ。エルフの里だろうがなんだろうが、喜んで行ってやるよ！」

アグラリエル様は、感動した顔でグッと息を呑んでから頭を下げる。

「……っ！　本当に感謝します、レン」

「とにかく要は、俺がエルフの里で『ご当地ラーメン』を作りゃいいってことだろ？」

アグラリエル様が首を傾げた。

「ゴ、ゴトーチ……ラメン？　リンスィール。『ゴトーチ』とは、どういう意味でしょう？」

「さあ？　私も、ニホン語の全てを知っているわけではありませんからね。なあレン、『ゴトーチラメン』とはなんの事だ？」

「ご当地ラーメンってのは、その土地で生まれた独自のラーメンを指す言葉さ。本来は、『自然発生的に根差した地元ラーメン』を言うんだが……今回は、『町おこしの一環で開発されたラーメン』って意味が近いかもな」

「ふむ。いわゆる、名物料理の事だな？」

「うん、それな！」

　アグラリエル様が頷かれる。

「なるほど、そういう意味でしたか……では、時間もない事ですし、そろそろエルフの里に飛び立ちましょう！」

　そしてアイバルバトの持つピスタチオの袋をサッと取り上げると、呪文を唱えた。

「ヘイリ《汝の》、イバ《姿を》、ガイリエーフ《解き放とう》、オーエルフバシ《主であるエルフが》、アイバルバト《天切鳥に命じる》！　ベスダ《その翼で》、エアイ《大空に》、シャーリダイアス《飛び立ちなさい》！」

　次の瞬間、ブワっと風が逆巻き、目の前の幼女がメキメキと姿を変えて巨大な鳥になった。女王様はピスタチオの袋を口にハムっと咥《くわ》えると、アイバルバトの背をよじよじと登る。しばらくしてからピョコンと顔を出して言った。

「さあ、乗ってください！」

　オーリとレンは、口をあんぐり開けて固まっている。私も、アイバルバトが変身するところを見るのは初めてだ……と、オーリがハッと気づいてヤタイを指さす。

「あ、おい。だけどもこのヤタイ、鳥の上には載せられねえぜ……どうするよ？」

　アイバルバトの背にヤタイを積めるスペースはないし、そもそも重過ぎて無理だろう。

　レンはオーリの言葉に、しばらく考えた後で言う。

「……よし。料理道具と暖簾《のれん》だけ持って行く。オーリさん、寸胴《ずんどう》を運ぶの手伝ってくれ！」

即座に「おうよ！」とオーリが応じ、二人はヤタイの裏に回り、大鍋三つにザルやオタマや包丁などを抱え上げる。レンは最後に、ヤタイに掛かっている赤い布を取り外した。

「準備完了、それじゃ行こうぜ」

オーリと二人で、ゴトゴトと地面に鍋を置きながら言う。私は慌ててレンに言った。

「い、いや。ちょっと待て、レン……聖誕祭は三日後だぞ！　荷物は、それで十分なのか⁉　エルフの私が言うのもなんだが、里にはろくな食材がない。ショーユもコンブも手に入らんし、ヤクミもナルトもメンマもない。ラメン作りに必要な材料は、一体どうするつもりだね⁉」

私の言葉に、女王の顔が悲し気に曇った。

「ごめんなさい、レン……！　本来ならば、何年もかけて必要な材料を用意して、十分な環境でラメン作りしてもらうはずだったのです。しかし、今を逃せば次のチャンスは十六年後。それは人間であるあなたにとって、長すぎる時間になるでしょう……」

女王の苦悩をよそに、レンは平然としたものだ。

「気にすんなよ、アグラリエル。リンスィールさん、エルフの里に小麦粉はあるか？」

「ある。里の主食はパンだからな」

「じゃあ、大丈夫。そもそもご当地ラーメンってのは、その土地の食材を使って作り上げるもんなんだ。わざわざ他の場所から材料を運んで行ったんじゃ、主義に反する」

エルフの里の貧弱な食料事情を知ってる私は、不安が拭えずにヤキモキする。

「む、むう？　……し、しかしだなぁ……？　そうだ、黄金のメンマ亭に行こう！　コンブが大量に手に入ったと言ってたろう。今から訪ねて、分けて貰《もら》おうじゃないか！」

レンは不敵に、ニヤリと笑った。

「おいおい。ラーメンとは可能性の世界である。リンスィールさんが言った言葉だぜ？」

レンは、いつもの腕組み顎上げポーズで宣言する。

「あらゆる物が不足してた戦後の食料難でさえ、人々の腹を満たし、愛され続けてきたのがラーメンだ！　どんなに材料が限られてても……いや。場合によっては、小麦すらなくたって。知恵と工夫で、美味《うま》いラーメンは作れるのさ！」

そして、威勢よくラッパを吹き鳴らす。チャラリ〜チャラ〜♪　チャラリチャララ〜♪

レンは『ラーメン太陽』と染め抜かれた真っ赤な布を、両手でバッと広げてみせた。

「なーんも心配いらねえよ。使い慣れた料理道具があって、看板である暖簾があって、俺がラーメンを作る……なら、そこはもう、いつもの『ラーメン太陽』だッ！」

それは見てるだけで胸がスカッとするような、底抜けに明るい笑顔だった。私の心からモヤモヤした不安が、あっという間に消えていく……ああ、そうか。大丈夫なのだな。

「わかった、レン。君を信じよう！」

「あはは、大げさだなぁ、リンスィールさんは。それじゃ、荷物を運ぶの手伝ってくれ」

私はレンとオーリの三人がかりで、鍋や料理道具をアイバルバトに載せた。

レンが、アイバルバトの背の上から言う。

「じゃあ、オーリさん。俺らが帰るまで、屋台を預かっといてもらえるか？」

「おう、任せとけ！　黄金のメンマ亭の倉庫に入れて、カギ掛けて保管しとくぜ」

それからオーリは、私たちを見上げて羨ましそうに言った。

「チッキショウ、エルフの里で作るラメンか……俺っちも食いてえなぁ！」

レンが笑って言う。

「帰ってきたら、そっくり同じものを作って食わせるよ。ブラドとマリアにもな」

私とレンは、オーリに大きく手を振った。女王が、アイバルバトの首筋の羽を揺する。

「聞こえますか？　アイバルバトよ、エルフの里に向けて、飛びなさい！」

クオォォオオーーーン！　鐘を鳴らしたような、高くて澄んだ鳴き声が響く。

同時に、アグラリエル様が結界を展開した。

「マギカリエ《魔力よ》、ルヴァア《あらゆる物から》、カバリ《我らを》、ウェルハ《守る》、コルドシル《絶対障壁》、ベネドラアージュ《となりなさい》！」

アイバルバトが大きく羽ばたく。風が渦巻き、あっという間に地面が遠くなるが……結界内は女王様の魔力によって、外界から完全に切り離された空間になっている。空気の遮断に重力制御、目には見えない有害な波動までをブロックする、超高位の防護結界だ。

我らは加速すらも感じずに、遥《はる》かなる天空へと舞い上がった！


……飛翔《ひしょう》からわずか数十分。それは、天体の『丸み』を感じるほどの高さであった。

眼下には真っ白な雲が絨毯《じゅうたん》のように広がって、上空には周囲の星々が眩《まばゆ》いほどの光を振りまく。

ずっと向こうにはオレンジ色の朝日が広がり、その反対側にはオーロラの光が緑と紫の帯となって煌《きら》めいている。本来ならば息が凍り付くほどの寒さのはずだが、アイバルバトの体温も相まって、周囲はポカポカと温かい。

レンは先ほどまで景色を眺めたり、子供みたいにはしゃいでいたが、今は仰向《あおむ》けになって、グーグーといびきをかいている。白い厚手の布を顔までずらして目隠しに、腕組みして脚を投げ出し、口は半開き……なかなか独特の寝姿だ。女王が優しい声で言う。

「うふふ。可愛《かわい》らしい寝顔ですね、リンスィール」

顔の大半は布に隠れて見えなかったし、別にカワイイとも思わなかったが、角を立てる必要もないので同意しておく。

「ええ。ヤタイで商売するのが深夜のため、レンはいつも朝から昼まで寝ているそうです。ゆっくり寝かせてあげましょう」

「彼は、魅力的な人ですね。豪快で明るくて、どこまでも優しくて、実は繊細なところもあって……レンといると、すごく楽しいです」

「はい。私も、レンが大好きです。彼がラメン作りに燃やす情熱は、誰よりも熱い。『種を救うラメン』……レンならきっと、完成させてくれるでしょう！」

今度は、本気の同意だった。女王も、目を細めて頷かれる。

と、しばらくしてからアグラリエル様が、あくびをされた。

「ふぁーあ……安心したら、眠くなってきました。わたくしも疲れたので、少し休みます。では、リンスィール。結界の維持をお願いしますね」

その言葉に、私はギョッとする。

「……えっ。あのう、女王様。これ、超高位魔法ですよね？　……私の魔力では、維持するだけでもけっこうギリギリなのですが。私の休憩は何時間後ですか？」

「休憩？　そんなもの、ありませんよ」

「えっ……はぁ!?」

「だって、聖誕祭の準備で忙しい時期に、こっそり抜け出して来たわけですからね。このまま、里まで直行します」

「ええーっ、女王様、また勝手に里を抜け出したのですか!?　護衛の者がおりませんので、おかしいと思っておりました！」

「まあ、本当に無理そうになったら、わたくしを起こしなさい。でも行きで疲れてるので、限界まで起こさぬように……では、おやすみなさーい」

そう言うと女王様は、レンの隣にコロンと横になる。

「え、えええっ!?　……ちょ、女王様？　女王っ!?　アグラリエル様ーっ！　さ、里まで二十時間はかかりますよね……？　ちょお、絶対に無理ですってばーっ！」

驚いて叫ぶが、女王はうるさげに身をよじって羽の一枚を持ち上げて顔をサンドすると、そのままスースーと寝入ってしまった。魔力の供給がなくなったため、パキパキと不穏な音が周囲で鳴りはじめ、防護結界がどんどん薄くなっていくのがわかる。こいつがなくなったら我々は、あっという間に天空に撒《ま》き散らされてしまう。や、やばい。なんとかせねばっ！

「くっ……女王様がお目覚めになられるまで、およそ七時間といったところか……？　それくらいなら、私の魔力でもいけるはず！　うおおーっ、燃え上がれ、我が魔力！　我らを守る絶対障壁を補う力となれーっ！」

私は必死で精神を統一し、呪文を唱えたのだった。


ファーレンハイトから飛び続けること二十時間、ようやくエルフの里だ。途中、結界の維持にかなりギリギリな場面もあり、アグラリエル様を起こしてもしばらく寝ぼけてて使い物にならなかったりしたが、なんとか辿《たど》り着くことができた。

時差があるので到着は早朝、雲を突くユグドラシルの木に一体化するように建てられた城。その中庭に、アイバルバトが降り立つと、ショートカットに純白のライトアーマーでツリ目の女エルフが走り寄って来た。

「アグラリエル様ーっ、やっと帰ってこられましたか!?」

親衛隊長のララノア殿だ。ララノア殿は、我らを見て驚かれる。

「お前、リンスィール!?　それに……人間の男だと。女王様、これは一体!?」

女王は、地面に降り立ちながら答えられる。

「彼は、レン。わたくしの大事なゲストです。明後日《あさって》の聖誕祭に貴賓として出席いたしますので、粗相のないように」

「ええ!?　に、人間の男が聖誕祭にですか……あのう、彼は王族かなにかでしょうか？」

「いいえ。ラメンシェフです」

ララノア殿の目が点になる。女王は、冷静な顔で言葉を続けた。

「ララノア。聖誕祭のイベントに、少し手を加えます。五分後に部屋に来なさい。レン、わたくしは公務が残っておりますので、これで失礼いたします。ささやかですが、今夜は晩餐会《ばんさんかい》を開いてもてなしたいと思います。では、リンスィール。彼を案内してさしあげなさい」

アグラリエル様はアイバルバトを幼女の姿に変えると、一緒に城へと入って行かれた。

残されたララノア殿が苦笑し、こちらを見る。

「五分後か。どうやら、気を遣っていただいたようだ……。リンスィール、オレとお前が立ち話する時間くらいはありそうだな。元気にしていたか？」

私は、彼女に頭を下げた。

「はい、お久しぶりです。ララノア殿もお変わりないようで、なによりです」

ララノア殿は、レンへとチラリと視線を走らせてから言う。

「その男について、色々と聞きたいことはあるが……帰って来たばかりで、質問責めも嫌だろう。詳細は、女王にお聞きすることにする」

と、ララノア殿はコホンと咳払いして、懐から折りたたまれた一枚の紙を取り出す。

「あー。ところでな、リンスィール……オレの新作を、見て欲しい！」

受け取って開いてみると、そこには凶悪なツラをした世にも不思議な四本足の動物が描かれていた。牙は鋭く尖《とが》り、目は赤く燃えて、毛並みは逆立って、非常に不細工な顔である。レンが後ろから覗《のぞ》き込んで、あまりの迫力に「うおっ」とのけぞった。

私はそれを、しばらく鑑賞した後で言った。

「ふむ……？　なるほど……これは、熊。いや、イノシシですな!?」

「猫だ」

予想外過ぎる答えに、レンと二人で絶句する。ララノア殿は、真剣な顔で言う。

「うちで飼ってる、カルマン猫のデューイだよ。まだ子猫でな、よく寂しがって、城までオレを捜しに来る。それは、撫でて欲しいとオレに甘えてきてる様子だ。どうだ、可愛いだろう!?」

ゴクリと喉を鳴らしてから、私は言う。

「あ。あー……その。ひゃ、百年ほど前に見せていただいた、子犬の絵よりはよく描けてます。……独特で、素晴らしい絵だと思いますよ」

ララノア殿は、得意気に胸を反らす。

「どうだ、リンスィール？　たった数十年会わないだけで、オレもだいぶ上達したのだ！　なあ、そちらの人間の男。レンとか言ったな……その絵、どう思う？」

話を振られたレンは、絵をジッと見た後で口を開く。

「芸術はよくわからんが、すごい絵だと思う。誰かが真似《まね》して描けるような作風じゃねえ」

ララノア殿はテレテレしながら、嬉《うれ》しそうに身をよじる。

「ふ、ふふふ……そうだろう？　そうだろう!?　えへへっ」

それから、懐中時計をチラリと見て言う。

「……では、また後ほどな。レン、リンスィールと仲良くしてやってくれ！」

足早に立ち去るララノア殿を見送り、私は絵を懐にしまってため息を吐《つ》いた。

「あの方も三百年ほど絵を趣味にしていらっしゃるが、まったく上達せんなぁ。ところでレン、空の上ではピスタチオしか口にしてないし、腹が減っているだろう？　私の家に行こうじゃないか。エルフの里の郷土料理をごちそうするよ」

「そりゃいい、ぜひお願いするぜ。ここの食生活がどんなもんか、調べる必要もあるしな」

新緑の葉に囲まれた木漏れ日が照らす、森の中のエルフの里。

風は植物の香りを運び、枝はザワザワと揺れる音を鳴らす。私は、レンと一緒に懐かしい故郷の道を歩き、数十年ぶりになる我が家へと招き入れた。

「さあ、入ってくれたまえ。ここが、私の家だよ」

レンは扉をくぐると、シーンとした家の中を見渡してから言う。

「お邪魔します。……誰もいないな。リンスィールさん、家族は？」

「両親は死んだ。ここは、私を育ててくれた伯母上の家になる」

「そっか……それは悪いことを聞いたな」

その言葉に、私は首を振る。

「なんの。もう、昔の話だからな。悲しみなど、とうに消えたよ」

「おばさんってのは、今どこに？」

「さっき、会ったろう？　ララノア殿だ」

言いながら、壁を指さす。その一角には、彼女の描いた大量の絵が所狭しと貼ってある。不気味なの、怖いの、恐ろしいの、ふにゃっとしていて力が抜けそうなの……私はその端っこに、先ほど渡されたカルマン猫の絵を貼り付けた。レンがそれを見て、声をあげた。

「おおう!? すげえ、百鬼夜行みてえだ。……そうか、あの人がリンスィールさんのおばさんか。それで俺に、リンスィールさんと仲良くしてくれなんて言ったんだな」

「ララノア殿は、里でも数少ない千歳超えのエルフでな。普段は、女王様の護衛役をしている。短剣の達人で、めっぽう強い。伯母上はアグラリエル様と一緒に、君の父上のラメンを食べた事もあるんだぞ!」

私は台所へと行き、鍋や戸棚をのぞき込む。

「ふむ? スープが残ってる。パンも捏《こ》ねてあるようだ。よし、これを食べるとしよう」

竈《かまど》に火を入れるとパンを放り込み、鍋を温めて用意を終える。

皿によそったスープを一口飲むなり、レンは眉をひそめた。

「……味が薄いな。それに、コクがまったくない」

私は苦笑する。

「マズいだろう? 野菜やキノコを適当に切って、お湯で煮て塩を入れただけの料理だからな」

「ララノアさんは、料理が苦手なのか?」

「いいや、そういうわけではない。エルフの里で食べられてる食事は、どれもこの程度だよ。たまに肉や卵が入ったりするが、味付け自体は大して変わらないだろう」

レンがパンをちぎって、口に放り込む。

「お？　こっちのパンは普通だな。焼き立てで香ばしい」

「うむ。だが普通過ぎて、なんの特徴もない。強いて言うなら普通のパンより発酵が長く、酸味があるといったところか」

レンはマーマレードをパンに塗り、一口齧った。

「でもジャムをつければ、結構いけるぜ」

「ジャムね……ふっふっふ。君は三食すべてに、甘いジャムを塗るつもりかね？」

私は里の食文化レベルの低さに、情けない思いでいっぱいだった。

スープを匙《さじ》でかき回しながら、自嘲気味に言う。

「レン。エルフの里が、他種族からなんと呼ばれてるか教えてやろう。曰《いわ》く、エルフの里は風光《ふうこう》明媚《めいび》で、暮らす人々はみな麗しい。しかし、食事は粗末で薄味の料理ばかりである。どんな旅人も三日で逃げ出す……ついたあだ名が、エルフの里は『美しき食の墓場』だよ！」

これが、私を育てた『味』である。忘れたくても忘れられない、懐かしくも悲しい味。伯母上殿のスープの味。死んだ母が作ってくれた、思い出の味。

かつては当たり前だった、なんの刺激も感動もない……胃を満たすだけの食事の味だ。


朝食を終えて里を一通り案内してから、レンを連れて市場へとやってきた。普段、里の人口は八十人余りだが、明後日の聖誕祭に向けて里帰りしているものも多く、今日は市場だけで百人以上いるだろう。昼食に露店で買った料理は、蒸し野菜をパンに挟んだサンドイッチと、羊肉の串焼きである。サンドイッチにはソースが塗られておらず、串焼きも臭みがあって塩気が足りない……。どちらも冷めてパサパサしてて、うんざりするような味付けだった。私が商店で買い求めたニンジンを、レンが生でボリボリと齧って言う。

「うまいっ！　新鮮で世話が行き届いてる……わっかんねえなぁ。素材は良い物がそろってるのに、どうして、ここの食事はあんなにマズいんだ？」

私は、自分の過去を思い返しながら答える。

「私も幼い頃は、畑の野菜をもいで食べ、『美味い』と感動していたと思う。しかし、エルフの里では日常の食事がアレだからな。ウマいマズいという感覚が、徐々にマヒしてくるのだよ」

「ふうん。そもそも料理の味が薄いのは、なぜなんだ？」

「……レン。市場を見回してごらん。エルフ以外の種族が、ほとんどいないだろう？」

そう。ホビットや獣人《ビースト》の姿もわずかに見えるが、通りを行き交うのはほぼエルフである。その中でも、異世界人であるレンの姿は特に目立つらしく、さっきから子供のエルフにまとわりつかれたり、ちょっかいを掛けられたりしている。私は彼らを、優しく追い払いながら言う。

「十六年に一度の聖誕祭という大イベントにもかかわらず、他種族がほとんどいない。エルフの里は、『美しき食の墓場』……いくら景色が良くても、マズい食事ばかりで価値ある特産品もない町に、旅人は訪れないのだよ」

私は、道に品物を広げるエルフの行商人たちを指差して言う。

「だから行商人も、この里は避ける。いたとしても、里帰りついでのエルフばかり。よってスパイス類は貴重だし、みんなケチって使う習慣がついている」

レンは呆れたように言った。

「で、料理の味はますます薄く、マズくなり、旅人は余計に寄り付かなくなるってわけかよ……完全に悪循環じゃねえかっ！」

「加えて、里の大半は戦争経験者だ。物資が満足に手に入らない時代を過ごしたこともあって、食事とは金をかけたり手間をかけて楽しむものではなく、『栄養を補給する行為』と考える者が多いのだろう」

レンが、こちらをチラチラと覗くエルフの子供たちを見て、ため息混じりに言う。

「そういう大人に育てられた子供は、味に無頓着で雑な料理を作るようになっちまうぞ。どっかでその連鎖、断ち切らねえとよ……！」

「ああ。悲しいことに私も昔は、それを不思議に思ってなかったからな」

レンは商店のひとつに歩み寄り、ザルに入ったキノコを手に取った。

「シメジとマッシュルームに、こっちはトリュフ……やっぱ、シイタケはなしか。なあ、黄金のメンマ亭にあった、オゴリタケとかいうのはないのか？」

「あれは、もっと南の森で取れるものだ。エルフの森には自生してない」

「そっか、残念だな。あれなら、いい味が出たはずなんだが……」

私は、通りの反対側を指さす。

「あそこは肉屋。売っているのは、里で育てた羊と鶏だよ」

「食材に鶏があるのか、そりゃいい！」

「うむ。もっとも肉にされるのは、卵を産まなくなった老鶏ばかりだ」

「スープにするには、年寄りのが都合いいぜ。肉は硬いが、旨味《うまみ》はたっぷり取れる！」

私はさらに、市場の一角を指さした。

そこには巨大なイノシシが、部位ごとに切り分けられて陳列されてる。

「森で狩ったイノシシや鹿も、たまに食卓に上がるぞ。猪《いのしし》肉ならば豚と似てるし、美味いチャーシュができるんじゃないか？　骨からトンコツ・スープも作れるだろう」

「ああ。イノシシなら確かに、豚の代用品になりそうだ。けどなぁ……」

レンは腕を組んで、黙り込む。私は、市場の西側を指さした。

「あちらには果物が売っている。見て行くかね？」

「果物か……まあ、そうだな。一応、目を通すか」

レンと一緒に、店先を適当に流し見する。

「この地にはユグドラシルの加護があって、果物がたわわに実る。ザクロにイチジク、桃にリンゴ、木苺《きいちご》、チェリー、ブドウ……オレンジの皮は、ユズと似た使い方ができるんじゃないか？」

「オレンジねえ。うーん……ピンと来ねえなぁ」

先ほどからレンは、浮かない顔で考え込んでいる。私は、レンに問いかけた。

「なあ、レン。君は何を悩んでいるのだ？　私にも教えてくれないか？」

レンは顔を上げて、指を三本立てる。

「ああ……。主な旨味には、グルタミン酸、イノシン酸、グアニル酸がある。ラーメンのスープってのは、その三種類をバランス良く合わせることで、複雑なコクを作り出すんだ」

「ほう！　そのうち、どれが足りないのだ？」

「単にラーメンを作るだけなら、見せてもらった食材でも十分に可能だよ。……だけどラーメンの主役であるグルタミン酸が、ちと弱い」

「グルタミン酸……確かカチョーやミソ、コンブに多く含まれてる成分だったな？」

レンは頷く。

「そうだ。鶏《とり》ガラや野菜からもグルタミン酸は出るんだが、ちょっと少なすぎる。今のままじゃ、旨味の薄い中途半端なタンメンくらいしかできねえぜ」

「……『タンメン』？　なんだね、それは」

「鶏ガラで出汁《だし》を取った塩味のスープに、たっぷりのザク切り野菜と豚の細切れ肉を炒《いた》めて具にしたラーメンだよ」

私の喉が、ゴクリと鳴る。

「め、めっちゃくちゃ美味そうじゃないか……っ！　それではダメなのかね⁉」

レンは首を振る。

「いいや、ダメってこたねえ。タンメンは、素晴らしいポテンシャルを秘めたラーメンだ。里の料理に近い味付けだし、エルフのみんなも美味いと思うだろう……でもなぁ」

レンは、頭をガリガリと掻《か》きながら言った。

「うーん……？　多分、アグラリエルが求めてるのは、そういうことじゃねえんだよなぁ。もっと革新的で、みんなが夢中になっちまう……そういう、『インパクトのあるラーメン』が必要なんだ！」

私は、辺りの店を見渡して言う。

「しかし、市場の食べ物は全部見せたぞ！　聖誕祭は明後日だ……あまり悩んでる暇はない。里の食材にこだわる限り、完璧を求めるのは無理があるのではないか？」

レンは私の言葉に、渋々ながらも同意する。

「……リンスィールさんの言う通りだぜ。とりあえず、スープは鶏ガラで行くか。それと麺作りに小麦粉、卵が必要だ。あとはキノコをいくつかと、めぼしい野菜類を買っといてくれ」

「それだけで、いいのかね？」

レンは、眉間にしわを寄せて頷いた。

「ああ。……正直、まだラーメンの完成形が見えてこないんだ。今夜の晩餐会で何か収穫があるかもしれないし、試作品作りは明日にしよう」

晩餐会の料理は、それなりにまともな味だった。相変わらず味付けは薄めで、美味いと感動するほどじゃないが、品数といい見た目といい、一定の水準は超えてたと思う。別種族の貴賓をもてなす席でもあるし、当然といえば当然か。で、私の家へと帰ってきたが……レンはまだ、浮かない顔のままだった。

椅子に座って考え込む彼を気遣い、そっと声を掛ける。

「レン……残念ながら、あまり収穫はなかったようだね？」

「まあな。鹿肉のローストは美味かった。リンゴ酒もよかったよ。ハチミツのレモンゼリーも甘くてさっぱりしてた。だけど、どれもメインの食材を張れるほどじゃねえ」

「ではやはり、タンメンか？」

レンは、やむを得ないと言った風に頷く。

「だな。タンメンで行くしかねえ。けどこのままじゃ、旨味が足りねえんだよなぁ……」

頭を抱える彼を見て、私も暗澹《あんたん》たる気持ちになる。

「うーん。どうしたものか……もぐもぐ」

ふとレンが顔を上げて、私の口元を見る。

「……リンスィールさん、なに食ってんだ？」

「ん、これか？　ドライフルーツだよ。そこの棚で見つけたんだ。つい、懐かしくてね……レン、君も食べるかい？」

机の上に袋の中身を広げると、レンは手を伸ばし、口へと放り込みながら言った。

「へえ……！　素朴な甘みが、いい感じだな。イチジク、リンゴ、オレンジ、ブドウ……これ、市場では売ってなかったよな？」

「うむ。誰でも簡単に作れるし、わざわざ店で買うような物ではないからね。果物を薄く切って、風通しの良い場所に干しておけばいい」

「これは……ラズベリーか。洋ナシ、アンズ、ブルーベリー……色んな果物が入ってる」

「料理というほど複雑じゃなく、特別な味付けも必要ない。里では狩りの携帯食や、子供のオヤツに食べられている」

と、レンの手がピタリと止まる。

「お、おい……リンスィールさん、これって!?」

つまみ上げられたカラカラに乾いた『それ』を見て、私は答える。

「ああ、『それ』かね？ 他の果物と比べて、あまり甘くないのが特徴だな。独特の匂いがあって酸っぱいし、子供には嫌われている果実だよ」

私も子供の頃は避けてたので、ドライフルーツの袋の中が『それ』ばかりになって、伯母上によく怒られたっけ……って、レン？ 思い出に耽《ふけ》っていた私は、レンの真剣な表情に気づく。彼は『それ』を齧ると、嬉しそうにニヤニヤ笑った。

「ふ……ふふふ。そうか……こりゃ、果物かよ!? あーっ、俺としたことが迂闊《うかつ》だったぜ！ こんな重要な食材を見落とすなんて、俺もまだまだ修業が足りねぇッ！」

「……え。レン!?」

彼は立ち上がると、拳を握りしめて叫んだ。

「やったぜ、リンスィールさん！ ……見えたんだよ。極上の……『エルフの里のご当地ラーメン』の姿がよぉ！」

「な、なんだってーっ!? それはめでたい、教えてくれ。一体、どのようなラメンなん――」

と、その時だ。扉がバーンと開かれると、茶トラのカルマン猫を頭に乗せ、酒瓶を片手に、顔を真っ赤にしたラランノア殿が飛び込んで来た。
バ、バカな……っ！ 伯母上が、ベロンベロンに酔っ払っていらっしゃるだとー!? 私は、慌ててレンの手を引っ張った。
「レン、逃げるんだ！ 君だけでも、早くーっ！」

レンが、戸惑った顔で言う。

「逃げるって、なんで？」

「ラランノア殿は、ひどい絡み酒なのだ！ 普段は嗜《たしな》む程度だが、数年に一度のペースで女王と大酒を飲んで泥酔される……捕まったら最後、朝まで酒に付き合わされて一睡もできんぞ！」

レンの顔色がサッと変わる。

「そ、そりゃやべえ。だったら、早いとこ……！」

我々の動きを察知したラランノア殿が、扉の前に立ちふさがる。私は指示を飛ばした。

「レン！ 裏口だ、裏口から出ろ！」

レンが走る。ラランノア殿が叫んだ。

「させるかっ。行け、デューイ！」

その一声で、頭に乗ったカルマン猫が素早く裏口のノブにベタリと貼り付き、高い声で「ニャ、ニャーン！」と鳴いた。レンは猫を引きはがそうとするが、石みたいに固まって動かない。

「な、なんだこの猫!?　リンスィールさん。こいつ、びっちり張り付いて離れやしねえ！」

「やられた、『硬化』の魔力を使ってるのだ……おのれー！　こやつ、伯母上の手下か!?」

ララノア殿が、ニヤリと笑う。

「勝負あったようだね……ひっくぅ」

酔っぱらってしゃっくりする伯母上に、私は必死で訴えかける。

「ララノア殿、このような真似はおやめください！　レンは聖誕祭でのラメン作りを控える、大事な身体《からだ》です！」

「それは、お前ら次第だよ……オレの願いを聞いてくれたら、大人しく解放してやろうじゃないか。さあ、二人とも席に着きな……えっくぅ」

伯母上は酒瓶を机にドンと置くと、懐からピスタチオの袋を取り出して殻を剝《む》いて食べ始めた。

それを見て、レンが言う。

「……なんか、見覚えある袋だな」

「ああ。きっと、アイバルバトから貰ったのだろう。ララノア殿は、なぜか動物に好かれてな。城ではあやつに、よく求愛行動されている」

「えっ。あいつ、オスなの？」

「幻獣に性別などないし、向こうも男女など意識してない。ああいう存在のことは、あまり深く考えない方がいいぞ。なにしろ、人知を超えた生き物だからな……。とにかく我々の負けだ、大人しく従おう」

私たちが座るとララノア殿も椅子に座り、ピスタチオの殻を食べ散らかしながら言った。

「オレだけ酔ってるのはつまらない。お前らも飲みなよ」

私はため息交じりで酒瓶を手に取り、カップに注いで一口舐《な》めて顔をしかめた。

「む、ブランデーですな……？　まったくもう。このような強い酒をガブガブ飲まれるから、みっともなく酔っぱらうのですよ。では、伯母上殿。解放の条件を聞かせてください」

一人で達成できるものなら、私が犠牲になればよい。そう思って尋ねたのだが……。

「ラメン、作って」

「……はぁ？」

「だーかーらー。ラメン、ラメン、ラメン、ラメンが食べたーい！　今からラメン、作ってぇっ！」

予想外の答えに、レンと二人で顔を見合わせる。ララノア殿は、悔しげに言う。

「一緒にお酒飲んでたら、アグラリエル様が楽しそうに言うんだよ……レンのラメンは、『ヤサイマシマシニンニクアブラ』が凄《すご》いんだって。赤いの、白いの、透明なの、トロトロの……色んなのがあって、どれも夢のように美味しかったって……しかも、『カエダマ』とかいうのでお代わりできるんだってさ！　その話を聞いてたら、二十年前のタイショのラメンを思い出して食べたくなっちゃって……もう、我慢できないんだよーっ！」

彼女の叫びに、私は呆れる。

「お、伯母上。あのような薄味でマズいスープを作っておきながら、なんというワガママを……！　大体、晩餐会でもお腹いっぱい食べたでしょうに。まだ欲しがるとは、意地汚いですぞ！」

ララノア殿は上目遣いで、憐《あわ》れみを誘う声で言う。

「なんだよリンスィール、お前はいいよ！　外で散々、美味しい物を飲み食いしてんだからさぁ！　でもオレなんて、里を守るために旅もできず、ずーっとここの食事ばかりだ。たまに女王様と外の世界に出かけても、アイバルバトの面倒みなきゃいけないから、自分で焼いたパンを持ってって、あいつと二人で半分こして食ってんだぞ……。ねえ、リンスィールぅ。可哀想《かわいそう》だと思うだろう？」

そして、机に突っ伏しておいおい泣き出した。

だがおそらく、泣き真似である……時々、顔を上げてはチラチラ見てくる。デューイが心配そうに近寄って、ララノア殿の頬を舐めると悲しげに「ニャァン」と鳴いた。

「くっ。やめてください、伯母上！　そんな、みっともない……おい、デューイ！　貴様も白々しい小芝居はやめろ、涙など出ていない！」

私は身内のわざとらしい演技に、恥ずかしくて顔から火が出そうだった。

そんな我々を見て、レンが苦笑した。

「……なあ、ララノアさん。明日になったら、試作品のラーメンを食べさせてやるよ。それじゃ、ダメなのかい？」

レンの優しい言葉に、ララノア殿は首を振る。

「やだ……やだやだやだ。今がいい……今すぐ、美味しいのが食べたいの！」

子供かっ⁉　千歳超えの年寄りのくせして。

「ラノア殿。無理を言うものではありません。レンが困っています」

と、レンがやれやれといった様子で腰を上げる。

「じゃあ、仕方ねえ。いっちょ料理すっか」

「酒には私が付き合いますから、聞き分けてください。無理なものは無理なので……えっ、なんだってぇ⁉」

レンは昼間買ったラメンの材料や、私が土産に持ってきたスパイス類を吟味して言う。

「まあ、さすがにラーメンはちと無理だが……酒に合うつまみくらいなら、作ってやれる。明日の分も残さなきゃだし、使える材料は鶏肉と卵と野菜が少々……あと、ピスタチオだな。よし、始めるぜ！」

レンは自分の調理道具を広げると、まず金属製のボウルに酢と塩とオリーブオイルに卵黄をいくつか入れて、泡だて器と一緒に私へよこした。

「リンスィールさん。これ、しっかり混ぜ合わせてくれないか？」

「ふむ。魔法を使っても良いかね？」

「なんでもかまわねえ」

「では……ヴェティエ《旋風よ》、リエルデ《器の中で》、ダルグレット《躍るがよい》！」

すると小型の渦が生まれ、器の中を回り出す。

「へえ、便利なもんだなぁ……この分なら、すぐできそうだ。もう、火を使っちまおう！」

レンは竈に火を入れると、タマネギとキノコをみじん切りにし、鶏肉を切り分け始める。鶏の皮を剝がし、肉を食べやすい大きさに切ると、タマネギとキノコのみじん切りで肉の部分だけを包み込んだ。

残った皮は一口サイズに切ってフライパンに入れ、弱火でじっくりと焼き始める……滲《にじ》み出た脂がジュクジュクと音を立てて、いい匂いが漂ってくる。そこに砕いたピスタチオと大きめに刻んだニンニクを、たっぷり入れた。ピスタチオとニンニクが、鶏の脂にパチパチと炙《あぶ》られる。

レンはフライパンを火から下ろすと、ボウルの中を覗き込んだ。

「すげえ、もうマヨネーズができてるじゃねーか！ リンスィールさん、渦を消してくれ」

ボウルの中には、ドロリと乳化した黄白色の混合ソースができていた。そのソースに多めのコショウを振ると、フライパンに入れて鶏皮と絡め、皿に盛りつけレタスを飾る。

「よっしゃ、完成！ すぐにもう一品作るから、これ食って待っててくれや」

鶏皮には粘りのある白いソースがまとわりついて、その中にコショウの黒い粒と、ニンニクとピスタチオの欠片《かけら》がチラホラと見える。さっそく、ララノア殿と一緒にフォークで突き刺して口に入れると……。う、おお!? 美味い……なんとも酒に合う味だっ！

鶏皮はカリカリでクリスピー、脂を吸ったピスタチオはしっとりと、ニンニクはホクホクして、そこに絡んだ『マヨネーズ』とかいう濃厚ソースがたまらない！ 鶏の旨味とピスタチオの香ばしさが絡み合い、口の中が濃いニンニクとマヨネーズのしつこい油塗《まみ》れになるのだが、それをブランデーで洗い流すとコショウのピリッとした刺激がほのかに残り、またすぐに次の一口を食べたくなる……。下品な味付けで、酒を飲む手が止まらんぞ！　添え合わせのレタスもコントラストが美しく、口休めにいい感じだ。

ラララノア殿は、信じられないといった表情をしている。

「な、なんだ、この白いソース……？　まろやかで優しい酸味で、千年生きてて初めて食べる味だよ！」

レンはフライパンを手早く洗うと、先ほどみじん切りに入れた鶏肉を焼き始めた。肉に焼き目が付くとフライパンから皿に移して、今度は残ったタマネギとキノコを炒める。タマネギが飴色《あめいろ》になると、そこにマーマレードとハチミツ、粒マスタードと塩を加えて、オタマでグリグリと潰し混ぜる……ソースを味見してから鶏肉をフライパンへ戻し、しっかりと絡めてから皿に盛りつけた。

「よし、二品目も完成だ！」

鶏皮とピスタチオのマヨネーズ和《あ》えに夢中になっていた私たちは、ハッと気づいてそちらも口に入れる。おお……先ほどの下品な味付けと違って、こちらはなんとも格調高い一品であるな！オレンジの爽やかな風味に鶏の旨味が、絶妙にマッチしている。ハチミツとマーマレードの華やかな甘みに、粒マスタードのピリっとした辛味がアクセントを加え、鶏肉を嚙《か》みしめるたびにじんわりジューシーな肉汁が溢《あふ》れ出る。複雑かつ、計算されつくした甘さとしょっぱさ、辛みのバランス……素晴らしいっ！

ララノア殿が、目を丸くした。

「これ……市場で買ってきた鶏肉だよな⁉　柔らかい。老鶏なのに、すごく柔らかい！」

「タマネギやキノコには、たんぱく質を分解する酵素が含まれてる。みじん切りにして漬け込むことで、硬い肉質を柔らかくできるのさ……。ララノアさん、ブランデー使うぜ！」

レンは広口の瓶にブランデーを注ぎ、先ほどマヨネーズを作った際に残った卵白と、砂糖をザッと入れてから赤ワインも注ぎ入れ、その上からレモン果汁をギューーッと搾った。蓋を閉めるとシャカシャカとリズミカルにシェイクして、三人分のジョッキに注ぐ。

「ほらよ、カクテルのできあがりだ！」

ジョッキの中には、ピンク色した美しい酒がキラキラ光る。口に含むとブランデーの強いアルコールが、レモンのフレッシュな酸味と砂糖の甘さ、ワインの芳醇《ほうじゅん》な香りと卵白のまろやかな口当たりに包み込まれて、格段に飲みやすくなっていた。

ララノア殿が一口飲んで、呆《ほう》けたように言う。

「う、うまぁい……！　こんな美味しいお酒、飲んだことなぁいっ！」

「そりゃよかった。最後にもう一品、作っておくか」

レンは今度は、ボウルに卵と水と小麦粉を入れて、ざっくりかき混ぜる。そこにニンジン、芋、タマネギなどの野菜類を細長く切って入れ、鍋に多めのオリーブオイルを熱すると、オタマ一杯を掬《すく》って落とした……パチパチと油の爆《は》ぜる音がする。どうやら、揚げ物らしい。美しく黄色に揚がったそれを皿にのせ、塩を振りかけると私たちに差し出す。

「かき揚げだ、食ってくれ！」

私と伯母上は、先を争うようにして手を伸ばす……。その『カキアゲ』という料理は、レストランで食べられるフライ料理よりも、ずっと軽い食べ口であった。カラッと揚がった生地はシャクシャクと脆《もろ》く崩れ、中に入った細切り野菜の自然な甘みと歯ごたえが存分に感じられる。ニンジンはサクポリ、イモはホッコリ、タマネギはシャキシャキと食感が楽しい。シンプルに見えて、繊細な技術で作られているのがわかる。いくらでも食べられてしまいそうだ！

あまりの美味さにララノア殿は、グウの音も出ずに黙り込んでしまう。こんな短時間で、しかもありあわせの食材だけで、ここまで美味い料理を何品も作ってしまうとは……！

感動した私は、称賛の声を上げる。

「レン……すごいな、君はっ！　ラメンだけじゃないのだな!?」

するとレンは椅子に腰かけ、自分もカクテルを飲みながら不思議そうに首を傾げる。

「はぁ？　なーに言ってんだよ、リンスィールさん……俺はラーメンと関係ないことなんて、ひとつもやってないぜ」

「え、なんだと。これが全部、ラメンに関わることなのか!?」

レンは、カキアゲをサクサクと食べながら言う。

「かき揚げは、立派なラーメンのトッピングだぜ。ラーメンも出してる『立ちそば系』の店ではよく見かけるし、大手の中華チェーンがメニューに採用したこともある。一部地域じゃ『天ぷらラーメン』なんて呼ばれてて、ご当地ラーメンのひとつとも言えるな」

「しかし揚げ物をラメンに入れたら、油でギトギトにならないだろうか？」

尋ねる私に、レンはこともなげに言う。

「さっぱり系のスープなら、むしろ相性バッチリだよ。最初はカリっと、あとはフニャフニャ。最後はスープに衣が溶けだし、飲むと喉をモロモロと通っていく……。カツオとコンブで出汁を取ったつゆに中華麺を入れた『素ラーメン』なんてのもあるんだが、これは揚げ玉をたっぷり浮かせてコショウを効かせて食べるんだ」

私は、鶏皮のマヨネーズ和えや、マーマレードソースのチキンソテーを指さして言う。

「だが、こっちの料理はトッピングには見えないぞ。ソースたっぷりで主張が強く、ラメンに入れたらスープが濁ってしまうだろう？」

「ラーメン屋だからって、ラーメンしかメニューに入れないわけじゃねえ。魅力のあるサイドメニューはお客の満足度を大きく高められるし、ラーメンの味を引き立てる……餃子《ギョーザ》やチャーハンとのセットなんてのは、昔ながらのド定番。チャーシューの端っこを集めてチャーシュー丼にしたり、ラーメン作りで余った食材も有効活用できるしな」

レンは、ジョッキのカクテルを飲みながら言う。

「飲み物も同じだ。アルコールってのは、ラーメンと相性がいい。ビールとラーメンは鉄板の組み合わせだし、ワインや紹興酒、日本酒を合わせるのも面白い！　無料の飲み物も氷水だけじゃなく、ジャスミン茶やウーロン茶、プーアル茶やレモン水を置いてる店もある。ラーメンによっては、コーラやスポーツドリンク、牛乳なんかも合うんだぜ！」

「そう言えばゲキカラケイの時も、ラッシーという飲むヨーグルトがぴったりだったな」

「俺はラーメンのためなら何でも勉強するし、取り入れる。ラーメンってのは、『とんでもない組み合わせでもやってみたら意外と美味い』ってのがよくある世界だからな」

その言葉に、私は笑ってしまった。

「レン。君は、貪欲な男だなぁ！」

「あっはっは、そうだよ！　俺はラーメン作りに関しては、とことん貪欲だ！」

それから私は、料理をパクついてる伯母上に言う。

「ララノア殿、ご満足いただけたでしょうか？　レンを解放していただけますね？」

ララノア殿は泥酔しつつも、いつになく上機嫌な顔をしてる。

彼女は膝の上にデューイを仰向けに乗せ、その腹をうりうりと撫でながら大きく頷いた。

「ああ、もちろんだとも！　レン、強引に作らせて悪かったね！」

その言葉に、レンは親指を立ててニカっと白い歯を見せる。

「ま、俺も眠くなるまでは酒に付き合わせてもらうよ。一緒に楽しく宴会しようぜ！」

美味い料理に美味い酒。そして、大切な友人と家族の伯母上。これで盛り上がらぬはずがない！　結局、我々の酒盛りは明け方近くまで続いてしまったのだった……。


さて、次の日の朝である。素晴らしく美味しそうな、胃を刺激する香りの中で私は目覚めた。

ベッドには、伯母上もレンもいない……。起きたのは私が最後のようだ。目を擦《こす》りながら台所に行くと、竈の前にレンがいた。鍋には湯気が立ち、グツグツと音が聞こえる。

「レン。もう、ラメン作りを始めているのか？」

「おはよう、リンスィールさん！　鶏ガラスープだけだがな。起きて早速で悪いんだけど、食材集めを頼まれてくれるか？」

「もしかして、昨夜のドライフルーツに入っていたアレかね？」

「そうだ。あと、生の奴も欲しい。他にはだな……」

私は、レンの所望する品を全てメモに書くと、意気揚々と外に飛び出す。すぐさま里の知り合いや女王様の部下の所へ向かい、必要な食材集めに奔走した。数時間かけて、明日の分も含めて大量に集まった食材のうち、試作品用に一部を袋に詰めて帰宅する。

……するとララノア殿が、家の前で乙女チックに花など摘んでいた。

「おや、伯母上。どうされましたか？」

「ああ、リンスィール。いやね、レンに昨夜の事を謝りに来たんだが……あいつ、凄いな」

その言葉に、私は胸を張る。

「そうです！　ララノア殿も、昨晩の料理でレンの凄さがよくわかったでしょう？」

「あ、いや。それだけじゃないんだが……？」

ララノア殿は、なにかを言いかけてやめる。

「ま、明日になれば、わかることか……レンの準備は、ほぼ終わっているらしい。あとはお前の持ってきた材料があれば、試作品を作れるってさ」

「いよいよですな？　ワクワクしてきました！」

花を持ったララノア殿と一緒に家に入ると、レンが片手を上げる。

「よう、リンスィールさん。頼んどいた品、手に入ったみたいだな」

「うむ。この通りだよ」

私は袋から『ドライトマト』を出して、掲げて見せる。そう……レンの見つけた食材とは、『トマト』なのである。レンはドライトマトを細かく刻み、鍋に入れると油で炒めた。他にも、タマネギ、セロリ、ナス、ニンニク、生のトマトなどを刻みコトコトと煮る。レンが別の鍋にお湯を沸かし、メンを茹《ゆ》で上げドンブリにスープを注ぎ、具材をのせて……ついに、ラメンが完成した！

「できたぜ、極上のラーメンがよぉ！」

ラメンを見て、私と伯母上は息を呑む。

「う、おおおっ！　こ、これがエルフの里の『ゴトーチラメン』……なんと可憐《かれん》な！」

「すごいな、リンスィール!?　まるで、芸術作品のような美しさじゃないか！」

色鮮やかな真っ赤なスープに、黄金色のオムレツがのっている。その隣にはミートボールが三個。さらには色とりどりの花びらと、削ったチーズが散らされていた。……というかこれ、さっき伯母上が摘んでた花だな。なんとも似合わぬ事をやっていると思ったが、ラメンの食材集めだったのか！　レンが、いつもの腕組み顎上げポーズで説明を始める。

「ベースは鶏ガラを強火で炊いた鶏白湯《パイタン》。そこにミネストローネ風のトマトスープを合わせ、メインの具材はオムレツだぜ。イノシシは滅多に獲《と》れないって話だから、チャーシューの代わりに鶏のつくねを入れて、羊のチーズと薬味代わりのエディブルフラワー……食べられる花、プリム

ラを散らしたんだ。さあ、食ってくれっ！」

その一言で、私と伯母上は待ってる間に作った自作のワリバシをパチンと割り、ラメンを食べ始めた。……おお。このラメン、見た目の期待を裏切らない美味さだぞ！

メンは細くてストレート。プルプルと艶《なま》めかしくて、官能的な口当たりである。

ムチっと歯が沈んで、引っ張るとぐいぐい延びるような、弾力のある不思議な食感だ……。そして、一本一本が驚くほど長い！　私はいつも、ラメンを食う時は一気に啜《すす》るようにしてるのだが、このメンは長すぎて、途中で噛み切る必要があった。

とろみのあるスープには、トマトの香りと酸味が華やかに立ち上《あ》がり、口いっぱいにタマネギやニンジン、セロリやナスの野菜のエキスが広がって、さらにはバジルやオレガノのハーブ類が匂い立ち、大地の恵みを存分に感じさせてくれる……。柔らかく煮溶けた素材が時々、ツルンと唇を撫でて口に入り、それがまた楽しい。

鮮烈な野菜の後にはドッシリとした力強い鶏の旨味が、ニンニクの香りと共にドッと押し寄せ、飲み込んだ後にじわっと唾液が出るような、そんな豊かなコクに満ちている。ううむ、これはトマトを主役に据えつつも、重厚な鶏の旨味も楽しめる素晴らしいスープだ！

上に散らされた花びらは、見た目の愛らしさもさることながら、柔らかな歯触りでほろ苦くラメンの味を引き立てる。花びらがこんなに美味いとは、新発見であるな。

熱でとろけたチーズは糸を引き、ねっとりとメンにまとわりつく。甘やかで優しい味が、トマトと絶妙のハーモニーを奏で出す！

黄金色のオムレツはふわふわで、割ると半熟卵がとろとろと流れ出る……。中にはトリュフ、ポルチーニ、アミガサダケと、刻んだキノコがたっぷりだ。森の香りがスープと混じり合い、溶けたチーズのミルキーさ、卵の濃厚なまろやかさ、トマトの爽やかな酸味がモチモチのメンに絡んで、あふれんばかりの旨味が何倍にも膨らんでいく！

鶏のミートボール『ツクネ』は、ふんわりしたミンチ肉の中に、コリコリした歯ごたえが感じられる。全体的に柔らかな食材ばかりだから、この食感は嬉しいぞ。ふむ、これは、ハツに砂肝か……？　レバーの風味も感じるな！　ベースの『トリパイタン』は、どうやら『トンコツ・スープの鶏ガラ版』らしいが、具材が鶏肉と卵なので相性が良く、どちらもまったく喧嘩《けんか》せずに見事に調和しきっていた。

ああ。このラメンにはトマトと鶏の美味さが、みっしり詰まっているのだな……。トマトというのは、素晴らしい食材であるとしみじみ感じる。

もちろん私だって、トマトのポテンシャルは、十分に知ってるつもりであった。西のドランケル帝国の名物料理は、牛のスジ肉を数種類の香味野菜やトマトと煮込んだトロトロのシチューで、初めて食べた時は大いに感動したものだ。だが、レンのラメンはあのシチュー以上に、トマトの美味さを完璧に引き出している。ああ、トマトが……トマトが美味いっ！　フレッシュな酸味が、じんわりした旨味が……ただ、ひたすらトマトが美味いのだ！　太陽の光を一身に受け、大地から養分を吸って成長し、それが結実した赤いトマトの味だった。

これぞ、この地を加護するユグドラシルの恵みの味である。手が止まらぬ、私は夢中になっている。イケる……イケるぞ！　この地に住まうエルフであれば、このラメンに文句など言うわけない。この美味さ、みんなにも伝わるはず！

明日の聖誕祭、大成功は間違いなしだーッ！

第十一章　レンの『ラメン』とエルフたち

　ついに、聖誕祭当日である！　アグラリエル様による挨拶で始まったお祭りは、午前の出し物を滞りなく消化する。そして、正午になった。里の大広場には、所せましとエルフたちが集まっている。女王様が、『聖誕祭のための特別な料理が、広場でみんなに振る舞われる』と周知させていたからだ。

　広場の中央には、アグラリエル様の曾祖父であり、この里を作った聖エルフ、エルサリオン様の石像が立つ。その前にはいくつかの椅子とテーブルに、女王が部下に命じて作らせた『ヤタイ』が設置されていた。急造の白木作りで車輪もなく、形だけを真似《まね》た物だが、よくできていると思う。すでに鍋にはグラグラとお湯が沸き、スープもいい具合に温まっている。私の手元には、大量のオムレツ用の卵液とフライパンが三つ。今日の私は、レンのラメン作りの補助役なのである！　レンがヤタイに、『ラーメン太陽』と染め抜かれた赤い布を掛けた。すると背後で、ザワザワと声がし始める。

「女王様が言うには、広場で特別料理が食べられるって話だったけど……」

「なんだよ、あの人間とヘンテコな木製の店は？　まさか、聖誕祭の特別な料理をヒューマン族が作るのか？」

「すごい筋肉だわ。料理人じゃなくって、戦士に見えるわね」

「そういえばあいつ、午前の部で会場の貴賓席に座っていたな」

「どうして、腕組みして顎を上げてるんだろう？　なんだか、生意気なポーズだなぁ！」

「頭の白い布は、一体なんのつもりかしら」

「目を半分覆ってるけど、ちゃんと前が見えているの？」

「隣にいるエルフは誰だ？」

「リンスィールだよ。食通とか名乗って、世界中の美味《うま》い物を食べまくってるらしい」

「なんだそりゃあ⁉　食べ物なんて、保存がきいて簡単に作れてすぐ食べられるのが一番だろ」

「だよなぁ、まったくだぜ！　せっかく来たけど、よそ者が作るんじゃもういいや。別の所に行こう！」

くっ……あいつら、勝手なことばかり言いおって！　我慢できずに、私は叫んだ。

「コラァー、貴様らっ！　私はともかく、レンに対して『腕組み顎上げが生意気なポーズ』だの『ちゃんと前が見えてるのか』だの、失礼なことを言うんじゃなーい！」

両手を振り上げて私が怒ると、レンが肩にポンと手を置く。

「いいよ、リンスィールさん。言わせておけばいい」

「し、しかしだな、レン……っ！」

「大丈夫だって。こういう時は、声を上げたら逆効果なんだよ。とにかく一人目のお客さんが来るまで、気楽に待とうぜ！」

だが、しばらく経《た》ってもエルフたちは遠巻きに見ているだけで、誰一人として近寄ってこない。

指をさしてヒソヒソと話したり、訝《いぶか》し気《げ》な表情を浮かべたり、文句を言ったりしたりしているだけだ。

私はスープの入った大鍋を見つめ、悔しさで歯を食いしばった。

「う……くそう！　バカだ……こいつら、バカの集まりだ！　このラメンは女王様の想《おも》いと、レンの努力によって作られた物なんだぞ……っ！」

女王様がエルフの行く末を憂えて、頭を下げて異世界人であるレンを呼んだ。そのレンが女王様の願いを叶《かな》えようと、里を歩いて食材を探し回り、懸命に考え抜いてようやくゴトーチラメンを完成させた。レンのラメンは、素晴らしい。食べれば、絶対にわかるはずだ！　あと、ほんの数歩を踏み出せば……ヤタイの椅子に座りさえすれば……っ！　最高の美食が味わえるというのに……なんと、愚かな連中だろう!!

と、その時だ。広場の後ろから人垣が、どよめきと共に割れていく。レンがニヤリと笑って、

「……来たか」と呟《つぶや》いた。

人々の間から、二人の人影がヤタイに走り寄る。その姿を見て、思わず叫ぶ。

「アグラリエル様、ララノア殿!?」

女王は、小さく息を切らしながら声を上げる。

「ああ、よかった！　どうやら、わたくしが一番乗りのようですねっ！」

ララノア殿が、心配そうに言う。

「女王様。そのように急がれては、転んで怪我《けが》をしてしまいます」

「だってララノア、あなたはいいですよ！　昨日、試作品を食べたのでしょう？」

「はい、食べました。レンのラメンは、とっても美味《おい》しかったです。いやー、美味しかった、ほんと美味しかったなー。手料理もカクテルも最高でした！」

アグラリエル様にレンのラメンの自慢話を散々聞かされたララノア殿は、一昨日《おととい》の晩の仕返しとばかりに、そう得意気に言ってのけた。女王様はプクーっと頬を膨らませてララノア殿を睨《にら》んでから、レンへとにこやかに笑いかける。

「レン……ラメンをひとつ、お願いします」

「お？　ヤサイマシマシニンニクアブラじゃなくていいのかい？」

その言葉に、女王は苦笑する。

「そうしたいのは、山々なんですけどね。今日は、里のみんなの目もあります。欲張りだと思われたくありませんし、自重いたしますわ」

「よっしゃ、ラーメンいっちょう！　アグラリエル、椅子に座って待っててくれ！」

腰かける女王様を横目に、私はレンに尋ねる。

「ところで、レン。メンはどうするのかね？」

「ああ、大丈夫。今、作るよ」

我々のいるヤタイの横には、木製の台が置いてある。大きな天板の上には、クリーム色のメン生地が置いてあった。人の頭より二回りは大きなそれは、レンが今日の朝に仕込んだものだ。

しかし、肝心の『型』がない。型がなければ、メンは作れない。メン作りは、小麦粉に卵と灰の上澄み液に若干の塩を混ぜ合わせ、よく練って生地を作ることから始まる。半日ほど寝かせたのちに生地を金属製の筒に入れて、しっかりと圧を掛けてから、蓋を穴の開いた物に取り換えてメンを押し出すのだ。ここで力が足りないと、フニャフニャでコシのないメンになる。ニュルニュルと出てくるメンを適切な長さにカットすれば、完成だ。

どうするのかと思っていたら、レンは無言でスタスタと台へと歩いていき、生地を手に取った。ガヤガヤとうるさいざわめきは、まだ収まらない……。

私がそちらに気を取られた、次の瞬間。ズッダァーーーーーン！　突然、重い物でも落下したような、大きな音が広場に轟《とどろ》いた。驚いて音のした方向を見ると、レンの両手の間でメン生地が、太い蛇のように伸びている。広場のエルフたちは目を丸くして、シーンと静まり返る……。レンは生地を鞭《むち》のようにしならせ、台へと叩《たた》きつけた。ヒュン、スパアーーン！　ドパァーーーーン！ダァーーーーン！　何度も何度も、叩きつける。大きな音が鳴り響き、生地はどんどん長く延びていく！

それはまるで、巨大な白蛇がのたうち躍るようだった！　レンは長く延びた生地を二つに折り、クルクルと捻《ね》じる。二匹の蛇が絡み合い、互いに身を寄せる。そして両者は力強く打ち付けられて、境界がなくなりひとつになる。また延ばされ、折られて捩《よじ》られ……創造と破壊、激突と合体が、レンの手により交互に行われていく。

アグラリエル様も、広場にいるエルフも、みな驚愕《きょうがく》と共に固唾を呑んで見守っていた。私もまた同様に、彼の手元から目が離せない……。スッパァアーーーーーンッ！

レンは、ひときわ大きく生地をしならせると、生地を台に寝かせて太い筒状にまとめ、灰の上澄み液をハケで塗って粉を振り、いくつかにちぎった。そのうちひとつを両手で広げるように持つと、今度は台に叩きつけずに空中で棒状の生地を振り回す。ヒュ……ヒュッ、ヒュオン……！　ヒュォオンッ！　風を切り、上下に大きく、頭から足元まで生地が延びる！

あと一歩で地面につくというところで、レンは生地を折り返す。先ほど振った粉の効果だろう、今度は生地が互いにくっつくこともなく、独立したままだ。そしてまた粉を振り、大きく振って折り返す。一本が二本に、二本が四本に、四本が八本に、八本が十六本、三十二本、六十四本、百二十八本、二百五十六本……折り返すたびに細く、倍々に数が増えていく！

もう生地は、立派なメンになっている。す、すごい……あっという間の出来事だったな。

ふと私は、最初の大きな音の時、後ろに控えたラランノア殿がまったく動かなかった事に気づいた。……妙だな。護衛役の伯母上ならば、とりあえず剣に手を伸ばしそうなものだが……？

あっ、そうか！　昨日、ララノア殿が言っていたのはこの事だったのか！

ララノア殿は一度、レンの『メン作り』を目にしていたに違いない。レンは長く延びたメンを、台の上でシュルシュルと波打つように躍らせて流れを整えると、包丁で端をカットした。できあがったメンは一本一本がとても長く、エルフの身長よりあるだろう。

なるほど、このように作られたメンだから、啜《すす》り切れないほど長かったわけか。レンが親指を立てて白い歯を見せ、私に笑いかける。

「麺の茹《ゆ》で上げ、トッピングまでジャスト一分！　リンスィールさん、オムレツ頼むぜ！」

私も自信満々に親指を立てて、「任せておけ、レン！」と笑い返す。

私はオムレツを作るべく、フライパンにバターを溶かしてオタマ一杯分の卵液を流し込んだ。

中火で熱しながら固まった部分を壊すようにかき混ぜて、全体がスライムぐらいになったら調理済みの刻みキノコをひとつかみ……そしたらもう、火から下ろしてしまう。少し早すぎるように感じるが、あとは余熱で周囲が固まる。むしろ半熟卵がとろりと流れ出るには、このくらいでなければならぬ。後ろでは女王様が、広場の皆に大きな声で話しかけていた。

「この中に、ラメンを食べた事がある方はいますか？」

三人が手を挙げる。そのうち一人、行商人風のエルフを女王は指さした。

「そちらのあなた。どこでラメンを食べました？　味の感想を教えてください！」

「はい。行商の途中で、ライラグリッツという小さな村の宿屋で食べました。なんでも、そこの主人が二十年前に旅先で食べた料理を再現したものだとか……。見た目は面白いですが、なんてことない味でしたね」

「なるほど。そちらのあなたは？　どこでラメンを食べましたか？」

「八年前に、ファーレンハイトという大きな城下町です。『黄金のメンマ亭』というレストランで食べました。不思議なしょっぱさに満ちていて、すごく美味しかったです」

「『黄金のメンマ亭』ですか。あそこのラメンは美味しいですね。……他には？」

「私も三年前、同じ町で食べました。ただ、『黄金のメンマ亭』ではなくて、『素晴らしきナルト亭』という店でしたが……宿の主人が、ラメンを食べるならそこがおすすめだと言うので。値段は高かったですが、なかなか美味しかったと思います」

女王様は、辺りを見回しながら話をされる。

「わかりました、ありがとう。やはり里に、ラメンを知る者はほとんどいませんね。今日のラメンは、わたくしの大切な友人が聖誕祭を祝うため作ってくれた『ゴトーチラメン』で……」

それを聞きながら私は、卵をフライパンの片側に寄せて柄をトントンと拳で叩き、オムレツの形へまとめに入った。絶対に失敗はせぬぞ。私の失敗で、レンのラメンをまずくするのだけは我慢ならない。昨日、何度も何度も失敗し、いい加減に崩れたオムレツで腹がいっぱいになりかけた頃、レンに「あのよ、リンスィールさん。フライパンに濡《ぬ》れ布巾《ぶきん》を入れてひっくり返せば、卵を使わないで練習できるぜ」と裏ワザを教えてもらったのだ。

それから、何百回も練習した。その甲斐《かい》あって、もはや完璧に手が動きを覚えている！

ワリバシは用意できなかったが、ヤタイには大量のドンブリが備えてあった。二十年前にタイショからドンブリを贈られた女王様が、それを見本に里の者に作らせて、前回の聖誕祭のため用意していたドンブリである。

時を経て、このドンブリに息子であるレンと、親友である私が共同でラメンを完成させるというのは、非常に感慨深い……。レンがひとつを手に取り、熱々のスープを注いで、茹でたメンを湯切りして入れると私に差し出す。

「リンスィールさん、トッピング！」

「うむ、できているぞ！」

私はオムレツをラメンの上に滑らせると、チーズを削りツクネをのせて、プリムラの花びらを散らした。レンが完成したラメンを、アグラリエル様の前に置く。

「はいよ、ラーメンお待ちぃ！」

ラメンを見た女王様は、手を叩いて喜ばれる。

「すごいっ！　真っ赤なラメンですね!?　オムレツの黄色との対比が素敵だわぁ……。この香りはトマトでしょうか？」

「ああ、そうだ。アグラリエル、赤いのに激辛じゃなくって物足りないか？」

女王様が、恨めし気な目でレンを睨む。

「んもう、レンったら！　意地悪を言わないでください！」

それから女王は、皆の方を見て大きな声を出す。

「今から、わたくしがラメンを食べます！　みんな、『ラメンの正しい食べ方』をしっかり見ておくのですよ？」

そう言うと女王様は、フォークでラメンをズルズル啜った。広場からどよめきが上がる。

「う、おおっ!?　す、啜っていらっしゃる……？」

「し、信じられん！　ズロズロと音を立てて、女王様が啜り食べておられるぞっ！」

「なんと下品な……！　あのような食べ方をして、咽《む》せないのだろうか？」

「確かに、はしたないわねえ。でも、なんだか……？」

「あ、ああ。女王様が心を奪われておられる……実に美味しそうだ」

その言葉通りに、アグラリエル様は一心不乱にラメンを食べておられた。前のめりに背中を丸めてメンを啜り、脇目も振らずにフンフンと鼻息を荒くして、ドンブリを持ち上げてスープをズズーッと飲み、額に汗を浮かべてハァーッと切ない息を吐き、目を細めてオムレツやツクネを味わい、また音を立ててメンを啜る……女王は、夢中になってラメンを食べ続ける。

……そうだッ！　あの食べ方が、一番ラメンを美味しく食べる方法なのだ！

フォークで巻き取って口に入れたり、スプーンでちまちまとスープを飲んでいては、ラメンの美味さは味わえない。ガバッとメンを掬《すく》い上げて、人目なんか気にせずに、熱々を思いっきり啜りこむ。それができて、初めてラメンを完璧に味わえるのである！

女王様は、行儀よく食べる事だってできたはずだ……隠れて食べる事も。だけど、あえてそうしなかった。それは里のみんなに、『ラメンを最大限に美味しく食べる方法』を知ってもらいたいからだ。

エルフたちは敬愛する女王様のみっともない姿を、口をあんぐり開けて見つめている。やがてメンを食べ尽くしたアグラリエル様は、スープをゴクゴクと飲み干すとドンブリを置く。汗を浮かべた赤く火照った顔で、恍惚《こうこつ》にとろんと蕩《とろ》けた目で、本当に幸せそうな震えた声で、大きく息を吐いて言う。

「ふっはぁあああーーー～～～ぁあああっ……あぁ！　お、美味しかったぁ……ラメンって、ほんと最っ高ッ！」

……ゴクリ。誰かが、生唾を飲み込んだ音が聞こえた。いや、それはきっと広場の全員が、同時に飲み込んだ音だったのかもしれない。ララノア殿が、ハンカチを差し出す。

「女王様。トマトのシミが胸の辺りに飛び散っております」

「あら、いけない！　一度、城に戻って着替えましょうか」

女王様はハンカチで顔の汗を拭きドレスのシミを叩くと、にっこりとレンに笑いかけた。

「ありがとう、レン。こんなに美味しいラメンを作ってくれて！　ごちそうさまでした！」

それからレンの手を握って言う。

「その手でメンを生み出す姿、とっても魅力的でした。ラメン作り、頑張ってくださいね。……ジータリオ《我が魂よ》・エスタトル《祝福よ》・ヘイリスオ《あなたと共に》・ミグラワルド《あらんことを》！」

レンの身体《からだ》が淡いオレンジ色に光って、すぐに消えた。アグラリエル様は、ララノア殿と広場を去って行く。レンが、その後ろ姿を見送りながら呟いた。

「……あの光は、なんだったんだ？　妙に身体が軽い気がする」

「女王様の祝福だ。よかったな、レン！　今日の君は、疲れ知らずだぞ！」

タタタ、小さな人影がヤタイに走り、椅子に座る。それは、幼いエルフの女の子だった。

「あたしにも、女王様と同じお料理ちょうだい！」

ニコニコと笑う彼女の後ろから、母親らしきエルフが慌てて走り寄る。

「こら、エリザ！　あなた、トマトなんて嫌いでしょう？　いっつも残してるじゃないの！」

エリザと呼ばれたエルフの少女は、頬を膨らませて反論する。

「トマト、食べられるもん！　だって女王様、あんなに美味しそうに食べてたよ!?　このお料理は、里の聖誕祭を祝う特別なヤツなんでしょ？　あたしだって、聖誕祭をお祝いしたい！　食べてダメなことなんてないはずよ！」

その言葉に、また小さな人影がいくつも飛び出して、次々と会場の椅子に座る。

「そうだ！　もう我慢できないよ、エリザの言う通りだ！」

「ラメン、ラメン！　僕も食べたーい！　ズルズルーって、啜って食べたーい！」

「筋肉ムキムキの目隠しお兄ちゃん、手でビヨーンって延ばす奴《やつ》、やってぇ！」

キラキラした目で声を上げる彼らを見て、私は気づく。

「おお……よく見たら君たちは、市場でレンにちょっかい掛けてた子たちじゃないか!?」

子供たちの親や兄弟も出てきて、彼らの隣に並んで座った。それが呼び水となり、人垣がドッと崩れてワラワラとヤタイに集まりだす。レンが、メン生地を手に叫んだ。

「さあ！　気合い入れんぜ、リンスィールさん！　こっから忙しくなるぞぉ！」


あれから二時間。広場のテーブルは、ラメンを食べるエルフたちで一杯だった。誰もがドンブリに顔を近づけ、夢中でメンをズルズルと啜る……。と、エリザが駆けてきて元気よく叫ぶ。

「筋肉ムキムキの目隠しお兄ちゃーん！　向こうのテーブルでゴトーチラメン、三つだってさ！」

と、別の若いエルフが重ねたドンブリを持って叫ぶ。

「これ、食べ終わったドンブリだ！　どこ置いとく?」

それに応えるように、一人のエルフが手を挙げる。

「うちが近くだから、引き取るよ。すぐに洗って持ってくる！」

レンが、できあがったラメンをカウンターに置く。

「ほいよ、エリザ！　ラーメン三つ、あがったぜ！」

エリザの母親が、それをお盆に載せる。

「ありがとうございます、レンさん。ほらエリザ、どこのテーブル？」

「あっちのテーブル～っ！」

親子は、仲良くラメンを運んでいった。ラメンを食べ終わった者たちが、何時《い》の間《ま》にか注文を取る係、できたラメンを運ぶ係、ドンブリを回収する係、それを洗う係と、それぞれに役割を持ち始めていた。みんな、聖誕祭のために働くのが楽しくて仕方ないのだ。

ラメンを口にした者は、誰もが賞賛の言葉を口にして、レンに親し気に話しかける。

私はオムレツを焼きながら、それを横目に苦笑した。

「まったく、現金な奴らだな。さっきまで、好き放題に文句を言っていたというのに！」

レンがグラグラと揺らぐお湯に、メンを放り込みながら言う。

「そう言ってやるなよ……なあ、さっき先頭に立って文句言ってた奴の顔、見覚えないか？」

「いや……。彼らが、どうかしたのか？」

「あれ、俺らが市場で昼メシを買った、串焼き屋とサンドイッチ屋の店主だよ」

「えっ。そうなのか!?」

「市場で働くエルフや旅人は、あそこでメシを買ってたわけだろ？　あいつらにも、『みんなの腹を満たして来た』ってプライドがある。なのに、よくわからん奴が祭りの特別料理を作るってことになれば、嫌みのひとつも言いたくなるさ」

「なるほど。女王様のゲストに対して、ひどい野次を飛ばすものだと思っていたが、よもや嫉妬まじりの言葉だったとはなぁ……。それにしても、レン。チラリと見ただけの食べ物屋の顔を覚えているとは、君の記憶力は驚異的だな！」

「記憶力がいいわけじゃねえ。ラーメン屋ってのは匂いや行列、業者の出入りなんかで、近所に迷惑をかけやすい。飲食関係の店主の顔は、自然に覚える癖がついてんだ」

「ふうん。君は、最初のお客様がアグラリエル様だって事もわかっていたのか？」

「ん……？　いや。最初の客かどうかはまでは、わからなかったよ。興味津々でこっちを見てた、子供たちの可能性もあった。ララノアさんや、他の誰かの可能性もな」

レンはザルでメンを揃い、ザアッと湯切りをしながら言う。

「だけど、アグラリエルは絶対に来ると思ってたぜ！　そして一人が食べれば、他の奴らも我慢できなくなる。アグラリエルは、皆に慕われているな。文句を言いながらも誰一人として帰らなかったのは、アグラリエルが用意したって特別料理に興味があったからだ」

その言葉に、私は頷《うなず》く。

「うむ！　女王様は、実に美味しそうに召し上がっていらっしゃった。あんな美味しそうにラメンを食べる姿を見せられては、我慢などできるはずもないよ」

レンはスープを注いだドンブリに、メンを沈めながら真剣な顔で言った。

「美味いラーメンを作れば客が来るなんてのは、幻想でしかねえ。現実には、どれだけ美味くても食べてもらわなきゃ固定客もつかないし、口コミだって期待できない。だから、宣伝は絶対に必要なんだ……リンスィールさん、トッピング！」

「ああ、できているぞ！」

私は並べられたドンブリに、次々とオムレツとツクネをのせてチーズを削り、花びらを散らす。

それをレンがカウンターに載せ、お盆を持ったエルフが持っていく。

レンがスープの入った大鍋を見て、顔をしかめる。

「……まずいな。ペースが速すぎる……俺としたことが、読み間違えたぜ！　リンスィールさん、手を止めて俺の言葉をみんなに伝えてくれ」

言うやレンは、広場に向かって大声を出した。

「みんな、すまねえっ！　もう、スープが切れそうなんだ！　どう見積もっても、あと十杯分しか残っていない！」

えええーっ!?　一斉に落胆の声が上がった。だがレンは、大きな声で宣言する。

「だから、次の営業は夜だッ！　夜までに、新しくスープを仕込んでおく！　その時に、また来てくれないか!?」

ラメンが食べられないわけではない……そう知った皆の間に、ホッと安堵《あんど》の空気が流れた。と、一人のエルフ少女が立ち上がる。

「私、そのスープ作りを手伝います！　だからこの『ゴトーチラメン』の作り方、どうか教えてもらえませんか!?」

皆が注目する中で、彼女は言う。

「私の姉は旅に出ていて、今回の聖誕祭には帰ってこれませんでした。お姉ちゃんにも、この美味しい料理を食べさせてあげたい……でも、聖誕祭が終われば、あなたは里から去ってしまう。私がこの料理を作れるようになれば、お姉ちゃんにも食べさせてあげられます！」

と、また一人が立ち上がる。

「俺も知りたい！　材料は一体、何を使うんだ？」

その顔を見て、私は驚いた。

「サ、サンドイッチ屋……？」

「見た所、卵と小麦粉の他に、鶏肉《とり》、トマト。それにタマネギ、ナス、セロリ、ニンジン、キノコが入ってるよな？　だけど、こんなに凄《すご》い味、あと何を使ったら出せるんだ……？　なあ頼むよ、教えてくれ！」

また、一人が立ち上がる。

「鶏肉なら、任せてくれ。冬場には店でスープを売ってるから、大鍋もあるぜ！」

「串焼き屋まで っ!?」

「あんたの作った料理を食べて、目が覚めた。俺が作ってたのは、料理じゃない。ただ、適当に肉を焼いて塩かけただけ……あんなもんで客から金をとっちゃいけなかったんだ！」

その声に、次々とエルフが立ち上がる。

「あたしにも教えて！　このラメンって料理、お城で働いてる夫に食べさせてあげたいわ」

「手で生地を延ばす技、僕に伝授してくれないか!?」

「塩とスパイスなら、欲しいだけ持って行ってくれ！　本当は、里で売りさばくつもりだったんだけどな。聖誕祭の料理に使ってもらえるなら、こんなに嬉《うれ》しいことはない」

「おお……みんな！　行商人風の……っ！　君までもが!?」

レンが腕組み顎上げポーズで、宣言する。

「よぉしッ！　今からヤタイで、スープと麺生地を仕込んで見せる。残らず教えてやるから、知りたい奴は集まりなっ！」

嵐のような歓声がドォーっと上がった。私は里の同胞たちに、大声で告げる。

「私が必要な材料を伝える！　みんなで調達して来て欲しい！　まず、ドライトマトと生のトマトがたくさん必要だ！　小麦粉は、すぐ手に入るだろう？　それに丸ごとの鶏と卵、野菜はタマネギとナスと……」

今、レンの『ラメン』を通じてエルフの心が一つになった！　それを私は強く感じた。

集められた食材とエルフたちを前にして、レンがラメン作りを実演しながら説明する。

「まず、鶏白湯《パイタン》の作り方を教えるぜ！　材料は鶏ガラ、沸騰したお湯にサッと潜《くぐ》らせたら、こびりついた内臓や血合いをしっかりと取り除き、水に晒《さら》して粗熱を取る。下処理が終わったら、骨をポキポキと折って鍋に入れ、香味野菜のタマネギ、ニンジン、生姜《しょうが》、ニンニクと一緒に強火で煮込む！　途中で水が減ったら足して、最低四時間はひたすら炊く！」

サンドイッチ屋が驚きの声を上げる。

「スープひとつに、そこまで時間を掛けるのか!?　大変だなぁ！」

レンはもうひとつ大鍋を用意すると、包丁で材料を刻みながら言う。

「手間暇かけて美味くなるなら、希少な食材の仕入れに頭を悩ますよりよっぽど楽だぞ。鶏白湯に合わせるトマトスープは、ドライトマトと生のトマトと各種野菜だ。材料を刻んで油で炒《いた》め、水を入れて弱火で煮込みながらアクを取る」

エルフたちは皆、熱心な顔でメモを取ったり、その手の動きを見つめたりしてる。串焼き屋などはレンの真似のつもりなのか、半袖を着て厚手の白い布をおでこに巻いていた。が、案の定、前が見えにくいらしく、時々うっとうしそうに手で布を押し上げる……取ればいいのに。それをサンドイッチ屋が羨ましげというか、悔しそうな顔で見ているのが少し気になる。

と、一人の女エルフが手を挙げた。

「ちょっといいですか？　うちではトマトスープは、ドライトマト以外ほとんど同じ材料で作っています。でも、そんな面倒な事はしないで、沸騰したお湯に切った野菜を入れるだけです。それではダメなんでしょうか？」

レンは刻んだ野菜をオリーブオイルで炒めながら、首を振って否定する。

「ダメだっ！　グラグラ沸騰させて、そこに全部の食材ドボンじゃ、時短にはなるけど旨味《うまみ》は出ねえ。できるのは、薄っぺらくてコクのないスープだよ」

レンはジュージューと音が鳴る鍋に水を注ぐ。水面にフツフツと、柔らかな泡が湧く。

「いいか？　野菜ってのは炒めることで香ばしくなり、油が馴染《なじ》んでコクが出るんだ。タマネギは辛味が抜けるし、トマトも甘みが際立ってくる」

レンは浮いてきたアクを、丁寧に掬う。驚くほど繊細で、慈愛に満ちた動きである……。

「そして食材には、それぞれ『旨味が最も出やすい温度』ってのが存在している。水から煮出すって事は、『すべての温度を一度経由する』って事に他ならねえ。どれだけ料理下手でも、じっくり弱火でスープを作るだけで、それなりにいい出汁《だし》がとれるんだ。こんな簡単なやり方、他にないだろ？」

レンが小皿にスープを入れて、女エルフに差し出した。

「論より証拠だ、飲んでみな。なんにも味付けしてない分、はっきりとわかるはずだぜ」

彼女は小皿に口を付けると、驚愕の声を上げる。

「う、わ、あ!?　すごいっ！　野菜の美味しさが、全部スープに溶け出してる！」

エルフの間に、どよめきが起こる。レンは、ニカっと白い歯を見せた。

「だろ？　あとは香り付けのハーブを入れて、塩コショウで味を調える。とろみが出るまで弱火で煮込んで、鶏白湯とブレンドすれば完成だ」

次にレンは台へ行くと小麦粉を山盛りにして、そこに凹《くぼ》みを作って水を注ぎながら言う。

「麺生地は、小麦粉から作る！　幸いにも里の小麦はグルテン豊富で、麺作りに向いている。小麦粉五百グラムに塩五グラム、卵一個、水二百五十グラムに灰の上澄み液を二十グラムの割合で混ぜる。水は一気に入れないで、少しずつ加えるんだ。こうやって指を立てて粉を手で撫《な》で回してるとボロボロした感じになるから、そしたら残りの水を混ぜて、一塊にまとめる！」

大きなクリーム色の麺生地を作るレンを見て、サンドイッチ屋が難しい顔で言う。

「材料は、パン生地とあまり変わらないんだな。問題は、生地をヒモ状に引き延ばしてメンにする技だけど……？」

レンは、生地を千切ると粉を振って言う。

「『拉麺《ラーミエン》』……あれは、そういう名の技だぜ。麺作りに関しては、とにかく練習あるのみだな。最初は失敗して当たり前。ポイントは力で延ばすんじゃなく、麺の自重で延ばすってこと。重心が手と手の間、空中にあるようにイメージし、それを振り回すことで麺を延ばすんだっ！」

レンは実際に、メンを作って見せながら言う。彼の手の中で、あっという間に生地が延びて折り返されて、細く長いメンができあがった。大きな歓声が起こる。

「習得は難しいが、一度身に付けちまえば道具がなくても腕一本で作れるし、麺の太さも思いのままだ。みんなには、ぜひできるようになって欲しい！」

それから何時間もかけて、レンはツクネの作り方や、キノコの調理法、スープの調合、メンの茹で方を教えてくれた。どれもファーレンハイトのラメンシェフならば、涎《よだれ》が出るほど貴重な情報ばかりである。エルフたちはワイワイガヤガヤと、楽しそうにラメン作りを見学している。オムレツ作りは、レンに代わって私が教えた。濡れ布巾で練習する裏ワザを伝えると、そこかしこから賞賛の声があがって、なかなか気分がよかった。

夜になってヤタイが再開すると、熱心にも自分たちが家で作ったスープを持ってきて、レンのスープと比較する者まで出てくる。半袖で白い厚手の布を額に巻いた怪しげな一団が、テーブルのひとつを占拠して侃々諤々《かんかんがくがく》の議論をしていた。

「レンさんのラメンは、スープのコクが全然違うね！」

「うん。材料は、同じ物を使ったはずなんだけど……？」

「味付けが弱いな。やっぱり塩はケチらないで、もっと入れないとダメなんだ！」

「だよねえ。トリパイタン・スープには、鶏一羽分の旨味と脂が詰まってるんだもの。それに負けないしょっぱさがいるんだよ」

「うーん、感動的な美味しさね！　あたしもいつか、こんなラメンが作れたらいいな……」

「作るんだよっ！　幸い、エルフの一生は長い。レンさんのようなウマいラメンが作れるようになるまで、何百年でも修業すればいい！」

レンがメンを延ばす周りでは、どこから持ってきたのか台を並べて真似するエルフで一杯だ。

「あーっ!?　くそう……まーた千切れちまった！」

「お父さん、下手っぴー！」

「レンさんみたいにメンが作れるまで、先は長いわねえ……」

もちろん、彼らが作ったメンのクオリティは、レンに及ぶべくもない……だが、『自分たちの手で作った』という喜びは大きいらしく、出来上がったメンは家族や仲間と分け合ったりして、楽しそうに食べていた。突然、おーっ！　と驚愕の声が上がる。そちらを見ると伯母上が、両手の間に長く延びた見事なメンを掲げている。

「ラ……ララノア殿!?　おおおっ、すごい！　もう、メンの手延べを習得されたのですか？　というか、女王様の護衛は？」

伯母上は、メンを波立たせて流れを整えながら言う。

「アグラリエル様が、せっかくだからオレにもラメンを食べて来いって時間をくださったんだ。そしたら広場で面白そうなことをやってたから、参加させてもらったってわけさ！」

レンが彼女の隣へと歩いて行き、口を開いた。

「なあ、ララノアさん。よかったら、みんなにコツを教えてやってくれないか？　同じエルフとして、わかりやすくアドバイスして欲しい！」

「ああ。これは、アレだよ。要は短剣を素早く振り回す時みたいにさ、シューっとしてドーンとやって、ブバーって感じで延ばすんだ」

「…………」

「…………」

「持ってる手の先をシュッシュッシュ、ボーンって感じで、そしたらメンが自然にビョヨヨーンってなるから、それでゴシュー、ドシーンってさぁ！」

「……あのう。もう結構です、伯母上」

「はぁ!?　なんでだよ！　せっかくオレが説明してやってるのにっ！　だから、手首の先をダラーンってやって、腰の辺りから生まれたパワーをスススーって肩から腕に移動させて、それで一気にシュワワーン！　ってぇ！」

もう誰も、ララノア殿の話を聞いていない。やがてすっかり暗くなり、周囲には魔力の光が灯《とも》される。楽しそうに声が響く会場を見渡して、私は呟いた。

「こんなに盛り上がった聖誕祭は、私が知る限り初めてだな！　誰もが生き生きとした顔をしている。アグラリエル様の御計画も、きっと上手《うま》くいったに違いない」

「ええ、その通りですよ、リンスィール。『種を救うラメン』、完璧に手ごたえあり……ですね。さすがは、レンのラメンです！」

驚いて振り向くと、胸の辺りをトマト汁でビタビタにしたフード姿の一団が、食べ終わったドンブリをカウンターに返すところだった。

「ア、アグラ――――！」と私が驚いて声を出す前に、その人物は指を一本立てて「しーっ！」と息を吐く。そしてすぐ隣にいた、背の高いフードが口を開いた。

『アグラリエルよ。あのレンという人間は、エルフの未来を創ってくれたのだな。このラメンという料理、まっこと素晴らしい味であった！　リンスィールよ、大儀であったぞ』

さらに一団から二人が歩み出て、私の手を取る。

『今の里には、こんなに美味しい物があるのね。数百年ぶりの現世、とっても楽しかったわ！偉いわよ、リンスィール。これは、あなたが繋《つな》いだ《縁》なのね』

『ああ、私も鼻が高いよ。リンスィール……君には何も残せていないと悔やんでいたのに、立派に成長してくれた。ララ姐《ねえ》にも、お礼を言わないとね』

「……えっ？」

私が戸惑っていると、二人は手を放してフードの一団に紛れてしまった。去って行く彼らを見送りながら、私は呟く。

「ううむ。聖誕祭でエルフたちの熱狂が極みに達したその時に、魔力の奔流に乗って里のため命を尽くしたエルフの魂が現世に戻ってくるという言い伝えがあったが……い、いや。しかし……!?」

聖誕祭はもともと、王族が秘術によって『死者復活』を行う日なのだ。だがそれは、もう四百年近く昔に形骸化した儀式にすぎない。彼らは、『怨《うら》み』や『呪い』によって魂を縛られたアンデッドとは違う。たとえたった一日でも、あの世の魂をこの世に顕現させるには、神にも等しき魔力が必要なのである。魔王の侵攻から里を守るために、疲弊したユグドラシルの加護の下では、二度と起こらない現象のはずだった。

「だ、だが……ならば……あれは……。あの不思議な一団は、なんだったのだろうか……？」

呆然《ぼうぜん》と呟き、そして気づく。

「おおっと、いかん。私がオムレツを作らなければ、レンのラメンがトッピングなしになってしまうじゃあないかッ!?」

サボっているヒマはない。里のエルフには、一人でも多くラメンの喜びを知って欲しい！

私は慌てて、オムレツ作りに戻ったのであった。

エピローグ　芽吹く『ラメン』の種

こうして、聖誕祭は大成功のうちに幕を閉じた……。レンが里を去る時は、エルフ総出で盛大に見送った。ちなみに例の『厚手の白い布を額に巻いた半袖の一団』がどこにも見当たらず、不思議に思っていたのだが、天空へと飛び上がる際に、市場の屋根の上に立って腕組み顎上げポーズを取っているのがチラリと見えた。

全員が厚手の布で目を半分隠していたが、頬には滂沱《ぼうだ》の涙がダクダクと流れ落ちて……アレは一応、彼らなりに『レンへのリスペクト』を表していたのだろうか？

アイバルバトが深夜のファーレンハイトに降り立つと、私は大鍋をひとつ、レンは二つ持って歩き出す。ラノア殿は、アイバルバトと一緒に広場で留守番である。私もいるし、わずかな時間だから護衛はいらないと、女王が仰《おっしゃ》られたからだ。

アグラリエル様はノレンや細々とした料理道具を持ってくださり、我らと一緒に路地をブラブラと歩きながら、しばし雑談をされる。帰りのアイバルバトの背の上で私がレッスンした甲斐《かい》あって、女王様もずいぶんとニホン語が上達されたようである。

もともとエルフは言語センスに長《た》けているし、千歳以上のエルフには知識や経験がそれだけ蓄積されているが、女王は非常に勤勉であらせられるな。「レンと二人きりで話ができるなら」と、ものすごく熱心に習得に励まれたのだ。

　話す内容は他愛のないことばかりだったが、それが逆に別れを惜しんでいると強く感じられ、とても切なく思えた。しかし、こうしていつまでも時間を潰してはいられない。もうすぐ『黄金のメンマ亭』についてしまう……。そしたらレンはヤタイを倉庫から出して、自分の世界に帰るのだ……。ああ、店の看板が見えてきた。もうすぐ到着だ。別れの言葉を切り出したのは、女王様の方だった。

「それでは、レン。名残惜しいですが、そろそろお別れにしましょうか……いずれまた機会があれば、エルフの里にいらしてください！」

　寂しげに笑う女王に、レンが大鍋の中から瓶を取り出して渡す。中は透明感のある淡い金色の液体で満たされて、たくさんのトウガラシが沈んでいる。

「アグラリエル。それ、やるよ」

「これは……？」

　レンは、ニカっと白い歯を見せて笑った。

「唐辛子とニンニクを炒《いた》めてオリーブオイル漬けにした『唐辛子オイル』だ！　アグラリエルは、辛い物が大好きだろ？　里ではスパイス類は貴重品らしいが、こうやって使えば粉にして振りかけるよりずっと長持ちする。減ってきたら、油を継ぎ足して使ってくれ」

　私は、己の胸を拳で叩《たた》いて言う。

「瓶に入ってるトウガラシは、私が里への手土産に持って帰ったものです。女王様に献上いたしますゆえ、どうぞご賞味を！」

アグラリエル様は、グッと言葉に詰まってから言う。

「レ、レン……リンスィール……っ！　二人とも、ありがとう！　このオイルは、ラメンに入れて大切に味わわせていただきますね！」

女王はレンの前に立ち、頬を赤く染めて熱っぽい視線で彼の顔をジーっと見つめた。急にどうしたのかと私も二人をジーっと見ていると、今度はアグラリエル様は私をジロリと見た。

「ねえ。ちょっと、リンスィール。少しの間、向こうの景色を見ていなさい」

「えっ、なぜですか？」

私が首を傾《かし》げて尋ねると、女王は怒ったようなムスっとした顔で言う。

「なぜもヘチマもありません。いいから、空気を読んで背を向けなさい」

「しかし、理由がわからなくては景色など見れませんよ。向こうの方に、何か変わった物があるんですかね……？　暗くてよく見えないなあ。おい、レン。君も一緒に探してくれないか!?」

私がレンの手を引っ張って促すと、女王は地団駄を踏んで怒鳴られた。

「んもう、このバカ……レンを巻き込まないでっ！　リンスィールの野暮天っ！　朴念仁！　いいから、向こうを見てなさい！　これは女王命令です！」

「……あ、はあ？　わかりました」

なんだかいまいち納得できないが、ご命令とあればしかたない。私は素直にアグラリエル様の指し示す方を見た。月明かりに照らされた、城下の一本道である。落ちてるゴミが風でカサカサと動き、野良猫が一匹トテトテと横切る……まったく面白くない、退屈な夜の景色だった。背後では、二人の話し声がする。

「レン。何から何まで、本当にありがとうございます」

「ああ、気にすんな。礼なんていらねえよ」

「あなたは、いつもそうですね。初めて出会った時から、わたくしのワガママを優しく受け止めてくれた」

「あはは。客のワガママ聞くのは、慣れっこさ。そういう性分は、親父《おやじ》譲りでね！」

「……ねえ、レン。もうひとつだけ、ワガママを言わせて。あなたと二人きりの時にまで、わたくしは女王でいたくない……」

「お、おいっ。ちょっと……アグラリエル？　う、おおうっ!?」

レンの驚いた声の後、タタタタタ、と誰かが走り去る音が聞こえる。

「あのう、女王様。もう、そちらを見てもよろしいでしょうか？　……女王様？」

返答がないので、私は振り向く。

すると路地の向こうへと走っていく、女王の後ろ姿が見えた。

「むっ！　あんなに慌ててお帰りになられるとは……急用でも思い出したのだろうか？　って、レン!?　君、顔が真っ赤じゃないか！　私が見てない間に、一体なにがあったのかね？」

そこにはアグラリエル様の持っていた料理道具を抱え、真っ赤な顔で立ち尽くすレンがいた。

彼は、口をへの字に曲げて言う。

「……それは、言えん」

「えっ？　なんだって？」

レンはプイっとそっぽを向くと言った。

「だから、何があったかは言えないんだよ。俺の口からはな……絶対にっ！」

「よ、よくわからんが……？　とにかく、ヤタイを出そう」

私は倉庫の合い鍵を使って、扉を開ける。中はラメン作りの食材で一杯だった。その中央に、レンのヤタイが鎮座している。レンは大鍋をヤタイへとセットし、調理道具も仕舞い込むと、ヤタイを引いて意気揚々と夜の街へと歩き出す。

あとは路地を行けば、彼は自分の世界へと帰れるはずである。

私はレンを手伝うべく、倉庫に鍵をかけるとヤタイの後ろを押しながら話しかけた。

「それにしても、いきなり何日も留守にして大丈夫だったのかね？　向こうの世界で、君を心配してる人がいるんじゃないか？」

私の言葉に、レンは事も無げに答える。

「ん？　ああ……別に、大丈夫だよ」

言いながらレンは、ポケットから手の平サイズの板を取り出した。レンが何かを操作するとカチリと音が鳴り、軽快なメロディーを奏でて板が光って、絵や文字が表示される。

「この路地、なぜか電波が入るんだよなぁ！　仕入れの業者には、『しばらく店を休むから食材はいらない』ってメッセージ送っておいたし、屋台を休むこともコクッターで報告してる。だから、そんなに心配することはねえんだ」

「ほほう？　これは興味深い……。その小さな板で、離れてる仲間と連絡が取れるのか。見えない報せ鳥《しらせどり》みたいなものか、便利だなぁ！」

私が目を丸くしていると、レンが嬉《うれ》しそうな声で叫んだ。

「お、すげえ！　コクッター、めっちゃバズってるじゃねえかっ！」

のぞき込むと板の中には、驚くほどリアルな絵が表示されている。月明かりに照らされたファーレンハイトの城を背景に、前を行くアグラリエル様の後ろ姿……美しい光景だ。

私は、絵の下に並ぶ整った文字列を指さして言う。

「ニホン語は、まだ簡単な文字しか読めないな。これは、なんて書いてあるのだね？」

「ああ。『客の女エルフに誘われた。ちょっと異世界を旅してくる！』だよ」

「へえ……？」

「早速、次のコクートしとくか。ええと、『ちょっくら、異世界でご当地ラーメンを作って来たぜ！明日から屋台の営業再開！』……と」

すると、板からピロリン♪と軽快な音が何度も響く。

「おお、続々とコクイートされてんぞっ！　『どんなラーメンですか？』『面白い設定ですね』『屋台で出す日を告知してください、食べに行きます』『あの写真、撮影場所はどこでしょう？』

……なかなかいい反応だな」

「ふむ。つまりは、宣伝が上手《うま》くいったのか。それは喜ばしい！　レン、君が作ったトマトのラーメンは素晴らしかった。誰に食べさせても、きっと好評を博すだろう」

「俺も、あのラーメンには自信ありだよ。だけど……俺が作ったラーメンは、まだまだ未完成なんだぜ？」

「え、なんだと、あれほど美味《うま》いラメンが未完成品だって!?　し、信じられん。私にはもう、足すものも引くものもない素晴らしい味に思えたぞ！」

「リンスィールさん、最初に言ったろ……『本当のご当地ラーメンってのは、その土地の奴《やつ》らが日常的に食べてるようなラーメンだ』ってよ」

「そう言えば、確かに言っていたな」

レンは、真剣な声で言う。

「俺は、あの土地に種を蒔《ま》いただけ。俺が作ったラーメンを、エルフの里の奴らが改良し、時には何かを省略し、何かを足して何かを引いて、自分たちの味へと変えていく……そうして、いつか本当に『日常に根差したラーメン』になってこそ、本物の完成品って言えるんだ！」

「しょ、『食の墓場』とまで言われた我がエルフの里で、オリジナルの美味いラメンが食べられるようになる……す、すごい。そんな夢みたいな未来が……待っているのか!?　ああ、レン、君がエルフの里の食材にこだわったわけが、今ようやくわかったぞっ！　里にない食材で美味い物を作ったって、それはユグドラシルの根の下に埋まった黄金の種芋でしかない（エルフの言い回しで『絵に描いた餅の意』）……ゴトーチラメンの極意とは、その土地に住む者が作りやすいラメンでなければならないと――」

ふっと、手が軽くなる。私が摑《つか》んでいたはずのヤタイは、いつの間にか霞《かすみ》の様に消え失《う》せていた。そして、レンの姿も……。

「……レン。自分の世界に帰ったのか」

私は、生まれ故郷である『エルフの里』を、ずっと恥じていた。里の者たちは、魔力に秀でた長命な種族でありながら、マズい食事を改善する努力もせずに日々を送る、怠惰で無粋な連中だと軽蔑していた。しかし、それは違った。

エルフは、そして里の者は、決して怠惰ではなかった！

エルフは熱心にラメンを学び、技術を修得しようと努力し、そしてまた新しい物を生みだすパワーさえ秘めているだろう。レンの植えた『ラメンの種』は、すでに芽吹き始めているのだ。その情熱は、いかなる素晴らしい『ラメンの花』を咲かせてくれるのか……？

「ふふふ。エルフの里のゴトーチラメン……エルフの里のゴトーチラメンか。いい響きだなぁ！ああ、次の聖誕祭が今から待ちきれないよ！」

私は夜空を見上げて一人でクスクスと笑いながら、ファーレンハイトの暗い路地を歩き出したのだった。

Another Side 7

レンの屋台のカウンターに、オーリ、ブラド、マリアの三人が座っている。

場所は、いつもの路地……ではない。『黄金のメンマ亭』の前である。

彼らは口々に、今食べたラーメンの感想を言い合っていた。

「めっちゃくちゃ美味《うめ》えな、エルフの里のゴトーチラメンっ！　あああ、羨ましい。俺らドワーフが流浪の民でなけりゃ、俺っちの国でもゴトーチラメンが作れたのによぉ」

「真っ赤なトマトを主役にした、素晴らしく印象的なラメンでしたね。足りない食材を工夫で補う……僕も見習いたいものです」

「さっきのレンさん、カッコよかったわ。メン生地から、あっという間にメンを作り上げちゃうんだもの」

「そうだね、マリア。あれには、僕も驚いたよ。『型』がなくても、素手でメンは作れるんだなぁ！」

そう、レンはみんなに『拉麺《ラーミエン》』を見せたのだ。黄金のメンマ亭の厨房《ちゅうぼう》で麺作りをして、打ちたてをすぐ店の前の屋台で茹《ゆ》でて食べさせたのである。

トマトの赤に負けないくらい赤いストールを巻きながら、マリアがにっこりと笑う。

「あんな技までできるなんて、レンさん尊敬しちゃう！」

その言葉に、レンは照れながら言った。

「昔、中華街で修業したことがあってよ。特級麺点師のリャンさんって人に、色々と教えてもらったんだ」

ブラドが、カウンター裏にいるリンスィールに言う。

「リンスィールさんが作ったオムレツも、半熟加減がトロトロで素晴らしかったです」

リンスィールはフライパンを持ち上げて、得意気な顔をした。

「うむ。私もオムレツだけは、本物のシェフ並のスキルを身に付けたと思っているよ！」

みなが笑い、その場は和やかにお開きとなった。一人になったレンは、屋台を引いていつもの路地に入る。と、その前に人影が立ちふさがった。

「や、やっとみつけたーッ！　あんたねえ、『ほぼ毎晩、ここに来てる』とか言っておいて、どういうつもりよ⁉　ここ数日、レンを捜して散々路地を歩き回ったんだからぁ！」

「あっ。サラ……っ！　悪い、ちょっとエルフの里までご当地ラーメン作りに行ってて」

サラは、レンの言葉にキョトンとしてから言った。

「……エルフの里でご当地ラーメン？　なにそれ、面白そうな話ね。聞かせなさい！」

レンが屋台を止めて椅子を置くと、サラは座りながら言った。

「ねえ、ビールとかないの？」

レンは小型の冷蔵庫から、ビールのロング缶を取り出す。

「つまみは、チャーシューとメンマでいいかよ？」

「ふん……おつまみまで出してくれるんだ。優しいわね。いいわ、機嫌直してあげる！」

　レンは二人分のグラスにビールを注ぐと、サラの隣に腰かけながら言った。

「けっこう、長い話だからな。素ビールじゃあ、味気ないだろ？　じゃ、話すぜ！　始まりは、フードを被《かぶ》った女エルフが……」


　話を聞き終えたサラは、感心した顔で言う。

「へえ。あの、『美しき食の墓場』と呼ばれてるエルフの里で、そんなことがねえ……」

「で、どうする？　まだスープも麺も残ってるし、一杯だけならトマトラーメンが作れるぞ。食べてくかい？」

　その言葉に、サラは首を振る。

「ううん、やめておくわ。ベジポタラーメンをちょうだい」

「だけど、俺のトマトラーメンが食べられるのは今夜だけだぞ。食べなくてもいいのかよ？」

　サラは、平然とした顔で言い返す。

「だって、ここで食べちゃったら、いつかエルフの里までラーメン食べに行く楽しみがなくなっちゃうじゃない？　そんなのつまらないもん！」

「あっはははは、違いねえや！」

　レンは早速、お湯とスープを温めてベジポタラーメンを完成させた。

「やーっとあんたに、俺のベジポタを食ってもらえるな！」

　できあがったベジポタを、サラはうまそうに食べ進める。

「んんーっ！　こりゃあ、美味《おい》しいわ。こってりクリーミーで、まるでホワイトソースのようだけど、カツオとコンブの和風出汁《だし》もしっかり感じる……すごい！　こんなラーメン、食べたことないっ！　って……ん？」

道の向こうから屋台の光に誘われるように、フラフラと妙な人影が近づいてきた。ずんぐりむっくりした体型で、巨大な斧《おの》を背負っていて、立派なヒゲをはやしている。

……ドワーフだ。そいつは酒に酔った真っ赤な顔で、レンの屋台を無遠慮にジロジロと眺めると、大きな声で叫ぶ。

「フィル、アン・トレーシア？　ロウ、ギリアス、デ・ギア、ゴールア……トレークディア、マカルディ！」

「……な、なんだ？　何を言ってやがるんだ!?」

レンが戸惑っていると、麺を食べつくしたサラがスープをレンゲで啜《すす》りながら言う。

「ええと。『なんだこりゃ、食いもの屋か？　ほほう、車輪がついていて、移動できるようになってやがる……こんな変な店構え、見た事ねえぞ！』ですって」

「一応、お客さんかな……？　いらっしゃい、ここはラーメン屋だよ。今日のメニューはこってりスープのベジポタラーメンと、エルフの里のトマトラーメンだぜ」

サラが、レンの言葉を訳してドワーフに伝える。するとドワーフは、大笑いした後で何事か叫んだ。すかさずサラが訳して伝える。

「『おめえ、バカ野郎っ！　エルフの料理なんて、美味《うま》いわけねーじゃねえか。あいつらバカ舌でナヨナヨした、高慢ちきなクソったれ種族だぞ！』ですって」

それからドワーフはサラの隣にドカッと座り、手でカウンターを叩《たた》いて何かを言った。

「『ま、いいや、おもしれえ。どんだけマズいか、酔い覚ましに食ってやる。早く作れ！』ですってよ……ねえ、ちょっと、大丈夫？　迷惑なら、私が追っ払ってあげましょうか？」

レンは、平然とトマトスープを温めながら言った。

「いいよ。単なる酔っ払いだろ？　こういう手合いにゃ、慣れている。俺の作ったトマトラーメンは極上だ……食えば、納得するはずさ！」

サラはスープを飲み干すと、カウンターにボロボロの百円玉を五枚、載せる。

それから、左手にはめたデジタル腕時計を見ながら言った。

「そう？　心配だなぁ。私、そろそろ行かないとマズいのよ……」

「ありがとさん、毎度あり！　……なあ、あんた、どうやって小銭やら腕時計やらを手に入れてるんだ？」

サラは、女性の腕には少しゴツイDショックの腕時計を、レンに見せながら言う。

「えっ。ああ、これ？　ごくたまーにね、向こうの世界から、こっちに迷い込む人がいるのよ……そういう人たちをあちらに帰してあげる時に、引き換えとして所持品をいくつか貰《もら》うの。この腕時計は二年くらい前に、『ホール』から落ちてきた高校生に貰ったわ。トラえもんのテレカは、私の財布に入ってたものだけどね」

「ふうん。人助けか……偉いんだな」

サラは首を振る。

「そんなんじゃないわ。『次元の狭間《はざま》』と『機械仕掛けの神』の研究は、私のライフワークなのよ。そのついでってだけ。それに噂《うわさ》を聞いて会いに行っても、間に合わずに死んじゃってることも多いしね。向こうの世界のアイテムは珍品として取引されてるから、小銭なんかは意外と多く流通している。もっとも状態がいいのはコレクターに買い占められちゃうから、出回るのはボロボロの品ばかりだわ」

「なるほど、そういう事情かよ」

「……ねえ。私、もう行くけど。なにかあったら、大声で助けを呼びなさいよ？　あなたの声が聞こえたら、すぐ駆けつけてあげるから！」

「おうよ。それじゃ、サラさん。またな！」

レンが手を振ると、サラは酔っ払いドワーフを気にしつつも、屋台を後にする。そしてレンの視線が外れた次の瞬間、風に吹かれる煙のように、サラの姿はフッと消え失《う》せた。

屋台に残ったドワーフは、サラの飲み干したグラスを手に取り、興味深げに観察している。底に溜《た》まった液体を光に透かし、香りを嗅いで、グラスにこびりつく泡を指で拭ってペロリと舐《な》める……。

「おいコラ、他の客が残したグラスを弄《いじ》るな！　ヘンタイかよ！」

見かねたレンがグラスを回収すると、ドワーフは怖い顔で叫んだ。

「ルゥ、ビドラッ！　アルゴニッド、ドロイ、エクリル！」

「えっ？　ああ。もしかして、あんたもビールが飲みたいのか……？　しゃあねえ、俺の晩酌用のビールを開けてやる！」

レンは新しいグラスにビールを注いで、酔っ払いドワーフに差し出す。ドワーフはキラキラと黄金色の光るグラスを手に取り、まじまじと見つめてからビールを飲んだ。

「ウ、オオオッ!?　ボレミアグ……リオ！　フェロシバル、ダルデスっ！」

目を丸くして、大騒ぎしている。

「ははは、気に入ったみたいだな。ほら、トマトラーメンもできたぜ、お待ちぃ！　割り箸を使って食ってくれ」

レンはパチンと割り箸を割って、ドワーフの手に持たせる。ドワーフは胡散臭《うさんくさ》げな顔をしていたが、レンがニコニコ顔でジェスチャーすると、おずおずと麺を口へと運んだ。

「ムムゥっ!?　……ド、ドンタローネ。エルフ・クーヒエ、ドゥミンゴ！　ゼィカルビア、フォクストレンダー！」

酔っ払いドワーフは、ズビズバと音を立ててトマトラーメンを啜り続ける。はた目から見ても夢中になっているのがわかるドワーフに、レンは嬉《うれ》しそうな顔で言った。

「どうだ、美味いだろ!?　俺のラーメンはよぉっ！」

ドワーフは、あっという間にスープまで飲み干す。

手の甲で口元を拭ってから、レンをジロリと見て呟《つぶや》く。

「フン……。デッカ、エンジュ、クーヒェル」

ドワーフは懐から金貨を取り出し、パチリとカウンターに載せた。その金貨はかつて、今は亡きドワーフの王国で使われていたものである。金の純度が高くて精巧な造りで、希少価値が非常に高い。レンは、それを手に取って観察する。

「これ、もしかして金貨か……？　こんな高いもん、貰えねーよ」

レンが金貨を返そうとすると、ドワーフは怖い顔でカウンターをドンと叩いて怒鳴った。

「ゲストレッドっ!?　デッカ、エンジュ！　ラメン、ビドラっ！」

「わ、わかった、わかったよ！　ありがたく貰っとくから、怒るなってば！　……たく。変な客だぜ、ほんとによぉ」

レンが慌てて金貨をエプロンのポケットにしまうと、ドワーフは満足そうな顔で何度も頷《うなず》く。さらに己の飲み干したグラスに、持っていた酒瓶から酒を注いで、レンへと突き出す。レンはグラスを受け取り、匂いを嗅いでから言う。

「……ふうん、異世界の酒か！　どんなもんか、味わってみるかな」

エメラルドグリーンのトロリとした液体を、レンはグッと口に含む。

「おっ？　これはうまいな！　爽やかな香りと苦みばしった味で、ほのかに甘みがあってスッキリしている。アルコール度数はかなり高いが、それを感じさせない飲み口だぜ！」

それはドワーフ秘伝の酒、『地霊殺し《ドワンブイ》』であった。ニガヨモギを主原料に、各種のハーブやスパイスを配合したリキュールだ。

食欲増進と滋養強壮の効果があって、薬用としても用いられるが、ヤバめの薬草も混じっているため酔いが回るのが早く、幻覚作用まである……。しかし、その酩酊感《めいていかん》は非常に心地よく、ドワーフに大金を払ってまで入手しようとする酒飲みは後を絶たない！

一部では『究極の酒』、あるいはこれに嵌《はま》ったら身を持ち崩す『禁断の酒』とまで呼ばれている。高まる需要に伴い、売る側のドワーフも価格を吊《つ》り上げるだけ吊り上げているので、これも彼らが『金に強欲な種族』と呼ばれる一因であった。

飲みやすさも手伝って、レンはいつの間にかグラス一杯を飲み干してしまう。

「なんだ、この酒。たった一杯で、猛烈に酔いが回ってきやがる！　その上、なんか知らねえけど……すんげえ腹が減ってきた！　うおお、もう我慢できないぞ……！」

テンションの上がったレンは、手早く麺を茹で上げると二人分のベジポタラーメンを完成させる。

「おい、あんたっ！　もう一杯ぐらい、ラーメン食えるだろ？　一緒に食おうぜ！」

レンはドワーフの隣に腰かけると、割り箸を割ってラーメンを食べる。

「うーん、やっぱ美味いな、俺のベジポタ！　極上のラーメンだ……。なあ、あんたもそう思うだろ？」

「アイッシエっ！　メガルア、ブロイ！　ラメン、フォクストレンダー！」

ドワーフがラーメンを食べながら頷き、グラスに新しく酒を注ぐ。それをレンが飲み干して、お返しにグラスにビールを注いでドワーフに渡す。ひとつのグラスを交互に飲み干す二人の酒盛りは小一時間ほど続き、やがて二人ともカウンターに突っ伏してグウグウと寝てしまう。

遠くの方で空が白み始めた頃、ようやくレンが目を覚ます。

「あー……すっかり酔っぱらっちまった。そろそろ帰らないとまずいな……。おい、あんた！

……ダメだ、完全に眠りこけてやがる」

レンはドワーフを椅子から降ろすと、心地よく酔っぱらった身体《からだ》で屋台を引きずってフラフラと歩き出した。その姿が、宙に掻《か》き消えて……後には、酔いつぶれたドワーフの男だけが残された。朝日が差し込み、チュンチュンと小鳥が囀《さえず》る路地へとオーリがやってくる。そして道端で眠りこけてる酔っ払いドワーフを見つけて、ため息を吐《つ》いた。

「王サマ！　こんなとこにいたのかよ……」

オーリはため息交じりで酔っ払いドワーフを背負うと、誰もいない早朝の路地を歩き出した。しばらく無言で歩いていたが、やがてポツリと喋《しゃべ》り出す。

「なあ、王サマ。俺っちが引き取った、この路地をねぐらにしてたガキどもよ……最初は、ほんと酷《ひど》かったたんだぜ！」

オーリは懐かしそうに辺りを見回し、言葉を続ける。

「皿一枚を落として割っただけで、背中丸めて地面に額を擦《こす》りつけたガキを見た時にゃ、俺っちは絶望したよ。こいつは孤児になるまでに、どんな壮絶な人生を送ってきたんだってな……俺っちの財布から小銭をチョロまかすバカもいたし、大した理由もなく他人様《ひとさま》のガキを殴るアホもいた」

それから、嬉しそうな顔で笑う。

「でもな。地道に愛情を注ぐうち、そいつらも笑顔になるんだよ……。やがて俺っちが家に帰るたびに、満面の笑みで飛びつく様になる……」

オーリは、鼻をグズっと鳴らした。

「誕生日にガキどもから、手作りの首飾りをもらった時は感動したなぁ！　技術も未熟で、ドワーフの子供と比べて、てんでなってねえ代物よ。だけどよ、愛情だけは溢《あふ》れるほどに詰まってんだ！」

静かな路地には、二人以外に誰もいない。オーリはただ、喋り続ける。

「ブラドが作った鶏《とり》ガラとタマネギのスープを飲んだ時は、目を見開いたぜ。あれで、あいつに料理の才能を見出《みいだ》したんだ。マリアは絵が上手でよ、俺っちのヒゲを立派に描いてくれた！　ソフィアは歌を歌ってくれたし、シエルは手袋を、アーシャはマフラーを編んでくれた……。短すぎて、俺っちの首にゃ巻けなかったけどもな」

オーリは、ずり落ちてくる背中のドワーフを背負い直した。

「なあ、王サマ。俺っち、あんたの立場もなんとなくわかるんだ……つれえよなぁ！　自分の祖《じ》父《い》サマや親父《おやじ》がやらかした事で、みんなの期待と恨みを一身に受けてよぉ……。だが幸い、今回の魔王は二十年以上も『未覚醒』のままだっていうじゃねえか？　どんな奴《やつ》だか知らねえが、俺っちはこの平和がずーっと続いて欲しいと思ってるんだよ」

と、オーリの肩越しに声がする。

「ふん……オーリ。おめえにゃ、感謝してる」

「なんだ、王サマ。起きてたのかよ?」

「おい、オーリ。一人で歩ける、そろそろ下ろせ!」

オーリの背中から、酔っ払いドワーフ……ドワーフの王が身をよじって、地面に降り立つ。まだフラフラしていたが、なんとか一人で立てるようだ。

「本当に大丈夫か、王サマ?」

「へっ、オイラを舐めるな。これしきの酔い、なんてこたねえぜ!」

それからドワーフの王は、朝日に目を細めながら言った。

「オイラの祖父様は、魔王とバカな取引して全てを失った。親父は国を取り戻そうとして、魔竜に殺されちまった。お袋は出てったきり、行方不明だ……。残されたドワーフ連中は、抜け殻みたいになっちまった」

その言葉に、オーリはしみじみとした声で応える。

「ああ。ドワーフ族のしでかしたことを思えば仕方ねえが、エルフの奴らぁ、援軍を貸しちゃくれなかった。そのせいで先代の王サマの遺体は、今もあの暗い洞窟に取り残されてる。ようやく持って帰ってこれたのは、あんたが背負ってる国宝の斧だけ」

「……恐ろしかったなぁ。悪魔のひしめく坑道の最奥。あそこが、かつてのオイラたちの国なのか……?　オイラぁ、十二の歳《とし》で王に担ぎ出されてから、世界が灰色になっちまったよ」

自嘲気味なその言葉に、オーリは寂しげに笑った。

「王サマだけじゃねえや。あの頃は、誰も彼もが絶望の淵《ふち》に沈んでた。ドワーフは勇敢な種族のはずなのに、あの頃みんなの心からは勇気がなくなっちまってたんだ」

ドワーフの王は、オーリの瞳をまっすぐに見て言う。

「だが、オーリ。あの時、お前がみんなに大鍋で振る舞ってくれたアレ……あの料理を食ってから、オイラの世界にゃ色が戻ったのさ！　アレは、なんてったっけな……？」

オーリが大きな声で言う。

「ありゃあ、西の方にあるドランケル帝国ってところの『グリヤシュトープ』って料理だよ！　トマトと牛スジ肉をトロトロになるまで煮込んだシチューだ、美味かったろう⁉」

「そうだ！　グリヤシュトープだ！　美味かったぞぉ！」

オーリは鼻を掻きながら、照れ臭そうに言った。

「俺っちは単純だからよ……とびっきり美味い物を食えば、またみんなの心に勇気が戻ってくるんじゃないかと思ったんだ。それで世界中を旅して、必死で美味い物を探し回った。美味い物を集めて、時には自分で料理して……」

「で、そのうち『美味い物が食いたいならオーリに聞け』って言われるようになって、『ドワーフ一の食通』だなんて、ご大層な通り名までもらっちまったってわけだな？」

「ガーッハッハッハ！」

「ウワーッハッハッ！」

二人は楽しそうに、高らかに笑った。

ドワーフの王は、オーリの肩を抱いて言う。

「おい、オーリ！　オイラ、宿に戻って一眠りする。見送りはいらねえや。お前は、可愛《かわい》い子供たちのところに戻ってやれ！」

「おうよ！　そんじゃ、俺ぁ帰るぜ！　またな、王サマ！」

オーリはあっさり背を向けて、歩き出す。

去りゆくオーリを見ながら、ドワーフの王は独りごつ。

「ふん……オーリ・ドゥオール。おめえ、本当に大した奴なんだぜ。しっかしまさか、あのシチューを超える美味いトマト料理が、この世に存在するとはなぁ！　オマケにそれが、あのバカ舌エルフどもの料理だとう……？　あー、くそう！　悔しいが美味かった、エルフの里のトマトラメンっ！」

書き下ろし番外編

ラ

Ramen stand in another world,
Elf foodies want to eat “Ramen”.

書き下ろし番外編　リンスィール、美食への目覚め

「……おや。誰か倒れてる！」

私の名前は、リンスィール。今年で百二十歳になるエルフだ。

エルフの森を歩いていると、男が行き倒れていた。森には結界が張られていて、勝手に入り込んだ不届き者は、こうして遭難する羽目になるのだ。しかし、単に知らずに迷い込んだ旅人の可能性もあるため、一応は確認しようと短剣を手に近づいた。

「もし、そこのお方。生きてますか？」

遠くから声を掛けると、男はヨロヨロと身を起こす。

「あ、ああ……生きてるよ。君は、この森に住むエルフだね？　すまないが、俺を里まで連れて行ってくれないか」

その言葉に、私は首を横に振る。

「いいえ。申し訳ありませんが、それはできません。今、里には紹介状のある方以外を入れてはいけない決まりなのです。あなたが魔王軍のスパイだって可能性もありますからね」

すると男は唇を尖《とが》らせ、懐から一枚の書状を取り出した。

「俺は、善良な旅人だよ！　ほら、こうしてちゃんと紹介状も持っている」

離れた所から目を凝らして文字を読むと、文面は『オロドロスの子、ローミオンより。この者、

エルフの里への入場を願います』とある。日に照らされると文字の端がわずかに緑に滲《にじ》み、エルフしか知らない『特殊な調合のインク』で書かれた物とわかった。

「ふむ？　本当だ……間違いなく、エルフの紹介状ですね」

私は短剣を収めると、首を傾《かし》げつつ彼に尋ねる。

「だったら、なぜ道を外れたのです？　入り口にいたエルフに、『森には魔法の結界が張られていて、不用意に踏み込めば迷ってしまう』と説明されませんでしたか？」

「説明されたよ。でも、珍しいキノコを見つけてね。つい、気になってフラフラと……」

男が手に持つキノコを見て、私は苦笑する。

「キノコって！　それ、毒がありますよ？　食べられません」

「知ってるよ。ついさっき、ひとつ焼いて食って倒れたからね。ああ、まだ身体《からだ》に痺《しび》れが残ってる」

「それで倒れていらしたのですか……なんとも、無茶な人ですね！」

私が呆《あき》れかえっていると、男は手足を擦《さす》って「よっこらしょ」と立ち上がった。

「よし、なんとか歩けそうだな。じゃあ、里までの道案内を頼むよ！　そう言えば、まだ名乗ってなかったな。俺はグリアス・グレイスだ」

「リンスィールです」

男と連れ立って歩きながら、私は質問する。

「グリアスさんは、エルフの里へは何をしに行くのですか？」

「俺は料理人でね。珍しい食材や美味《うま》い物を探して、世界中を旅してるんだ」

「でも、エルフの里に美味い物などありませんよ」

「知ってるさ。エルフは味音痴だと言われてるよね……だけど、例えば『トマト』って果実を知ってるだろ？　アレを最初に食べたのは、エルフなんだよ。昔、トマトには毒があると思われてた。トマトの実とそっくりな、ジャガイモの実に毒があるからだ！　でも、君たちエルフは四百年も前に無毒と見抜いて、トマトを常食してたらしいよ」

意外な事実に、私は驚く。

「へえ、そうなのですか！　もっとも私は、トマトはあんまり好きじゃないですけど」

男は、ニヤリと笑った。

「もったいない、あんなに美味い食いもんを！　つまりだ。君たちエルフは、植物の毒を見分ける術《すべ》に長《た》けている。だからエルフの里に行けば、一般的に毒があると思われてる食材でも、美味《おい》しく食べる方法があるかと思ったんだよ。俺はいつか、『世界に名を残すような料理』を作りたいんだ……そのためには、普通じゃない物も食べてみなきゃだろ？」

「その道中で毒キノコを食べて倒れてたら、世話がないですよ」

「ワッハハハ！　返す言葉もないね！」

底抜けに明るく、快活な笑いだった。まだ出会って間もないが、私はこの男をすっかり気に入ってしまった。

やがてエルフの里に着くと、私は言った。

「今夜の宿はあるのですか？　よければ、うちにいらっしゃいませんか？」

しかし、グリアスは首を振る。

「いや。気持ちはありがたいが、遠慮するよ。書状を書いてくれたエルフの頼みでね。『里に着いたら、ぜひ父親のやってる宿屋に泊まってくれ』と言われてるんだ」

「そうですか……。それは残念です。里には宿が一軒だけ、お客さんもいないはずですから、きっと喜ぶでしょう」

私は彼と別れて、家へと帰った。


三日後である。私は、市場で偶然グリアスと出会った。

手には皮を剝いだ野兎《のうさぎ》をぶら下げている。おそらく、肉屋で買ったのだろう。

「グリアスさん。市場はどうでしたか？　なにか興味深い食材は見つかりました？」

そう私が尋ねると、グリアスはガッカリした顔で言う。

「残念ながら、いまいちだね……。質は良い物ばかりだったが、品揃《しなぞろ》えがパッとしない。どれも、他の町でも食べられてる物ばかりだよ。珍しい物は何もなかった」

「やはり、そうでしたか。だから言ったでしょう？　エルフの里に美味い物などありませんよと」

彼は、私の持つ籠に目をやった。中にはニンジンやジャガイモ、キャベツが入ってる。

「リンスィール、君も買い物かい？」

私は籠を持ち上げつつ、頷《うなず》く。

「ええ。昼食を作ろうと思って、野菜を買いに来ました」

「外食はあまりしないのかな？」

「しませんね。食べ物屋というのは、洗い物を片付けたり調理する手間を惜しんで行くものです。自分でも作れる物を、お金を出す事で人にやってもらう場所ですから」

「……なるほど。エルフの里では、レストランはそういう認識なんだな」

彼の意外な一言に、私は思わず聞き返す。

「エルフの里では……？　外の世界では違うのですか？」

「違うね。レストランというのは、自分では作れない料理を食べに行く場所だ。もちろん、手間暇を惜しんで行く場合もあるが、基本的には『自分では作れないプロの味』を楽しむ場所だよ」

「プロの味ですか？　ふうん……でも料理くらい、誰でもできると思いますけど」

私が気のない返事をすると、グリアスはニヤリと笑って手に持つ野兎を持ち上げた。

「よし、リンスィール！　この野兎を使って、俺が『料理』を作ってやろう！」


グリアスは私の家につくと、まず鍋に湯を沸かし野兎を捌《さば》いて鍋に入れ、野菜を水で洗って泥を落として皮を剝《む》きはじめた。私は言う。

「グリアスさん。なぜ、野菜の皮を剝くのですか？　野菜の皮は食べられます。ちゃんと泥を落としたのだから、皮を剝く必要なんてないと思いますよ」

「もちろん、野菜の皮は食べられる。だけど、ゴワゴワして食感がいまいちだろ？」

「はぁ。……食感」

グリアスは見事な包丁捌きで、あっという間に野菜を丸裸にすると、その皮とハーブ類を布で包んで、鍋へと入れる。

「えっ。剝いた皮を、わざわざ煮るんですか⁉　一体、なぜ……？」

「野菜の皮は口に残るから食感はいまいちだが、旨味《うまみ》はたっぷりだ。こうすることで、皮から出《だ》汁《し》が出てスープが美味くなるんだよ。それに、肉の臭みも消えるしね！」

「出汁……？　肉の臭み……？」

「さて、リンスィール。君にも少し、手伝ってもらおうかな。このオタマを持つんだ」

「はい、わかりました」

私が木製のオタマを手にすると、グリアスは湯気の上がる鍋を指さした。

「ほら。こうして鍋でグツグツ煮てると、白い泡がたくさん浮いてくるだろ？　灰汁《あく》というんだがね。これを全部、綺麗《きれい》に掬《すく》うんだ！」

「灰汁……？　はあ。これを取るんですね」

私は言われたとおりに泡を掬って、グリアスが用意した、水を張った甕《かめ》に捨てる作業を繰り返す。グリアスは竈《かまど》の火を調節し、ごく弱火にする。私は灰汁を取りながら、またもや首を傾げた。

だって、強火にした方が早く材料が煮えるではないか？

しばらくしてから、私は言う。

「グリアスさん。もう、肉に火が通ったのではないですか？」

だがグリアスは首を振る。

「いいや、まだまだ！　もっと時間をかけて、じっくりコトコト煮るんだよ」

「そうですかね？　もう、十分食べられるように見えるけどなぁ……」

彼のやっていることは、私にはどれも『無駄』としか思えなかった。……それから、二十分ほど煮込んだだろうか？　灰汁はまったく出なくなり、表面の油の膜が全体に馴染《なじ》んでキラキラしてきた。するとグリアスは私の手からオタマを奪い、スープを味見して言った。

「よし、そろそろいいだろう。味付けしよう」

言いつつ、彼は自分のポーチから瓶に入った各種の調味料を取り出す。そして、それらを惜しげもなく、どんどん鍋へと投入し始める。

「ええっ！　し、塩をそんなにたくさん入れるんですか!?　もったいないですよっ」

「ワッハハハ！　いいかい、リンスィール。覚えておくんだ。美味い料理を作るためなら、『もったいない』なんて言葉は忘れてしまうのさ！」

「あああ、こ、コショウまでそんなに!?　トウガラシまでっ！　どれも里では高級品です！」

「ワッハハー。小さい事は気にしない、気にしない！」

グリアスは大笑いしながら、スープの味を見て小まめに調味料を加える。塩やコショウの他、トウガラシ粉などのスパイス類、まったく見当のつかないオイルもあった。

やがてグリアスはオタマを置いて、料理を深皿によそって私に呼びかける。

「さあ、できたぞリンスィール。一緒に食べよう！」

あんなに時間をかけたわりに、見た目は何の変哲もないシチューであった。私は若干、がっかりしつつも、冷めた気持ちでスプーンでシチューを掬う。

だが、それを口に入れた瞬間。口内で、今まで経験した事のない味と香りが爆発した！

「ふっ……わあ!?　え、えええーっ！　な、なんですか、これは!?」

なんとも……！　不思議な……！　奇妙な味わいだ！　だが、素晴らしく心地よい！

私は夢中になって、ガツガツとシチューを食べる。し、信じられない……！　芋とはこんなに柔らかいのか!?　ニンジンとは、こんなに甘かったのか！　ああぁ、そしてこの野兎の肉ときたら……！　間違いなく、今まで口にした中で一番美味い肉であるっ！

あっという間に空っぽになった私の皿を見て、グリアスは嬉《うれ》しそうに笑う。

「ワッハッハー！　まだまだお代わりもあるぞ。食べるだろ、リンスィール？」

「はい！」

彼の呼びかけに、私は笑顔で応じたのだった。


「それでですね、伯母上！　グリアスさんの料理は、今まで食べた事のないほど美味しかったのですよ！　思わず鍋一杯分を、二人で平らげてしまったのです！」

その日の夜、私は帰宅した伯母上のラランノア殿に、今日一日の体験を語った。

「そうかい、そうかい。そりゃあ、よかったね。ほら、夕食ができたよ。一緒に食べよう」

しかし残念ながら伯母上は、まったく興味がなさそうであった。完成した夕食がテーブルに並べられる。いつも通りの伯母上の野菜スープとパンだった。口をつけると、いつも通りの味。慣れ親しんだ、我が家の味だ。

けれど、あのシチューを知ってしまった私には……ひどく味気なく感じる。

野菜は固いし、香りも薄い。なにより、スープ自体の味が悪い。

私は『グリアスがどうやってスープを作ったか』を、伯母上にちゃんと伝えた。だけど伯母上は、その手順を何一つ実行しなかったようだ。

原因ははっきりしてる。私の言葉に『説得力』が足りないからだ。伯母上にとって、私の言葉などたったの百年ちょっとしか生きていない、子供の話にすぎないのだから。

だけど、もしも自分が食べたあの味を、伯母上に正確に伝えることができたなら。伯母上も興味を持ってくださって、いつものスープにひと手間を加えてくれたかもしれない。

「……言葉か。私に、美味しい料理を『美味い』と伝えられるだけの、言葉の力があればなぁ」

夕食のパンを味気ないスープで流し込みながら、私はそう呟《つぶや》いた。

グリアスはエルフの里に滞在し、色々な料理を作ってくれた。その間、彼と話してたくさんのことを知った。例えば、彼が西のドランケル帝国の生まれであること、ララノア殿の双子のもう一人の伯母上、エレノア殿がいらっしゃる海には、魚とは別の『イカ』や『タコ』といった、不思議な生き物がいること、それらも食べると奇妙な見た目からは想像もできないほど美味であることなどだ。

だが、ひと月ほどたった頃……ついに、彼が旅立つ日が来てしまう。私は森の出口まで、グリアスを見送りに行くことにした。

「グリアスさん。もう、行ってしまわれるのですね。もう少しだけ、里に滞在しませんか？　できれば二、三年」

連れだって歩きながらの私の言葉に、彼は苦笑する。

「二、三年か！　俺も、そうしたいのは山々だけどな。春になったら、キャラバン隊が東に向かうんだ。それに同行させてもらって、今度は東方まで行こうと思っててね」

「東方ですか……。砂の海を越えた向こうに、私たちとはまったく違う『異質な文化』があるそうですね。伯母上のララノア殿や女王様は、何度か行ったことがあるらしいです」

「そう、そこだ！　東方の地なら、ここのとは別の食文化があるはずだ。それを取り入れれば、新しい料理ができるんじゃないかと思ってるんだ」

グリアスは懐から、一枚の紙を取り出した。

「リンスィール。お別れに、君にプレゼントをあげよう。これは俺が使ってた世界地図だ。ほら、エルフの里はここだよ！　見てごらん」

差し出された地図に、私はジッと見入ってしまう。

「す、すごい。世界は、こんなに広かったんですね……っ！」

地図には細かな字がびっしりと並び、各地の名物料理や作り方が書き込まれている。

「そうさ。まだまだ俺も、行ったことがない場所ばかりだ！　その地図には、俺が各地を巡って美味いと思った料理や食材をメモしてある。ここからならまず、西に向かうのがいいだろう。それから、海沿いの町をグルッと巡ってみるといい」

「しかし、これを私がもらってしまっては、グリアスさんが困りませんか？」

するとグリアスは、胸のポケットをポンと叩《たた》く。

「ワッハハハ！　詳しい場所やレシピは、すべて手帳に記してある。また新しい世界地図を買って、写していけばいいだけさ。どうせ、砂漠越えの間は暇ばかりなんだ」

「では、ありがたくいただきます。私もいつの日か、あなたのように美食を求め、大陸を旅したいと思います」

彼は目を細めて、眩《まぶ》し気《げ》に私を見た。

「……俺は、君たちエルフが羨ましいよ。人間の寿命では、大陸を一回りするだけでも命が尽きてしまうからね。もう、この森に来ることも二度とないだろう」

彼の言葉に、私はしんみりする。

「本当に寂しいです。でもあなたに会えて、とても楽しかったです。一生の思い出にします」

「俺も、君のことは忘れない。君の言う通り、エルフの里には美味しい物は何もなかったよ。でも、君に会えて本当に良かった！　君は俺の料理を、実に美味しそうに食ってくれたからね。美味い物を食べる君の顔を見られただけで、ここに来た価値はあった」

私はグリアスと固く手を握り合い、別れを告げる。

「それではグリアスさん、お元気で！」

「ああ。さらばだ、リンスィール！」

グリアスと出会ってから七十年ほどたった頃、私は美食を求めて世界を旅していた。

結局、あれから伯母上を説得するのに二十年ほどかかってしまい、里を出たのは百四十歳になってからだ。それから五十年、グリアスからもらった地図を頼りに、世界の各地をさ迷った！

魔王軍は変わらず世の平穏を乱し続けていて、決して楽な旅ではなかったが、未知の料理や食材との出会いは、私にとってどれも素晴らしい体験となった。また、旅の途中で偶然グリアスに出会えるのではないかと思ったが、そのような奇跡は起こるはずもなく、淡い期待は露と消えた……もはやヒューマン族の寿命では、生きてる可能性の方が低いだろう。

さて。私は今、彼の故郷である『ドランケル帝国』に来ている。最近、この地で『美味い名物料理』が誕生したらしい！　町の人間に聞いたところ、皆口をそろえて「アレを食うなら、『森の小鹿亭』がいい」と言う。店の前まで行くと、ちょうど昼時ということもあって、行列ができるほど混雑していた。列は長く延びているが、客の回転は悪くない。

行列に並びながら、私は懐から手帳を取り出す。中にはビッシリと、旅で出会った美味しい料理や、旅人から集めた美食の情報などを書き記してある。手帳に挟んであるボロボロの世界地図は、在りし日にグリアスからもらった宝物だ。

やがて私の順番が来て、席に通された。周りを見回すと、客たちはみんな夢中になって、同じ料理を食べている。給仕の娘に「この店の名物料理が食べたい」と伝えると、すぐに合点が行ったようで頷いた。

　ほどなくして、周りと同じ料理が運ばれてくる。深皿に入ったそれは、赤い色をしたシチューであった。付け合わせに小さなパンがついている。香りを嗅ぎ、私は呟いた。

「ふむ……？　この赤さはトマトだな。何かの肉と野菜がよく煮込まれている」

　動物性の脂と植物のエキスが混ざった、食欲をくすぐる良い香りである。ゴクリと喉を鳴らし、木製のスプーンで掬って口に入れる。すると……う、おおっ！　こ、これは!?

　なんっという深いコクだぁッ！　とろっとろに煮込まれた牛のスネ肉と、よく炒《いた》められたタマネギの焦げ味が、トマトの爽やかな酸味と完璧に調和している！　香辛料は控えめながら、ピリリとした刺激で心地よい！　芋はホクホクで歯に当たるだけでホロリと砕け、ニンジンは口の中で甘く崩れる……ああ！

　それは私が食べた中で、間違いなく『一番美味いシチュー』であった！　夢中でスプーンで掬っては口へと運ぶ。全て平らげても付け合わせのパンをちぎって皿をぬぐい、口に入れてよく味わった。ピカピカに綺麗になった皿を前に一息ついて、給仕の娘を呼び止める。

「ふう……ああ、君！　この料理を作ったシェフに挨拶したいのだが、可能だろうか？」

「ちょっと今は忙しくて、無理だと思いますけど……」

「もちろん、時間が空くまでいくらでも待たせていただく」

「だったら、話を聞いてきますぅ」

　娘はせかせかと早足で厨房《ちゅうぼう》へと行き、すぐに戻ってきた。

「お二階の階段あがってすぐの部屋へどうぞ。お客様が途切れたら、店主が伺います」

レストランの二階は宿になっていた。と言っても、今は使われてないらしい。

指定された部屋はベッドのシーツがはがされて、掃除のためか椅子やテーブルも部屋の隅にまとめて置いてある。私は椅子を窓際まで引っ張ってくると、そこに座ってひたすら店主を待ち続けた。

私はきっと、心のどこかで『グリアスか、その子孫』が、この料理を作ったのだと期待していたのだろう……なぜならあの料理には、彼の面影が確かにあったから。

数時間後、ようやく部屋の扉がノックされる。だが入ってきた店主を見て、私は少しガッカリしてしまった。やや小太りの店主は、顔つきも髪の色もグリアスとは似ても似つかない。おそらくは血縁者ではないだろう。

だからと言って、あの素晴らしい料理の格が落ちることはない。私は、賞賛の言葉を惜しまなかった。

「ご主人。あなたのシチュー、たいへん美味でありました！　私はこの大陸で六十年間、美味い物を求めて旅してきました……しかし、あなたの料理に匹敵するほどの美食は、ついぞ思い当たらない！」

店主は温和な笑みを浮かべて、ペコリと頭を下げる。

「ありがとうございます。そこまで喜んでいただけるなんて、嬉しいです」

「これほどの料理を考案するとは、驚異的な料理の才能ですね。まさに、天才と呼ぶにふさわしい！」

　すると彼は、照れ笑いを浮かべて言った。

「いやいや。実はこの料理、私が考案したわけではないんですよ」

「……え。と、言いますと？」

「はい。別に隠しているわけでもないし、聞かれれば誰にでも答えていることですので、お教えします。今でこそレストランですが、以前はご覧の通り、ここは宿をやっておりまして」

　そう言うと『森の小鹿亭』の店主は、事のあらましを語り始めた。


　数年前、彼は父親から受け継いだこの宿屋を経営していた。残念ながらあまり流行《はや》っていなかったが、その頃も客に料理は提供していた。しかし、どちらかと言うと夜遅くにやってきた旅人や、金のない貧乏旅行者が簡単に食事を済ませるための、オマケ程度のパンとスープだったそうである。

　ある日、遠くに住む親類の結婚式の帰り道、店主は行き倒れの老人を見つけた。老人は長い旅の末に路銀を使い果たし、視力を失っていた。しかし、それでももう一度だけ故郷であるドランケル帝国の土を踏みたいと、必死の想《おも》いで旅をしてきたのだと言う。

　不憫《ふびん》に思った店主は、自分の馬車に老人を乗せ、宿まで連れ帰った。老人は店主の宿で療養をしたが、弱りすぎていたため一向に良くなることはなかった。そして数日がたったある日、息も絶え絶えの老人は、店主を枕元に呼んだ。

「心優しき青年よ。君のおかげで、どうにか故郷にたどり着くことができた。この空気、香り、懐かしき我がドランケル帝国のものだ……だがわしは、もうすぐ死ぬだろう。しかし、わしに人にあげられるようなものは何もない。唯一の宝と言えば、これだけだ。あなたに、これを差し上げたい」

そう言って老人は、懐から一枚の紙を取り出した。それは、ボロボロになった世界地図だった。

店主が訝《いぶか》しんでいると、老人は言った。

「裏を見てくれ。めしいたわしには、もうわからんが……どうだ？　その文字はまだ、読めるだろうか？　そしてもし可能ならば、わしの最後の願いだ。どうか、そいつを食べさせて欲しい！」

確かに裏には、何かの書付があった。ところどころ文字はかすれていたが、どうやらそれは『料理のレシピ』らしかった。

入手が困難な食材もいくつかあったが、老人の最後の願いをかなえるために、店主は方々を駆けずりまわって材料を手に入れ、レシピを再現してみせた。

すると、驚くほど美味しいシチューができたのだった！　店主が老人にそのシチューを食べさせると、彼は満足げに笑って目を閉じた。

誰が見ても明らかだった。最期の時である。彼は、もう死ぬのだろう。だが店主はどうしても、この素晴らしい料理の名前を知りたくて。今わの際の老人に尋ねた。

「ご老人！　頼む、教えてくれ。この素晴らしい料理は、なんて言うんですか⁉」

すると、その老人は小さく息を吸い込んで――。

「……息を引き取る直前に、嬉しそうに笑ってこう言ったんですよ。『ワッハハ。そいつの名前は、誰かのための煮込み料理《グリヤ・シュ・トープ》さ』ってね。その後、シチューを宿で出すようになったら、あっという間に大繁盛。今では宿の方は閉めて、料理だけで商売してます！　私はね、あのご老人は『商売の神様』が姿を変えて、降臨なされたのではないかと思ってます」

店主から話を聞いた私は、礼を言って店を出る。季節は冬で、日が落ちるのは早かった。外はもう夕暮れ時で、仕事帰りの大勢の人たちが、赤い太陽に照らされている。

歩きながら、私はひとりごつ。

「ふふふ……グリヤ・シュ・トープ《誰かのための煮込み料理》……ふふふ。グリアス・トープ《グリアスの煮込み料理》か！」

その老人はきっと、私に美食を教えてくれた『あの彼』なのだ！　本当に素晴らしい料理だった。美味かった。だが残念ながら運命のイタズラによって、グリアス・グレイスの名は、歴史に残らなかったようである。

いや……グリアスは、本当に料理の名前を言い間違えたのだろうか？

誰かのための煮込み料理《グリヤ・シュ・トープ》。自分の一生をかけて作った料理。最後の最後にその言葉を選ぶのも、誰かが美味しそうに料理を食べるのを見るのが大好きな、グリアスらしい気がした。

いずれにしても彼の名を、そのまま埋もれさせてしまうのはあまりに惜しい。

「……そうだ。この話を本にしよう！」

美味い物を求めて大陸中を食べ歩いたエルフなど、私以外におりはすまい。旅の途中で出会った食べ物は、すべて手帳に記してある。目玉は、グリアスのシチューの話だ！　かなり面白い読み物になると思う。

私はまだ『名無しの旅エルフ』以外の、何者にもなれていない。しかし、この本を出すことによって、もしかしたら『皆に知られる何者か』になれるのかもしれない。

「グリアス・グレイス……。あなたの料理は、今こうして多くの人々に愛されているよ」

ワッハハハハハ！　風に乗って、あの底抜けに快活な笑いが聞こえた気がした。

あとがき

ラーメン、みんな好きでしょ？　ラーメンが嫌いな人なんかいません！

麺というのは、『発明品』です。誰かが考え、形にして、世に広めたから存在しているのです。はるか昔、紀元前に中国で生まれた麺は、今では世界中に広がって様々な形で食べられています。もし、中国の誰かが麺を思いつかなかったら……？

麺料理は存在しなかったかもしれません。蕎麦《そば》もうどんもフォーも冷麺もスパゲティも、この世になかったかもしれません。

ほら、そこのあなた！　そんなバカな、大袈裟《おおげさ》な。小麦粉や米を練って紐状《ひもじょう》にするくらい、誰でも簡単に思いつくだろう、そう考えてませんか？　でも、それは間違いです。なにしろ紀元前七千年には、すでにメソポタミアで小麦の栽培と調理が始まっていたのに、そこから数千年もの間、誰も紐状にして食べてなかったんですから。

仕組みを知れば簡単で、知っていれば当たり前。だけどそれに気づけば、世界を一変させる。それが発明なのです。実は、この世界にもまだまだ「なんでこんな簡単なことを思いつかなかったんだろう!?」が溢《あふ》れてるはず。

僕たちは生まれた時から『麺』のある世界にいるため、それが当たり前で『感動』が薄れているのです。そんな僕らにとっての当たり前が、ある日突然、異世界にもたらされたらどうなるだろう……？　そんなテーマで書き始めたこの作品、なんとネット小説大賞を受賞して、出版させて頂くことになりました！

本作をお手に取ってくださって、本当にありがとうございます。読むとラーメンが食べたくなる、そんな小説でありたいと思ってます。

リンスィールたちは、まだまだラメンもとい、ラーメンを食べまくります。ラーメンの世界は無限です。ネタは尽きません。皆さんの『推しラー』も、きっといつか出るはずです。

これからどんなラーメンが出てくるのか、楽しみにして頂けたら幸いです！

この本を読んでのご意見・ご感想・ファンレターをお待ちしております。
〈宛先〉　〒104-8357　東京都中央区京橋 3-5-7
（株）主婦と生活社　PASH！ブックス編集部
「森月真冬先生」係
※本書は「小説家になろう」（https://syosetu.com）に掲載されていたものを、改稿のうえ書籍化したものです。
※この作品はフィクションであり、実在の人物・団体・法律・事件などとは一切関係ありません。

PASH!ブックス

異世界ラーメン屋台
エルフの食通は『ラメン』が食べたい
2023年2月13日　1刷発行

著　者　森月真冬
イラスト　転
編集人　春名 衛
発行人　倉次辰男
発行所　株式会社主婦と生活社
〒104-8357　東京都中央区京橋 3-5-7
03-3563-5315（編集）
03-3563-5121（販売）
03-3563-5125（生産）
ホームページ　https://www.shufu.co.jp
製版所　株式会社二葉企画
印刷所　大日本印刷株式会社
製本所　共同製本株式会社
デザイン　atd inc.
編集　松居 雅

　ISBN978-4-391-15913-4